目次

第一章　夢のまた夢

元和《げんな》六年（一六二〇）は慶事が続いた。

将軍秀忠《ひでただ》の嫡男《ちゃくなん》竹千代《たけちよ》こと家光《いえみつ》が十七歳になり、一月五日に正三位《しょうさんみ》に叙任《じょにん》する。

その竹千代の妹の和子姫が十四歳になり、入内《じゅだい》が本決まりになる。朝廷ではお与津《よつ》御寮人事件などもあったが、ついに家康《いえやす》と秀忠が望んだ和子姫の入内となった。徳川家の姫が天皇家に嫁《とつ》ぐのである。これ以上の慶事があろうか。

それに先立って六月二日に和子姫が従三位に叙任する。

続いて六月十八日に一〇八代後水尾《ごみずのお》天皇二十五歳の女御として入内した。

入内に当たって天皇に袷《あわせ》を百枚と銀千枚が献上される。天皇の母近衛前子《このえさきこ》や近衛信尋《のぶひろ》、一条昭良《いちじょうあきよし》などにも金品の献上があった。

三河《みかわ》の弱小大名に過ぎなかった十八松平《じゅうはちまつだいら》の一家、安祥《あんじょう》松平家は乱世の中で清《きよ》康《やす》の陣中死、広忠《ひろただ》の暗殺、家康の人質、信康《のぶやす》の切腹と悲運に見舞われながらも、家康の類《たぐ》いまれな粘り強さによって、織田信長《おだのぶなが》を筆頭とする綺羅星《きらほし》の如《ごと》き優将たちの最後に、ただ一人生き残って天下を手に入れた。

すでに、その家康は四年前に鬼籍に入ったが、最後の夢がここに実現したことになる。

孫娘が天皇家に嫁したのである。和子姫は間違いなく後水尾天皇の中宮になられると思われていた。この入内が延びのびになったのは四辻《よつつじ》与津子の事件も原因だが、和子姫が幼かったことや大阪《おおさか》の陣《じん》の勃発《ぼっぱつ》、家康の死去や後陽成《ごようぜい》上皇の崩御《ほうぎょ》などが続いたからである。

家康が黄泉《よみ》から鎧《よろい》を着て孫娘の警護のため、飛び出してきそうなほど慶賀に堪えないことだ。あと残るはただ一つ、徳川家康の血を引く天皇の誕生である。久能山東照宮《くのうざんとうしょうぐう》で西をにらんで立つ家康の究極の夢のまた夢であった。すべてはこの一点に帰結する。

天皇家は和子を「かずこ」と読むことを嫌った。名前が「ず」と濁音で濁《にご》ることを嫌い、和子と書いて「まさこ」と読むことにした。

源 和子《みなもとのまさこ》は源氏《げんじ》の大将の娘として入内し、三年後に興子《おきこ》内親王こと後の明正《めいしょう》天皇を産み、五年後にも皇女を産み、その翌年にはついに高仁《すけひと》親王を産むことになる。

だが、この親王は育たず三歳で夭折《ようせつ》する。

三年後にも親王を産むがやはり育たなかった。

天皇と女御は相性がよく二男五女を授かるが、男子の皇子には恵まれず、結局、興子内親王が即位して女帝明正天皇が誕生することになる。

女帝は結婚しないため皇嗣《こうし》がなく、後水尾天皇と典侍光子《みつこ》の間に生まれた紹仁《つぐひと》親王が即位、後光明《ごこうみょう》天皇となった。明正天皇の異母弟ということになる。

家康の曽孫《そうそん》が女帝ではあるが皇位に昇ったことで、家康の究極の夢は実現したことになった。

元和六年は九月にも慶事があった。

それまで家康の死去により、延びのびになっていた竹千代の元服《げんぷく》式が七日に、十七歳と少し遅いが行われることになった。

それに先立ち南禅寺《なんぜんじ》の禅僧、金地院崇伝《こんちいんすうでん》は竹千代の名を、家忠《いえただ》としたのだが平安期に左大臣藤原《ふじわらの》家忠の存在が判明、急遽《きゅうきょ》、家忠から家光と変更された。家康の家と秀忠の忠で良い名ではあったが採用されなかった。

よって家は家康の家で以後徳川将軍は家を名乗ることが多い。十五代のうち二代秀忠、五代綱吉《つなよし》、八代吉宗《よしむね》、十五代慶喜《よしのぶ》の四人は家の字を名乗らなかった。秀忠の秀は秀吉《ひでよし》からもらったもので綱吉は将軍候補ではなかった。吉宗は七代将軍が夭折したため紀州《きしゅう》徳川家から、徳川宗家に迎えられ慶喜は幕末に水戸《みと》徳川家から、一橋《ひとつばし》家に入り徳川宗家に迎えられ最期《さいご》の将軍となる。家を名乗らない将軍には、徳川宗家の長男ではないというそれなりの事情があった。

家光は元服しいきなり従二位権大納言《じゅにいごんだいなごん》に叙任した。

ここに徳川家は名実ともに天下第一の家として、天皇家に次ぐ家格を手に入れたのである。

それは艱難辛苦《かんなんしんく》の家康こと東照大権現《とうしょうだいごんげん》さまの忍耐あっての栄華であった。

だが、幕府がまだ盤石《ばんじゃく》ではないと北町《きたまち》奉行《ぶぎょう》米津《よねづ》勘兵衛《かんべえ》は感じている。将軍の下に老中《ろうじゅう》、その老中の下に町奉行という実に単純な組織なのだ。単純な組織だから強いともいえるが、同時にどこか頼りなく脆弱《ぜいじゃく》だともいえる。大目付《おおめつけ》も若年寄《どしより》もまだなかった。

勘兵衛は常々その危《あや》うさを考えていた。

相変わらず西国《さいごく》の外様《とざま》の諸大名は幕府に隙《すき》あらばと狙《ねら》っている。

慶長《けいちょう》八年（一六〇三）に家康が征夷大将軍《せいいたいしょうぐん》の宣下《せんげ》を受けてから十七年、勘兵衛が家康に呼ばれて初代北町奉行に抜擢《ばってき》されてから十六年、勘兵衛は徳川政権成立の歩みをその目で見てきた。

徳川家の譜代《ふだい》として老中に次ぐ重職の町奉行を務めている。

大鳥《おおとり》事件では家康に叱《しか》られたがそれ以外、ここまで大過なく北町奉行の職をまっとうしてきたと思う。

「江戸を頼むぞ！」

家康にそう命じられ無我夢中で十六年間を突っ走ってきた。

勘兵衛がまだ幼かった頃、家康が武田信玄《たけだしんげん》と戦った三方《みかた》ケ原《はら》で父政信《まさのぶ》は戦死する。

その息子の勘兵衛を家康が小姓として取り立てると、家康の傍《そば》で譜代の家臣として育てられ、やがて秀忠のお使番として仕《つか》えてきた。家康が関東に入ると勘兵衛は功を認められて、武蔵都筑《むさしつづき》、上総印旛《かずさいんば》、香取《かとり》、埴生《はぶ》に五千石《ごく》を知行《ちぎょう》し大身《たいしん》の旗本《はたもと》になった。

この頃、旗本と呼ばれる徳川家の家臣は五千人余りいた。

そのうち五千石以上で一万石の大名未満というと百人ほどしかいない。その中の一人が北町奉行の米津勘兵衛である。

一万石以上の大名というのは全国に三百人ほどだった。

ちなみに千石以上五千石未満が六百人ほどで、一番数が多いのは五百石以上千石未満で四千人近くいた。百石未満という旗本も七百人余りいる。

大名や旗本には軍役《ぐんやく》というものがあって、九千石から一万石で最低二百五十人ほど。

規定があって鉄砲十五丁に槍《やり》が二十本、騎馬が八騎などを揃《そろ》えなければならないが、それは時期によって軍役規定が変化する。そういう足軽《あしがる》小者まで入れて、旗本が六万騎ほどになったという勘定《かんじょう》で旗本八万騎まではいなかった。

千石の旗本の軍役は二十人ほどで、登城の時は十人ほどの供揃えだったという。

勘兵衛は五千人ほどの旗本から選ばれたことになる。

家康は江戸城下の拡大を考えて勘兵衛を抜擢し、二人制の町奉行にした時その勘兵衛を北町奉行に登用したのだ。

この家康の人材抜擢が的中する。

猛烈な勢いで拡大する江戸に勘兵衛は適材だった。

少し遅れて南町《みなみまち》奉行になった土屋権右衛門《つちやごんえもん》は、七年ほど南町奉行を務めて亡くなり、二年ほど南町奉行は不在であったが慶長十八年（一六一三）十二月から、今の二代目の島田平四郎利正《しまだへいしろうとしまさ》が南町奉行を務めている。島田利正は父親の島田重次《しげつぐ》から二千石を相続した大身旗本であった。

その島田利正は小田原征伐《おだわらせいばつ》や関ケ原《せきはら》の戦いでも活躍し、譜代の旗本の中でもなかなかの知恵者として知られていた。五十八歳の勘兵衛より島田平四郎は十三歳も若い四十五歳で働き盛りである。二十一年間という歴代南北町奉行の最長を務めた勘兵衛には及ばなかったが、十八年の長きにわたって南町奉行の激務を務めることになる。

父重次は壮健で七十六歳ながら元気で九十三歳まで長生きする。

利正は重次の五男だったが兄の春世は男子がないまま亡くなり、他の兄たちは分家を立てていたため平四郎利正が島田家を相続した。その島田家は美濃《みの》の土岐《とき》一族である。

この頃の南町奉行所は八代洲《やよす》こと後の八重洲《やえす》にあり、島田平四郎の屋敷は八丁堀《はっちょうぼり》にあった。

その屋敷の近くの楓川《もみじがわ》に架かる橋を、平四郎が後に叙任する官職にちなんで弾正橋《だんじょうばし》と呼ぶようになるが、明暦《めいれき》三年（一六五七）の大火《たいか》で島田屋敷は焼失し湯島《ゆしま》へ移ることになる。

この頃の米津勘兵衛は幕閣《ばっかく》の一人として重きをなしていた。

その勘兵衛にとっても幕府にとっても、島田平四郎はなくてはならない重要な人材であった。

江戸幕府が盤石になるのは十四年後、寛永《かんえい》十一年（一六三四）に将軍家光が三十万の大軍を率《ひき》いて上洛《じょうらく》した時である。この大軍は源頼朝《みなもとのよりとも》が平泉《ひらいずみ》の藤原氏を滅ぼす、奥州《おうしゅう》合戦で集めた二十八万人の大軍を意識しそれを超える数だった。

「頼朝よ。わしはそなたを超えたぞ！」

家光らしい傲慢《ごうまん》な宣言の三十万人であるが、それは家光の力ではなく家康が残した六千五百万両の黄金の力だった。家光はその家康の遺産金をほぼ使ってしまう。家康を大好きな家光は日光《にっこう》東照宮を建てるが、「百万両ほどかかりましてございます」と報告すると、「そうか、意外に安かったな」といったと伝わる浪費家だった。

その時、島田弾正忠利正は五十九歳の高齢で南町奉行を引いていた。

国内はもちろんのこと国外にも、この三十万の大軍を打ち破れる勢力はいない。だが、この三十万の大軍を勘兵衛は見ることはなかった。北町奉行米津勘兵衛は寛永元年（一六二四）に鬼籍に入るからである。

この頃の江戸は男五、六人に女一人という偏《かたよ》った人口比にいつも悩んでいる。中には女と遊ぶお足がないため、頭にきてあたりかまわず火をつけて回る大馬鹿《ばか》者もいる。

本当のところ火事と喧嘩《けんか》は江戸の華などではなかった。

その火事と喧嘩で大迷惑をする者が少なくない。火事と喧嘩で得をするのは火事場始末の鳶《とび》衆や、火事のために木材を買い込んでいる材木商ぐらいである。それを火事と喧嘩は江戸の華と粋がらないと、女にあぶれた男たちは気持ちのやり場がない。

もちろん江戸は木造でできた城下だから仕方ない。だが、ほとんどの城下も木造でできているが江戸ほど火事と喧嘩は多くない。男女比の偏りは幕末まで続くという塩梅《あんばい》なのだ。

結局、江戸ではいつも女にあぶれた男が蠢《うごめ》いていた。

男にとって女は弁天《べんてん》さまであり観音《かんのん》さまなのである。女の少ない江戸はいつもどことなく殺気立っていた。吉原《よしわら》や岡場所《おかばしょ》は高価で行けない男は少なくない。夜《よ》鷹《たか》などという街娼《がいしょう》が出没するようになっても、わずか二十四文ほどの銭を払わない者や、女に乱暴する者がいて夜鷹には牛《ぎゅう》と呼ばれる用心棒がついていたという。

その夜鷹の最盛期には江戸に四千人ほどがいた。だが、その夜鷹の多くは秀吉の愚《おろ》かな朝鮮《ちょうせん》出兵の、とんでもないみやげの病《やまい》に侵《おか》されていたという。

京では古くから辻君《つじぎみ》といい、大阪では惣嫁《そうか》とか白湯文字《しろゆもじ》と街娼を呼んだ。急拡大した江戸の男女比の偏りは兎《と》に角《かく》ひどかった。五、六人に女一人ということは、男が五、六百人に女が百人ということで、ほとんどが女にあぶれた者たちなのである。

北町奉行の勘兵衛にも江戸に女を増やす良い方策が見つからなかった。千人や二千人が足りないというのではない。数万人から数十万人も足りないのだから勘定が合わない。二百数十年後の幕末に至ってようやく男二人に女一人と改善されるが、それでも圧倒的に女の少ない偏りがひどかったという。古い江戸は百軒ほどの民家があるだけだった。

そこに家康が八千人の兵を率いて入ってきたのである。そこから江戸の大騒ぎが始まってしまう。数百人ほどだった江戸は百二十年あまり後の享保《きょうほう》期には百万人を超えた。それは人別《にんべつ》上のことでそこに名の記されない無宿人などを入れると、百万人を遥《はる》かに超えていたと考えられる。いかんせん正確なところはわからないというしかない。江戸には稼ぎにくる男たちが集まり溢《あふ》れている。幕府は逃亡や欠落《かけおち》や逃散《ちょうさん》を厳しく禁ずるが、江戸に来れば仕事があるのだから止められなかった。

この女の少なさがいつも江戸の文化の根底にあった。

吉原の繁盛《はんじょう》も野郎歌舞伎《かぶき》の発展も、江戸には女が少ないことが原因だった。

幕府ができたばかりで、急激に拡大する江戸に流れ込んでくるのは、ほとんどが仕事を求める男ばかりだったのである。

肝心《かんじん》の老中もこの状況を是正する案を持っていない。

精々、日本橋《にほんばし》吉原の活用や、江戸のあちこちにできる岡場所に目を瞑《つむ》るぐらいなのだから無策である。

吉原でも岡場所の女でも女房にできる男は幸運者だった。ほとんどの男が女房を持つことはできない。それでも江戸に来れば何かの仕事にありつける。人、物、銭の集まるところはたちまち繁盛するのが世の常である。

そのかわり江戸の殺人事件はしょっちゅうだった。

その多くは銭のもつれや女の取り合い、いらついた者同士が鉢合《はちあ》わせすると、肩が触れたとか眼《がん》を飛ばしたとかいう言い掛かりで、必ずといっていいほど喧嘩になる。そんな荒っぽいところが江戸なのだ。

素手の喧嘩でも当たり所が悪いと死ぬことがある。

筋者の遊び人だと懐《ふところ》に匕首《あいくち》を呑《の》んでいて、ブスッと一突きにすることなど珍しくもない。

その頃、ご用聞きで大男の鬼七《おにしち》は益蔵《ますぞう》のところの鶏太《けいた》のような、気の利《き》く子分が欲しいと思っていた。

親分といっても自分一人と、子分が一人いるのでは働きがまったく違う。まだまだ鬼七は益蔵の子分のように扱われていた。そんな時、鬼七の女房の豆観音《まめかんのん》ことお国《くに》の弟が、水戸《みと》街道の新宿《にいじゅく》から出てきて子分にしてくれという。新宿は水戸街道と成田《なりた》街道の追分《おいわけ》になっていて、千住宿《せんじゅしゅく》まで一里十九町（約六キロ）、松《まつ》戸宿《どしゅく》までは一里三十町（七・三キロ）という中間にあった。この九年後には近くに柴又帝釈天《しばまたたいしやくてん》が建立《こんりゆう》される。

お国の弟の名は留吉《とめきち》という。年はまだ十六歳だった。

留吉とか末吉《すえきち》とか〆吉《しめきち》とかいう名は、これ以上子どもは結構ですという時のお呪《まじな》いだが、そんなことで子どもができなくなればいうことなしだが、必ずといっていいほどその下に一人か二人の子が生まれる。こうなると留吉の下に末吉とかお末《すえ》とか留蔵《とめぞう》、留松《とめまつ》などと連《つら》なることになった。子どもの名を見れば親の苦労がわかろうというものだ。

留吉はお国に似て小柄だがちょこちょこと動きのいい子だった。

子分の欲しい鬼七は留吉を連れて定吉《さだきち》に会いに行った。

「お国の弟か、よく似ているな」

「兄い、ご用聞きの仕事をしたいというんだ。使いっ走りでどうだろうか？」

「そうだな。留吉、悪党と戦う危ない仕事だぞ。いいのか？」

「はい、気をつけてやります」

お国に似てはきはきと賢い子だ。定吉はこの子なら鬼七の子分に手ごろだろうと思う。

「わかった。親分に話してみよう」

ものわかりの早い定吉が、留吉を気に入って正蔵《しょうぞう》に話してくれることになった。その日のうちに定吉から話を聞いて、正蔵は留吉が鬼七の子分になることを了承する。ご用聞きも子分ができれば立派な親分だ。人からも親分と呼ばれるのだから、貫禄《かんろく》というか締まりがなければならない。

留吉は念願の鬼七の子分になって大よろこびだ。

わざわざ新宿から出てきた甲斐《かい》があったというもので、姉のお国も弟が傍にいてくれるから安心だった。大男の鬼七と豆観音のお国は仲がいい。どちらかというと大男が豆観音の尻に敷かれている図なのだ。惚れて一緒になったのだから仕方がない。

この頃になると北町奉行になって十六年目に入り、病知らずの勘兵衛も五十八歳になってだいぶ疲れてきている。

周りの人たちも勘兵衛の体調を気にしていた。

何《な》んといっても将軍と老中の次の重職で、その激務は江戸の裁判から行政、治安に至る広範囲なもので休む暇はまったくない。見逃せない事件も結構起きるが、その十倍以上の訴状が持ち込まれる。この裁《さば》きが容易なことではない。銭の貸し借りから敷地の境争いまで千差万別だ。

すぐ解決できるものもあればだらだらと長引くものも少なくない。

人の性格や考え方はバラバラで、おもしろいとばかりはいっていられないものがある。それを裁く勘兵衛は鬼になったり仏になったりだ。裁きを間違うと勘兵衛が批判されかねないが、これまでそういう間違いもなく江戸の人々に信頼されている。

幕閣の中で最も忙しいのが勘兵衛のようだ。

初代北町奉行の米津勘兵衛が慶長九年（一六〇四）三月に就任してから、慶応《けいおう》四年（一八六八）五月に四十三代北町奉行の石川利政《いしかわとしまさ》で廃止になるまで、二百六十四年間で二十年八ケ月もの長期間、町奉行を務めた人は勘兵衛の他に一人もいない。南町奉行に五十人もの旗本が就任するが、勘兵衛を超えた人は一人もいないのである。

奉行ではないが火付盗賊改方《ひつけとうぞくあらためかた》の頭《かしら》は、寛文《かんぶん》五年（一六六五）から慶応二年（一八六六）の二百一年の間に、二百四十八人が就任するが、その中にも勘兵衛の二十年八ケ月を超えた人は一人もいなかった。

そんな中で勘兵衛の次に十九年六ケ月も奉行を務めた一人の奉行がいる。それは十四代南町奉行大岡忠相《おおおかただすけ》だった。

勘兵衛は家康に抜擢されたが、忠相も八代将軍吉宗に抜擢されたという。

ただ、大岡忠相が南町奉行に就任した享保《きょうほう》二年（一七一七）頃は、大繁栄の寛永期も元禄《げんろく》期も過ぎて幕府の機構も整い盤石《ばんじゃく》の頃だった。町奉行も草創期の勘兵衛のようではなく、大目付、若年寄、目付、南北奉行、火盗改方などが整備され、自身番や木戸番や町火消しなども整備されていた。与力や同心は十手《じって》などというものを使うようになっていた。ご用聞きの目明《めあか》しが五百人に下っ引《した ぴ》きが三千人などといわれるようになる。

それとは逆に江戸幕府は金蔵が空《から》になり財政が苦しくなっていく。

治安も火付盗賊改方と町奉行が二分するなど、江戸幕府も百十年が過ぎて発展期から改革期に入った。何んといっても金蔵が空なのは心もとない限りになってしまう。

この頃から幕末まで幕府は財政難に悩まされる。

将軍吉宗が紀州徳川家から二百人以上の近臣を連れてきて、幕臣として幕府に入れて享保改革を断行した時期で、発展期とは違う衰退期に足を踏み入れ、江戸初期とはまったく別の苦労があったといえる。小判の改鋳《かいちゅう》で慶長小判と同じ金の含有は、この享保小判までで以後は徐々に金の含有量が少なくなる。慶長小判は四匁《もんめ》七分《ぶ》六厘《りん》だが最後の万延《まんえん》小判にいたっては八分八厘しか金が含まれていなかった。

　重量は同じだが、慶長小判は、千四百七十二万両鋳造されたのに享保小判は、半分ほどの八百二十八万両しか鋳造されていない。

　栄枯盛衰《えいこせいすい》は世の常であった。

　江戸幕府が発展期に入る時に米津勘兵衛を手に入れ、衰退期に入る時に大岡忠相を手に入れたことは大いなる幸運だったかも知れない。大岡家も米津家と同じ旗本で、徳川家の分厚い譜代の人材の中から勘兵衛も忠相も選ばれたのである。

　二百六十年を超える江戸幕府は、そんな多くの天才たちに支えられた長期政権でもあった。

　その勘兵衛が高熱を発した。

　医師が呼ばれて診察すると秋の入り口の風邪《かぜ》だった。

　おとなしく寝ていればいいものを「こんなことで休むわけにはいかん。喜与《きよ》、着替えだ！」と、ゲホゲホ言いながら登城する。公事場《くじば》に出ては次々と訴訟を裁いた。

　医師に止められても煙草《たばこ》を隠れて吸うなど、叱ってもコソ泥《どろ》のようにやるのだから喜与はあきれ返るしかない。

それでも止《や》められないのが煙草吸いという中毒である。意地汚いというかみすぼらしいというか喜与の方が寝込んでしまいたくなる。この煙草は火事の元だと家康の時から何度も禁煙令を出したが、ほとんどその時限りで効《き》き目がない。逆に長煙管《ギセル》で遊女がスパーッとやると「粋だね!」ということになる。

そんなことでは治るものも治らない。ゴホゴホゲホゲホでそのうち仕事もできなくなった。

ついに、風邪をこじらせて勘兵衛が寝込んでしまう。三日も寝込むと訴状が山積みになるのだから自業自得とはいっていられない。喜与がなんとかしないことにはどうにもならないから、勘兵衛から煙草と煙管を取り上げるのに一苦労だ。

ちょっと気分がいいと「もういいだろう……」などと煙管を探す。

勘兵衛の病は長野半左衛門《ながのはんざえもん》が厳しい箝口令《かんこうれい》を敷いて、決して外部に漏れないようにする。勘兵衛が倒れたなどというのは悪党をよろこばせるばかりだ。

だが、こういうことはどこかから漏れるもので、勘兵衛が寝込んで三日も経たずにパッと噂《うわさ》が広がった。

「北町の鬼が霍乱《かくらん》を起こしたそうだな?」

「長くないと聞いたぞ」

「おれは死んだようだと聞いたがまだ生きているのか？」

「馬鹿野郎、鬼がそう易々《やすやす》と死ぬもんかい！」

「そうだよな。死んでほしいと思っている奴《やつ》らがいるということじゃねえか？」

「そんな出鱈目《でたらめ》をいう奴は悪党に決まっている！」

「本当のところはどうなんだ？」

「そんなことおれにわかるか……」

噂が広がるといち早く飛んできたのが、浅草《あさくさ》の二代目鮎吉《あゆきち》の正蔵と定吉だった。だが、二人は病臥《びょうが》した勘兵衛と会えなかった。

少し遅れて幸せの絶頂にいる鬼屋長五郎《おにやちょうごろう》とお駒《こま》が現れた。

長五郎は若いお駒を女房にしたものだからサッサと隠居して、鬼屋を万蔵《まんぞう》に任せると神社仏閣巡りや温泉回りで楽しくしている。この頃は奉行所に滅多に顔を出さなくなった。顔を見せると勘兵衛にお駒を返せといわれるからだ。

「奥方さま、お奉行さまの具合はどのような塩梅でございますか？」

「風邪でございます。みなさん、鬼の霍乱などといいますがそんなことはありません」

喜与は同じことをみんなに説明する。それだけで疲れてしまう。奉行所の門を閉じて休業にしたいくらいだ。

上野《うえの》から直助《なおすけ》とお香《こう》が飛んでくる。

吉原の惣名主庄司《しょうじ》甚《じん》右衛《え》門《もん》と惣吉《そうきち》が現れる。

勘兵衛に恩を感じている人たちが次々と奉行所に顔を出した。直助の義理の息子の七郎《しちろう》とお繁《しげ》、潮見坂《しおみざか》の和助《わすけ》や神田明神《かんだみょうじん》の平三郎《へいざぶろう》、行徳《ぎょうとく》の長吉《ちょうきち》とお松《まつ》などが現れた。ご用聞きの女房たちが襲来する。これが姦《かしま》しいというかたちまち奉行所が占領されてしまう。奉行所の表と奥がなくなるような大騒ぎになった。一番乗りが品川《しながわ》宿の小春《こはる》で三五郎《さんごろう》から話を聞くと、一大事とばかりに夜の夜中に駕籠《かご》に乗ってぶっ飛んできた。傍を三五郎と久六《きゅうろく》が走っている。

夜が明けると神田のお元《もと》、浅草のお千代《ちよ》とお国、お信《のぶ》までが駆けつける慌てぶりだ。

商家も見舞いに訪れた。江戸の商人は勘兵衛に世話になっている者が多い。

後ろ盾のお奉行に万一のことがあればお先真っ暗だ。

そんな勘兵衛が病になって喜んでいるのは悪党どもだろう。少しは取り締まりが緩《ゆる》むかという期待がある。それを恐れた半左衛門は見廻《みまわ》りをいっそう厳しくした。奉行が寝ている間に盗賊が増えたなどといわせない。

「悪党どもになめられてたまるか……」

「おかしな野郎はしょっ引け！」

北町奉行所がいつになく緊張して臨戦態勢である。

勘兵衛が動けない時こそ筆頭与力の手腕が問われる。半左衛門は望月宇三郎《もちづきうさぶろう》と相談しながら警戒に抜かりはない。こういう時は夜の見廻りがことさらに大切だ。

だが、妙なのが現れた。

数ケ月前に二度ばかり仕事をした盗賊で、十両ほどしか持って行かないのだが、錠前外しの名人でそれを誇りにしているとしか思えない。どんな錠でも閂《かんぬき》でも心張り棒でもきっちり外してしまう。どんな戸締まりの良い家にも易々と忍び込んで、何百両あってもその中から小判十枚だけを持って行くという盗賊だった。小生意気というか奉行所をなめているというか、こういう一芸に秀《ひい》でて自慢したいのはわかるが、たとえ十両でも銭を盗む泥棒は困る。

泥棒を楽しんでいるようではなお困るのだ。

「野郎、お奉行の噂を聞いて出やがったな。なめた真似《まね》をしやがって三日もたて続けだ。許さん！」

年甲斐もなく半左衛門が怒った。

勘兵衛に相談できない時にやられたのが気に入らない。なめられたと思っている。

その盗賊は彦一《ひこいち》という若僧で、彦一に入られて十両盗《と》られたお店は繁盛するなどと、妙な噂が生まれて弥栄《いやさか》の彦一などといわれた。弥栄とはとんでもない渾名《あだな》である。奉行所を小馬鹿にするのもはなはだしい。江戸の馬鹿野郎たちが粋がってこういう渾名をつける。弥栄というのはいよいよ栄えるという意味になるのだ。泥棒に入られて益々《ますます》繁盛するなどと奉行所をなめるのもいい加減にしろだ。

その弥栄の彦一と聞いて半左衛門がかんかんに怒った。

こういう奉行所をなめた野郎は許しがたい。捕まえて斬首にするか錠前も門もない島に流すしかない。島には泥棒などいないから戸締まりなどしないだろう。そんなところに流されたらどんないい腕も使いようがないと思う。

勘兵衛の風邪はこじれて長引いた。

看病している喜与とお志乃《しの》たちが忙しかった。勘兵衛の病状が快方に向かうと、今度は同じ症状で喜与が倒れた。事態は一大事だ。

お志乃とお登勢《とせ》、お滝《たき》たちが二人の看病に忙殺される。

そんな時、勘兵衛の病を聞いた三島《みしま》のお君《きみ》とお房《ふさ》が、箱根《はこね》の富松《とみまつ》と権平《ごんべえ》の駕籠で奉行所に現れた。

「えいほッ、えいほッ！」

早駕籠仕立ての二丁の山駕籠が一気に箱根山を越えてきた。

「お奉行さま……」

二人がお志乃に勘兵衛の病間に案内され手伝いを始める。

旅の人から「北町の鬼の霍乱だ」と聞いて、美人姉妹が富松と権平に相談し、取るものも取り敢《あ》えず「江戸へ！」と吹っ飛んできた。

勘兵衛は褥《しとね》に起きられるようになっていた。なぜなのか勘兵衛の回りには美人が多い。こういうことならもうしばらく寝ていてもいいぐらいだ。

「お君、腹が空《す》いた。粥《かゆ》を頼む……」

「はい、すぐ支度いたします」

お君とお房は勘兵衛の気に入りの姉妹なのだ。こういうやさしい美人には看病してもらいたいものだ。奉行夫婦が倒れたのだから奉行所としては大ごとである。こういう時こそ総力戦で戦うしかない。

「お奉行さまの女房だと思ってい

「お房、煙草盆がないな？」

「お奉行さま、煙草を吸って苦しくございませんか？」

藤沢宿《ふじさわしゆく》で勘兵衛に助けられてからお房は、お奉行さまの女房だと思っている。人が信じようが信じまいが美鶯《みおう》ことお房は勘兵衛とそう約束をしたのだ。

「そうだな、止めておくか？」

お房にやさしくいわれると駄々をこねない勘兵衛なのだ。青木藤九郎《あおきとうくろう》の顔を見たいお君は奉行所の中をウロウロしている。三島で会って以来、お君は藤九郎が恋しくて何度胸が焦《こ》げてしまったことか。もちろん、藤九郎にお登勢という奥方がいることは知っている。

二人は三日ほど勘兵衛の看病をしたが、お君は恋しい藤九郎と会えなかった。奉行所は彦一の探索で忙しく連日のように、内与力の宇三郎と藤九郎も見廻りに出ている。

「お姉ちゃん、会えたの？」

「どこにもいないみたい……」

「どうする？」

「そう長くいたら、変に思われるから……」

「うん……」

姉妹は藤九郎に会うのをあきらめて三島に戻って行った。

そんな勘兵衛の大騒ぎの病も半月を過ぎて全快し床払いをした。それから五日ほどして喜与も全快する。火がついたように大騒ぎの勘兵衛の病だった。

夫婦そろって病に倒れるなど不覚だと喜与は思う。

「ごめんなさい」

喜与はそう言いながら元気に復活した。

「少し痩せたな？」

「殿さまこそ少しお痩せになったようでございますけど……」

「うむ、わしは少し痩せた方がいいのだ。脂がついて少々体が重かった。少し体が軽くなって動きやすいようだ」

「喜与も少し痩せたぐらいが良いかと……」

「そうなのか？」

仲のいい奉行夫婦が復活すると、たちまち奉行所の活気が違ってくる。

何んといっても北町奉行所は勘兵衛と喜与が元気でないと、人の出入りは多くても勢いというものが出ないのだ。静かというかもの悲しいというか見廻りの同心たちの足まで重いように思う。

そんな奉行所を預かる筆頭与力の長野半左衛門もつらい。訴状だけが積み重なって仕事がさっぱりはかどらないからだ。人は心配事があるとなにも手につかないというがそれが半左衛門だ。いかに奉行を頼ってきたかを思い知らされることになった。なんでもかんでも勘兵衛の裁可を仰いでやってきたように思う。

兎《と》に角《かく》、お奉行が元気になったらすぐ裁きをつけられるようにと、差紙《さしがみ》で訴人を呼んで徹底的に調べ上げ書類を作った。

半左衛門がいるから奉行所が回っているといえる。

内与力の望月宇三郎がその半左衛門を支えていた。奉行が倒れてしまっては総力戦で戦うしかないのは当然である。手抜かりがあっては二人とも倒れた勘兵衛に申しわけがないと思うのだ。

こういう時こそ奉行所の本当の力が試される。

そんな緊迫した状況から勘兵衛が復活してきた。ほっと一息つけるのが半左衛門であったが訴状がたまりにたまっていた。

勘兵衛の床払いは実に喜ばしいが、すぐ愛用の銀煙管が欲しくなってしまう。

その一服のうまいことといったら筆舌に尽くしがたい。頭にクラッときて眼が回りそうで回らない一瞬の夢遊の中に墜《お》ちる。爽快の遥かに先の無我の快感というしかない。それを至福といわずしてなんぞや。人はそれを煙草中毒などというが、煙草吸いには知ったことではないのである。

煙草というのはしばらく吸わないでいて、一服つけるとそういう症状になるらしい。

この無我の快感は煙草を吸わない人には永久に無縁いや無煙。そこが勘兵衛と喜与の違いであって、煙草などは煙ったいだけで大いに迷惑という。あの焦げ臭いような煙草の煙の臭いを喜与は我慢がならない。

なによりも煙草は火種だから雑な扱いをすると火事になる。

勘兵衛の復活はその煙草の復活でもあった。お志乃やお登喜やお滝はさっさと逃げてしまうが逃げられないのが喜与だ。

その頃、吉原の入舟楼《いりふねろう》に伊勢《いせ》から金平《きんぺい》が現れ、君華《きみか》のところに上がって大橋《おおはし》十兵衛《じゅうべえ》と銀平《ぎんぺい》の顚末《てんまつ》を聞いた。金平にとっては驚天動地のできごとである。以前、大橋事件のことを聞いた神田明神の平三郎は角筈村《つのはずむら》に行って、貞三《ていぞう》とおたか夫婦から事件の詳細を聞き、金平が現れたら話すようにと平三郎は吉原の君華に伝えていた。

その話を君華から聞いて金平は腰が抜けるほど仰天する。とんでもないことになったと思うがすべては後の祭りだ。まさかそんなことが起きているとは夢にも思わないで金平は江戸に出てきた。取り返しのつかない最悪の事態だった。なんたることだと金平は自分の軽率さを悔いた。

「お前に渡しておいたものは？」

「あれは平三郎さまが訪ねてこられたので渡しましたけど？」

「平三郎さんか？」

「神田明神の前の茶屋にいつもいるって……」

「そうか、神田明神だな？」

その日、金平は君華のところに泊った。どんなに考えても殿さまの大橋十兵衛に対する大不忠である。腹を斬《き》って詫《わ》びなければならないことだがそんな勇気もない。金平は自分の不始末で殿さまを死なせてしまったと思う。もう取り返しがつかない。

「お前、年季が明けたら伊勢に来るか？」

「平三郎さんからもそう聞いたけど、本当にいいの？」

「当たり前だ。お前が承知なら迎えに来る」

「うん、行きたい……」

「そうか、伊勢はいいところだから……」

君華がうれしそうにうなずいた。君華は平三郎に馴染《なじ》んでしまったが、このところ平三郎は吉原に現れていない。もう吉原で浮かれている年でもないのだ。君華は父親のような平三郎がくると安心した。

気持ちが和《なご》んで売られる前の自分に戻れたような気がする。遊女はみないつか父母の元に帰りたいと願っているが、それを実現できる女はほとんどいないのである。病に倒れたり他所《よそ》の遊郭に売られたり身請《みう》けをされたり、その運命は売られた時から翻弄《ほんろう》されると決まっていた。

君華も父母に会いたいと思いながら遠い伊勢へ行く決心をする。

金平とならうまくやって行けると思うのだ。大きな幸せではないが、そこそこ平穏な暮らしを手に入れられそうだと思う。君華は派手好みの女ではなかった。むしろ吉原の中ではあまり目立たない地味な女である。それでいて吉原にくるくらいだから美人だ。金平は本気で君華を女房にするつもりだ。

その頃、高遠《たかとお》のお絹《きぬ》に男の子ができてうれしいのだが、お絹は寂しいものだから父親の朝太郎《あさたろう》に泣きつく、すると、朝太郎は平三郎に手紙を書いて高遠に顔を見せろという。

そんなことが続いていた。

金平が神田明神に現れた時、平三郎は高遠から戻ったばかりで茶屋にいた。

「君華に大橋十兵衛さまと銀平のことを聞いたか？」

「はい、聞きました。あっしの蒔《ま》いた種でとんでもないことに……」

「そうだ。今すぐここで足を洗え、さもなくばわしがお前を斬る！」

「へい、昨夜、そう考えました。あっしはどう考えても殿さまに顔向けができませんので……」

「そうか、それならあの帳面を焼いてもいいな？」

「お願いします」

「お前は江戸にいちゃいけねえ男だ。君華は年季が明けたら伊勢に行くそうだから、早く江戸から消えろ！」

「へい、そうします。この足で伊勢に戻ります」

「それがいい。腹は斬るな。大橋十兵衛さまはお前が腹を斬ってもよろこばん。

わかるな?」

「へい、殿さまの菩提《ぼだい》を弔《とむら》って暮らすことにします」

「うむ、それがいい。それなら大橋さまも喜ぶだろう。なかなかの了見だ」

金平は平三郎に足を洗うと約束して立ち去った。その金平が角筈村のおたかの家にふらりと現れた。十兵衛の住んでいた百姓家はそのままになっている。だが、家というのは人が住まなくなると寂しげになる。朽《く》ちるのも早いという。

人の作ったものは完成した時から自然に帰って行こうとするのだ。大橋十兵衛の百姓家も森の中に消えようとしている。そのままにしておけばあと五、六年で軒は落ちて雨漏りし、益々朽ちるのが早くなるだろう。

おたかから大橋十兵衛の切腹の様子を聞いた金平は、その夜遅く、十兵衛の百姓家に戻ってきて夜半過ぎに腹を斬って絶命した。ずいぶん苦しんだようであちこちに傷があった。この金平の死を平三郎も君華も知らない。

勘兵衛が元気になって十日もしないで弥栄の彦一があっさり捕まった。

鬼七と子分になったばかりの留吉が夜回りをしている時、暗がりから暗がりへと走って行く影を発見、足の速い留吉が先回りして、前と後ろから挟んで彦一を捕らえたのだ。なんとも大きな留吉の初手柄である。それを一番よろんだのは豆観音のお国だった。

だが、この捕り物は大きな手柄だが、弥栄の彦一がわざと捕まったと思えないこともなかった。なにを考えているかわからない盗賊の捕縛だった。

ところが彦一がとらえられた夜、その彦一とまったく同じ手口の盗賊が神田に現れた。その報告を聞いた半左衛門はどういうことだと思う。盗賊は十両だけを盗んで逃げたというのである。

弥栄の彦一はおとなしく牢《ろう》内にいた。

第二章　阿波錠《あわじよう》

ところがその翌日も、その翌日も彦一と同じ手口の盗賊が出没する。

それも以前よりもひどく、連日、どこかに現れては十両だけを奪っていった。

おかしな盗賊で半左衛門の頭が混乱する。そんな双子のような盗賊がいてたまるかとも思うが、現実に毎晩現れるのだから信じたくはないが認めざるを得ない。

「奉行所をなめやがって！」

例によって冷静な半左衛門は怒り心頭なのだ。

弥栄《いやさか》の彦一は神妙に牢内にいる。

何ともおかしな事件で、半左衛門がいくら考えても何がどうなっているのかわからない。彦一を引き出して問い質《ただ》しても、丁寧《ていねい》に「なにも知らないのでございます」などという。

こうなると吟味方の秋本彦三郎《あきもとひこさぶろう》の出番もない。

半左衛門に聞かれると彦一はなんでも、はきっと素直で神妙に答えるのだ。だが、他人の盗賊がここまで同じ手口というのはおかしい。半左衛門は双子か兄弟の泥棒《どろぼう》だろうと睨《にら》んでいる。

「お奉行、どうも解せないことが起こっております」

半左衛門はなかなか埒《らち》が明かないため、与力、同心を夜廻りから引き上げて、通常の見廻りにしてしまった。裏をかかれているようで何んとも気持ちが悪い。

そこで半左衛門が勘兵衛にこの奇怪な話をする。

「ほう、おもしろい話だな」

などと勘兵衛は暢気《のんき》だ。このところ病平癒《やまいへいゆ》で煙草《たばこ》もうまいし気持ちも爽快なのだ。

なによりも喜与が回復すれば抱いてやりたいと思う。

「なるほど、その弥栄の彦一は間違いなく夜には牢の奥で寝ているというのか？」

「はい、牢番が深夜に何度か牢の見廻りをしていますが、まったく異常はないと言っておりますので……」

「すると彦一と同じ手口の賊がもう一人いるということか？」

「はッ、そんなことはないでしょうか？」

「彦一を放免させたい兄弟とか仲間がいるかもしれないが、それより彦一が牢を出入りしているとは考えられないか？」

勘兵衛が銀煙管《ギセル》でスパーッとやって半左衛門にそう聞いた。

兎《と》に角《かく》、このところ煙草がうまいのだ。病で急に煙草の味が変わるということはないだろうか。

「奉行所の牢を破っているということでしょうか？」

「考えられないか？」

「もしそういうことだとすれば、彦一は錠前を簡単に開けるということになりますが……」

半左衛門はそんなことは考えられないという口ぶりだ。

だが、勘兵衛はあり得るのではないかと考えていた。もちろん他にも彦一の仲間がいるかもしれない。奉行所の牢も伝馬町《てんまちょう》の牢屋敷の牢も錠前一つで悪党を閉じ込めている。その錠前に問題があることを勘兵衛はだいぶ前から気づいていた。

それは泰平の世になって、刀の需要が激減した刀鍛冶《かじ》が、よい錠前を作るようになったからだ。ということは錠前師という匠《たくみ》が増えたということでもある。そこを勘兵衛は問題視していた。錠前が進歩することは良いことなのだが。

奉行所の錠前もそんな新式の上等なのを使っている。易々と破れるような錠前ではないはず。

この頃、和錠といわれるものは刀鍛冶の製作で精巧なものや、豪華な装飾やからくり仕掛けなどというのができ始めていた。大量に金銀銭を扱うようになるとどうしても金蔵が必要で、二つや三つも金蔵を作る旦那衆が現れた。どの蔵に小判を入れているかわからないようにするためである。

その目くらましの蔵には必ず頑丈な錠前がかけられた。

江戸期には鍵穴を隠したからくり錠や、複数の鍵を使わないと開錠できないもの、開錠すると音の出るものなどができる。錠前と泥棒は兄弟のようなものでいつも追いかけっこをしている。

錠前が進歩すればそれを誰かが必ず破ろうとする。

このところそんな錠前の進歩がなんとも急だった。その原因は貨幣の流通が始まったからである。上方では銀貨が大量に使われ、江戸では金貨が大いに好まれた。大店の旦那衆の金蔵には山吹色の小判がうなっている。そういう金銀貨はただ一つの錠前で守られていた。そのために錠前が急に進歩したのだ。

中でも土佐《とさ》の山内一豊《やまうちかずとよ》が錠前作りを奨励したため、土佐から不出といわれる玉《たま》鋼《はがね》で作ったお染《そめ》錠前こと土佐錠が作られた。叩こうが斬ろうが焼こうがビクともしない。いかつい頑丈な錠前で鍵がなければ開錠は不可能である。

土佐錠、阿波《あわ》錠、因幡《いなば》錠、安芸《あき》錠を四大和錠という。

これらの和錠は板バネ式であった。それもお染錠前は四枚も板バネを使っていたというから頑丈だ。おいそれと開けられる代物ではないが土佐から不出なのだ。だが、人は天邪鬼《あまのじやく》だから不出といわれるとどうしても手に入れたくなる。金蔵は旦那衆の命だから絶対破られないとなると欲しい。

土佐の山内家はお染錠前を厳重に管理している。

北町奉行所では阿波錠を使っていた。

錠前の形は色々だが開錠の方法が板バネ式であれば仕掛けはほぼ同じである。

勘兵衛は板バネ式の和錠は鍵がなくても開錠できると知っていた。

つまり錠前の仕掛けを知っていれば開錠できるということだ。

最も手っ取り早いのは錠前師が開錠することである。

そういう凄腕《すごうで》を持つ錠前切りがいることを老中から聞いたことがあった。

新式の錠前が考案されると、それを破ろうとする錠前切りが必ず現れる。錠前と錠前切りは鼬《いたち》ごっこなのだ。これは絶対破れない新式だなどというと、それを破ってみようとする不埒な野郎が必ず現れるものだ。そういう野郎は金蔵の中の小判より錠前を破る快感に痺《しび》れている。開けられない錠前をカチッと開錠した時の音にブルッと痺れるのだから変わり者だ。そういう風変わりな野郎ははた迷惑もいいところだが、錠前を作る方も破られてたまるかとあれこれ工夫する。

だが、そんな凄腕の男が現れたとなると、どんな錠前でも開けられることになる。

その弥栄の彦一という男は錠前を作る仕事をしていたが、何を勘違いしたのか錠前を開ける快感に憑《と》りつかれ、カチッと開けられないとその錠前に、何度でも通うようになったというのだ。おかしな野郎で十両は開錠した証《あかし》として持ち帰るだけだ。

それが事実かどうかはもちろんはっきりしない。

そういうことは後に彦一が白状してわかったことである。こういう快感というのは人さまざまでどうしてと聞く方が野暮なのだ。好きなものは好きというしかない。

「見廻りを厳重にするしかないだろう」

「はッ、承知いたしました」

　半左衛門は夜廻りを再び厳重にした。だが、そんな半左衛門をあざ笑うように賊が出没する。半左衛門の怒りを楽しんでいるようなものだ。不届至極、不埒千万、言語道断《ごんごどうだん》であったが、半左衛門があまり怒ると頭に血が上ってぶっ倒れる。長野半左衛門は北町奉行所にはなくてはならない人だ。

　そこで勘兵衛が宇三郎と藤九郎を呼んだ。

「二人は今夜から牢内の彦一を見張れ、あの男は凄腕の錠前切りのようだからな」

「錠前切りでございますか？」

「そうだ。どんな錠前でも開錠するらしい。あの男はそんな男だと睨んでいる」

「牢の錠前も？」

「おそらく、易々と開けているのだろう。奉行所の外にも潜《くぐ》り戸《ど》の閂《かんぬき》を開けて出入りをしているのだ。困った男だ」

「ふざけた真似を……」

「藤九郎、斬ってはならぬぞ。どこに行って何をするか見張るだけでいい」

「畏《かしこ》まりました」

勘兵衛の話から宇三郎と藤九郎はとんでもない野郎が牢内にいると緊張した。勝手に牢を出入りするとは許せない。本当のことなら腕の一本も斬り捨てたい野郎だ。

その夜、彦一はいつものように着物を脱ぐと牢の奥の暗いところに、いかにも寝ているように着物を丸めて工作する。下帯一枚になり黒い単衣だけを引っかけて帯を締めた。

着物の裾を尻からげにして帯に挟むと、髷《まげ》の元結の傍から細い金具を取り出すと、金具の先端をひとなめして牢の錠前をいとも簡単にカチッと開けてしまった。宇三郎と藤九郎に一部始終を見られているとは気づいていない。キョロキョロするがさほど警戒しているようには見えない。

彦一は牢から出ると錠前をかける。なんとも丁寧な仕事だ。

見事というしかない錠前切りの腕だ。これでは牢番が騙《だま》されるのは当たり前である。

宇三郎と藤九郎はこの野郎は何者だと思う。こんな奉行所を小馬鹿にした盗賊は見たことがない。鮮やか過ぎて錠前などあって無きがごとし。あきれ返るやら感心するやら困った野郎だと思う。

その彦一は堂々と砂利敷を通って外に出ると、潜り戸の落とし閂を開けて奉行所の外に出た。なにからなにまで手際のいい男だ。カチッと錠前を破った時の音だけで静かなものである。こういう水際立った綺麗《きれい》な仕事をされると褒《ほ》めてやりたくなる。

外に出ると丁寧に潜り戸の閂を閉める。金具一本でどうしてそんな芸当ができるのか。

いつも冷静で穏《おだ》やかな宇三郎も腹が立ってきた。藤九郎を先に外に出して、門番を起こすと外に出て潜り戸を閉めさせる。泥棒の彦一より手際がよろしくない内与力だ。

藤九郎も感心していたがやがて腹を立てた。

「あの野郎、ふざけた真似をしやがって、奉行所を小馬鹿にすることは許さん！」

斬るなといわれていても斬りたくなる。その彦一は急ぐこともなく神田まで行くと、知り合いの家にでも入るように裏口からスッと店に入り、四半刻（約三〇分）もしないで出てくると奉行所に戻り始める。これでは奉行所を盗みのねぐらに使っているようなものだ。

「野郎、ふざけやがって！」

「まるで幽霊みたいな野郎だな……」

「後腐れのないように斬るか？」

「いや、斬るなというお奉行の命令だ。腹の立つ野郎だが……」

剣客二人が手出しできない。

彦一は潜り戸からではなく、身軽に塀の傍の木によじ登ると、奉行所の塀に飛び下りて中に消えてしまった。お見事、鮮やか。野郎の懐《ふところ》に小判が十枚入っているのだろう。だが、その小判を牢内に持ち込んだ気配がないのも不思議だ。半左衛門が何度調べても彦一の体からは一文の銭も出てこない。

星明りの中に立って宇三郎と藤九郎は呆然《ぼうぜん》とする。

傀儡師《くぐつ》や軽業師《かるわざ》でもこう上手《じょうず》にはできないだろうと思う。二人は彦一の正体をはっきりと見た。もう言い逃れはできない。

「あの身軽さは人ではないな？」

「鬼か猿か？」

「そんなところだろう……」

二人は門番を起こして奉行所に入り牢に行くと、彦一は牢の奥の暗がりに横になって寝ている。何のためにこんなことをするのかわからない。奉行所に恨みがあるようにも見えなかった。

何の迷いもなく牢を破り奉行所から出て、盗みを働いて奉行所の牢に戻ってくる。

「おかしな野郎だ……」

「とんでもないことをしやがる！」

宇三郎と藤九郎は奉行所の長屋に帰って寝る。なんともおかしな盗賊だが捨て置くこともできないと思う。

あろうことか北町奉行所の牢をねぐらに、夜な夜な抜け出して泥棒の仕事をするとは許せない。奉行所をなめているというか小馬鹿にしているというか、八《や》つ裂《ざ》きにしてやりたい野郎だと藤九郎は怒っている。

半左衛門が真相を知ったら怒ってひっくり返りそうだ。

奉行の病が快癒したというのにとんでもない泥棒が現れた。宇三郎はこういう泥棒は牢に入れても、すぐ出てくるのだから扱いが難しいと考える。かといって吟味方の拷問で足腰が立たなくなるほど痛めつけようとしても、なんでも素直に半左衛門に白状するのだから拷問にもかけられない。

弥栄の彦一はかつてないほど扱いにくい泥棒なのだ。

百両とか二百両とか盗むなら手の打ちようもあろうが、十両と決めているようでそれ以上は決して盗《と》らない。

後に十両盗めば首が飛ぶといわれるようになる。

彦一の首など何度飛んだことかわからないだろう。だいたいが泥棒に弥栄などとふざけた名をつけるのが、江戸の粋だというのだから、人々もどこか一本抜けているとしか思えない。

変わったことをおもしろがり、囃《はや》したてるのが江戸の粋だというのだからおかしい。

「粋だね」ということになると何でも許されてしまう。それに異議を申し立てると、「野暮だね」ということになってしまう。そんな江戸の人々の粋がりを知り尽くしているのが勘兵衛なのだ。

翌日、勘兵衛は城から戻ると半左衛門を呼んだ。

「またやられたか？」

「はい、やられました」

「神田の油屋、房州屋《ぼうしゅうや》であろう」

「ど、どうしてお奉行がそのようなことを？」

「その泥棒を宇三郎と藤九郎が見ていたのだ。それは牢内の彦一の仕業《しわざ》だ。門の傍の松の木の根方を掘ってみろ、小判がザックザック出てくるはずだ」

「やはり……」

「そうだ。おかしな男だ。あれは病だから叱るな。叱って直るようなものじゃない」

「なめやがって、それでは早速、門番に掘らせます」

勘兵衛がいうように松の根方から七十両が掘り出された。それを持って半左衛門が勘兵衛の部屋に現れる。今にも牢に行って彦一をぶった斬るような顔で怒っている。あんな小僧に小馬鹿にされたと年寄りの半左衛門は思う。

「松の根方に七十両もございました」

「やはりあったか、奪った小判をどこに隠したか考えてみた。今朝、登城する時に気づいたのだが、あの松の根方の土を誰かがいじったようだった。門番にきいたがいじっていないという。なんともおもしろいことをする男だ」

「奉行所を根城に盗みに出歩くとは許せぬ奴め、何んとしてもきついお裁きを！」

「この江戸で一番安全な奉行所をうまく使ったものだな？」

「お奉行、ことごとく罪状を調べ上げて、厳罰にしないことには腹の虫がおさまりません」

弥栄の彦一になめられ、いつになく半左衛門が腹を立てている。

これまでこんなに奉行所を小馬鹿にし、なめた振る舞いをする賊はいなかった。

北町と聞いただけで賊は震え上がったのに、手配りを易々と破られて半左衛門は怒っている。あろうことか牢の錠前を切るとは言語道断、江戸中を引き回して日本橋で、三、四日晒《さら》してから磔《はりつけ》にしたいくらいだ。

「半左衛門、まずは厳重な見廻りを解くことだ。みなが疲れているだろう」

「はい、今夜からは通常に戻します」

「あやつは厳罰だな……」

「是非、そのようにお願いいたします」

だが、勘兵衛は彦一のような男をどう処分するか難しいと思う。刑を決めて伝馬町の牢屋敷に送っても、納得しなければ必ず逃げ出すはずだ。金具一本で開錠するのだからどんな牢獄に入れても無理だろう。

その金具を全部取り上げられるか、何本持っていてどこに隠しているのか。

そんな男を伝馬町に送れば、逃げられた奉行の石出帯刀《いしでたてわき》が咎《とが》められることになる。

それではあまりにも牢屋敷奉行の石出帯刀が可哀《かわい》そうだ。そんな恥を晒せば石出帯刀が腹を斬るかもしれない。かといって処分するまで牢屋敷に縛り付けておくことも危ない。するりと縄抜けをするかもしれない。どんな技を持っているか得体の知れない男である。

弥栄の彦一を処分するのは難しいということだ。

こういう風変わりな男を屈服させるのは容易ではない。斬り捨ててしまうのが一番なのだが、自分から牢に戻ってくるのだから始末が悪い。神妙といえば実に神妙なのだ。

だが盗みを働いてから戻ってくるのだから困る。

確かに、江戸で一番安全なところといえば奉行所の牢であろう。そこを泥棒のねぐらにされてしまった。世間に知れたら勘兵衛でも腹を斬らなければならなくなる。

半左衛門に言わせると「大馬鹿野郎！」ということだ。

ここは北町奉行米津勘兵衛の思案のしどころである。伝馬町の石出帯刀に責任を押し付けることはしたくない。北町奉行所で決着をつけるべき事件なのだ。

弥栄の彦一は小判を欲しがっている風でもなく、ただ錠前を開けることに喜びを感じているようだと勘兵衛は思う。知らぬふりで牢の錠前を替えたらどうする。勘兵衛はそんな悪戯《いたずら》も考えてみた。だが、知られたと思えば奉行所から逃げ出す、そうなれば今度捕まえるのは簡単にはいかなくなる。

勘兵衛と宇三郎と半左衛門は毎日額《ひたい》を寄せて相談する。

なかなか良い考えが浮かばないのが実際のところだ。同じ考えが行ったり来たりになった。

「こういう男の処分は厄介《やっかい》だ。どこに入れても気に入らなければ逃げ出す」

「遠島はいかがでしょうか？」

「流される前に逃げるな……」

「錠前を開ける金具を持っているようですから、それを取り上げるというのはいかがでしょうか？」

「うむ、髷にその金具を指しているというが、あのような男は他にもどこに持っているかわからんぞ。金具を取り上げても何か開ける方法を知っているかもしれん。逃げたっきり牢に戻ってこなくなるのは困るのではないか？」

「確かに、厄介なことで……」

半左衛門はお手上げになってついに日本橋から錠前屋を呼んだ。

そこで阿波錠について詳しく聞いた。すると阿波錠にはからくり錠前があるという。

そのからくり錠には鍵穴がない。だから誰にも開けられないという触れ込みで売り出されたのだという。確かに鍵穴がなければ開けられない。開錠するにはある仕掛けを解かないと、その鍵穴が現れないという代物で、近頃、考案された新式の錠前だということだった。

錠前のからくりは色々考えられて、やがて一本の鍵ではなく二本、三本と鍵を使わないと開錠できない錠前なども考案される。

だが、からくりが難しくなればなるほど、錠前を買った本人が開けづらくなる。

三本の鍵を一緒にしておいては意味がないから、バラバラにしておくと一本なくなったりして万事休す。

だいたい勘兵衛はその新式というのを信用しない。素人には珍しい新式でも玄人には、すでに知られている旧式かもしれないのだ。そういつも新式が出回っているとも思えない。

錠前屋の商売を邪魔するわけではないが納得がいかない。からくり錠を錠前屋に持ってこさせて、彦一に「開けてみろ……」というのも剣呑《けんのん》である。

錠前を替えるような強硬手段をとれば、彦一はあざ笑うように逃げ出すだろうと勘兵衛は思う。おそらく彦一はからくり錠も知っているはずだ。

「斬り捨てるのが一番だな」

「斬る？」

「後腐れのないように斬ってしまうのだ」

半左衛門は少々乱暴な気もするが、扱いを間違えると逃げ出しそうで始末が悪い。やはり牢内で密《ひそ》かに斬ってしまうしかないかと思う。

「半左衛門、神田明神の平三郎を呼んでくれないか？」

「はい、承知いたしました」

勘兵衛が何を考えているか半左衛門にはわからない。すぐ半左衛門が神田明神に使いを出して平三郎を呼んだ。

奉行所からの呼び出しにお浦《うら》が不安な顔をする。

「気にするな。お咎めではないだろう」

平三郎は金平のことかとも思った。この時、平三郎は金平が角筈村の百姓家で腹を斬ったことを知らない。金平は伊勢に逃げたのだから捕まってはいないと思う。奉行所の呼び出しは別のことだろう。心配そうなお浦にニッと笑って奉行所に向かった。元盗賊というのはいつまで経っても役人は怖いものだ。お浦は平三郎と奉行所の付き合いをいつもはらはらして見ている。

平三郎が奉行所の砂利敷に入ると半左衛門が現れた。

「ご苦労、お奉行のご用だ」

「はい……」

「内々の話のようだ。奥の庭に回ってくれるか？」

「承知いたしました」

平三郎が同心に案内されて勘兵衛の部屋の庭に入った。

お奉行から直々のご用というのは滅多にないことだ。女密偵のお香なら驚くことてもないだろうが平三郎は密偵ではない。

「久しぶりだな？」

「ご無沙汰《ぶさた》をいたしております」

二人ともそっけない挨拶だ。平三郎は元武家だから呼吸は心得ている。

「うむ、達者でなによりだ」

「お陰さまで元気にしております」

勘兵衛が縁側に出てきて腰を下ろした。

「内密のことだ。ここに掛けてくれ……」

「はい……」

二人が庭を見るように並んで縁側に腰掛けた。

「実はそなたに頼みたいことがある。今、奉行所の牢に彦一という盗賊が捕まっているのだが、この男が錠前はずしの名人でな。夜な夜な奉行所の牢を抜け出して仕事をして、戻ってくると牢内で神妙にしている。そんな風変わりな男なのだ。それも十両しか盗まないので処分が難しい」

「はい、十両しか盗らない弥栄とか、それに錠前切りの話は聞いたことがございます」

「小判が欲しいわけでもなさそうだ。こういう男はどこに閉じ込めても出てくる厄介者だ」

「はい……」

「そこでわしの考えだが……」

勘兵衛が彦一をどうするか平三郎に話した。

それは平三郎の弟子にすることだった。毒には毒を持って制すとの言葉がある。

平三郎は弥栄の彦一の噂を知っていたし、このような風変わりな男は、平三郎のような親分を好きだろうと勘兵衛は思ったのだ。

「どうだ？」

「なかなかおもしろいかと思いますが……」

「わしに力を貸すか？」

「はい、お役に立てるのであれば喜んでいたします」

「いうことを聞かない時は斬り捨ててもよい。すべてはそなたに任せる」

勘兵衛と平三郎の間で話が決まった。

半左衛門を呼ぶと勘兵衛は彦一を砂利敷に出しておくよう命じた。

「高遠の朝太郎は元気か？」

「はい、相変わらず五郎山《ごろうやま》の墓守をしております」

「うむ、いずれ高遠に戻るか？」

「そのように考えております」

「そうか、よいところであろうな。高遠は？」

「はい……」

「取り敢えず彦一を見てくれるか？」

勘兵衛が一服してから公事場に出て行った。

砂利敷の筵《むしろ》には神妙な彦一とそれを子分にしようという平三郎が座っている。

「お奉行さまである！」

半左衛門がいうと彦一と平三郎が平伏する。彦一は思ったよりも若い男だ。勘兵衛はいつものように公事場の縁側に下りて行った。

「二人とも顔を上げろ……」

勘兵衛が彦一を見て、この男はいつでも逃げられると、妙な自信を持っているように感じた。なんとも嫌な野郎だと思う。それでいて何んとも憎めない子どものような顔をしている。

「彦一、毎夜毎夜、奉行所から抜け出しての仕事をやめる気はあるか？」

ずばっと勘兵衛が切り出した。

発覚していたのかと彦一は少し戸惑った顔だ。お奉行は怒っている風ではない。

「やめる気はあるのか？」

「はい……」

「そうか、では奉行からお前に命令がある。ここに奉行所の入り口の松の根方から掘り出した七十両がある。これを奪った場所に戻してこい。誰にも知られずに戻せるか？」

「盗った場所に？」

「そうだ。ここにあるのは十両ずつ七軒だと思うが？」

「へい……」

「一晩に一軒ずつ返してこい。伊那谷《いなだに》の平三郎親分、そなたに彦一の監視を命ずる。元の場所に確かに戻したか確かめてもらいたい。二人は同業だからわかるだろう」

「はッ、畏まりましてございます」

弥栄の彦一に伊那谷の平三郎が張りつくことになった。

「藤九郎と倉之助《くらのすけ》！」

「はい！」

「二人は彦一が逃げないように見張ってもらいたい。もし逃げようとした時はその場で斬り捨ててよい。藤九郎、そなたの腕を見せてやれ！」

「はッ、彦一ッ！」

「はい……」

彦一が振り返った瞬間、藤九郎の腰から鞘走《さやばし》った刀が彦一の髷を斬り落とした。驚いて彦一は身を引いた時、髷がポロッと筵の上に落ちた。

「アッ！」と彦一は恐怖の一撃で震えあがった。

「彦一、その髷に入っている金具を拾え、お前の商売道具だろう？」

藤九郎の居合の迫力に彦一が落ちた髷を握って手が震えている。

「お、お奉行さま……」

「彦一、お前を伝馬町には送らない。どこの牢に入れても必ず逃げ出すからだ。お前は人知れず藤九郎に斬られてこの世から消える。いいな？」

「お奉行さま、お許しを……」

「駄目だ。この勘兵衛をなめた真似をしおって、よくもわしを怒らせたな。逃げられると思うなら逃げてみろ。闇夜だと思うな。お前の後ろには藤九郎がいる。必ず斬り捨てる。ただし、見つからず七軒に十両ずつを無事に返せたら考えてやってもいいが、どうする？」

「は、はい……」

勘兵衛に弥栄の彦一がにらまれた。もう逃げられない。

「半左衛門、十両を返すお店の名を言え……」

「はッ、日本橋の酒問屋丹波屋助左衛門《たんばやすけざえもん》にございます」

「よし、彦一に十両を渡せ……」

捕った場所に戻してこいという難しい命令だ。

それができなければ逃げようとしたとして、藤九郎か倉之助に後ろからばっさり斬られるという話だから恐ろしい。弥栄の彦一が粋がって奉行所を小馬鹿にしたつけがいきなり回ってきた。首が飛ぶか綺麗さっぱりもとに小判を戻すか。

「平三郎、そなたも例の孫六兼元《まごろくかねもと》で逃げようとしたら彦一を斬ってもいいぞ」

「はい、そのようにさせていただきます」

「彦一、亥《い》の刻（午後九時～一一時頃）まで休んでいい。喜平次《きへいじ》と市兵衛《いちべえ》は牢から彦一が出ないように見張れ、勝手に出たら斬って良い！」

そう言い残して勘兵衛が奥に引っ込んだ。お奉行が勝つか彦一が勝つかの勝負だ。

「牢番、彦一を刻限まで牢に戻しておけ……」

半左衛門が命じる。彦一は十両を持って牢に戻り、平三郎は彦一を斬る孫六兼元を取りに神田明神に戻った。子分にして苦労するよりひと思いに斬り捨てた方がさっぱりする。だが、平三郎は勘兵衛が彦一を立ち直らせろといっているように聞こえた。この平三郎の判断が弥栄の彦一の運命を握ることになった。

「お奉行さまから何か？」

「今夜からしばらく仕事だ」

「お奉行さまの？」

「そうだ……」

「刀なんか出して？」

「お奉行さまの命令で賊を斬らなければならないかも知れん」

「人を斬る？」

お浦には何が何だかさっぱり話がわからない。だが、平三郎が名刀の孫六兼元を持ち出すのはよほどのことだ。名刀は人を斬るためにあるのではない。人を斬れば刀に人斬りの傷がついてしまう。それぐらいのことはお浦にもわかるし、人を斬った手で抱かれるのは嫌だとも思う。

「今夜、亥の刻から仕事だ。帰ったら話をする。少し込み入った話でな」

「うん、気をつけて……」

「これから数日、牢に入るから……」

「えッ！」

お浦はそれでは話が違うという顔をした。

だが、平三郎は着流しに孫六兼元の名刀を差して茶屋を出た。外はもう薄暗くなっていたが、月はまだ出ていなかった。平三郎が見たところ弥栄の彦一は、人殺しをするような悪党には見えなかった。

盗った小判を元に返してこいというのはなかなかの考えだと思う。

お奉行が泥棒に腕を見せて見ろといっている。これには弥栄の彦一も痺れただろう。すべて返し終わったら彦一を平三郎の子分にすると勘兵衛は考えたのだ。

毒を以《もっ》て毒を制す実におもしろい話になっている。そこに大盗賊の朝太郎と平三郎がからんだら、小芝居でも大うけするようなことだと思う。平三郎は彦一のような三下奴《さんしたやつこ》とは話が違う。三下とは賽《さい》の目が三より上が出ないことをいう。

つまり一と二と三の目だけでは勝てないということである。

あのような粋がった腕自慢の錠前切りには、腕の見せどころでしくじれば斬られるのだから、自尊心を満足させて余りある痺れるような快感だろう。

平三郎は北町のお奉行という人は人の気持ちを見抜く天才だと思う。

絶妙というか彦一の思い上がった気持ちを鷲摑《わしづか》みにしている。牢の中で彦一は小便を漏らしそうなほど痺れているだろう。だが、その弥栄の彦一のような男は痺れながら、なにがなんでも七軒にきっちり小判を返して、お奉行の鼻を明かしたい。そう思っているに違いないのだ。

腕が鳴るとはこういうことである。

「クソッ、やってやる！」

妙な野郎がいるもので牢の中で震えながら、勘兵衛の命令に闘志を燃やしている。

平三郎は奉行所に戻ると喜平次が牢の錠を開けて中に入れた。

首のあたりがスースーする彦一は奥の壁に張りついて膝《ひざ》を抱えている。胸の中はめらめらと燃え上がってやる気満々なのだが、その首はいつ飛んでもおかしくないほど寒い。平三郎はそんな彦一の気持ちを感じながら、少し離れて座ると孫六兼元を抱いて目を瞑った。

　こうなっては彦一も蛇に睨まれた蛙《かえる》だ。

　伊那谷の平三郎とは聞いたことのない名前だが、彦一は自分のようなケチな盗賊と違う大ものだと思う。その立ち居振る舞いから見てお奉行に相当信頼されている。それに孫六を抱いているのだから元は武家だろうと思う。孫六が名刀だということぐらいのことは彦一も知っている。なんとも首が寒く落ち着かない牢屋になった。

　彦一は今すぐにでも斬られそうで落ち着かない。

　藤九郎に髷を斬られてしまい、彦一はみっともない頰《ほお》かぶりをしている。牢番にゲラゲラ笑われて頭にきた。髷のない頭は引っかかりがなくてなんとも心もとない。頭にのっている時は気にならないが、なくなってみると髷は妙に大切なように思える。やはりあるべきところにあるべきものがないと気になって仕方がない。

　時々、手で頭をなでるがツルッとして引っかかりがない。いくら触ってもないものはないのだ。

「まだ首がついているんだ。落ち着け、これからいい仕事ができないぞ」

などと自分を慰《なぐさ》めるしかない。

「そんなこといっても……」

もう一人の彦一が反抗的だ。

「いいから身から出た錆《さび》だ。あきらめろ！」などと自問自答するしかなかった。

確かに身から出た錆である。誰が悪いわけでもないのだから、ここは何んとしても生き延びなければならないと思う。首と胴が離れたら人は一巻の終わりだ。

彦一はこの世にたっぷり未練があってまだ死にたくない。

「あのう、伊那谷の親分さんは、お奉行さまとはどのようなご関係で？」

彦一が牢の奥から這《は》い出してくる。なんとも人懐《ひとなつ》っこい男だ。

「わしのご関係か。それは六千八百両を奪ってその二年後に、お奉行さまに捕まったのだが許されたというご関係だ」

「ろ、六千八百両……」

彦一は腰が抜けるほど驚いた。

「そ、それで許されたと？」

「ああ、煙管のお陰でな」

平三郎が何をいっているのか彦一にはさっぱりわからない。

煙管と六千八百両がどうつながるというのだ。六千八百両も盗んで生きているなどということがあるのかと思う。放火ではないから火炙《ひあぶ》りはないだろうが、引き回しの上磔、斬首、獄門は当たり前だろう。

「六千八百両……」

「うむ、お前は七十両ぽっきりで少し遊びが過ぎたようだ。それにまずいのはお奉行さまを怒らせてしまった。馬鹿な奴だ。だが、この仕事をうまく仕上げれば、そのお奉行さまの考えが変わるかも知れない。まず小判を返すことだけを考えろ……」

「助かるだろうか？」

「それはわからん。お奉行さまがどう考えるかだな。今ここでわしに斬られるよりはいいだろう。違うか？」

「どっちみち斬られるか……」

「あの青木藤九郎さまという与力は、神夢想流居合《しんむそうりゆういあい》の名人だそうだ。居合というものを初めて見たが、じたばたするとその首が鞠と同じようになるぞ。いつまでも首がのっていればいいが、ぽろっと落ちてしまったら念仏も唱えられまい。

いい加減に観念してお奉行さまに身柄を預けることだな」

「やっぱり駄目か……」

すごすごと奥の暗がりに這って行く。

弥栄の彦一はやり過ぎたとひどく反省するが後悔は先に立たずだ。後悔とは後で悔いると書くのだからもう仕方がない。与力や同心に二重三重に囲まれている。自慢の錠前切りの腕で逃げ出すこともできない。弥栄とまでいわれた彦一も万事休してしまった。

こうなったら見事に七軒をやってのけるしかない。

その後のことは運否天賦《うんぷてんぷ》だ。六千八百両も盗んで生きている人もいるのだからら。

第三章　七十両

その夜、牢《ろう》の前に青木藤九郎と林《はやし》倉之助が現れた。

「彦一、刻限だぞ！」

藤九郎の声に頬《ほお》かぶりの彦一が牢の暗がりからもそもそと動き出した。倉之助が牢の錠前を開けると彦一が先に出て平三郎も出てきた。

平三郎が腰に孫六兼元を差す。

「日本橋の酒問屋、丹波屋助左衛門だな？」

「へい……」

倉之助が前を歩き、彦一と平三郎が並んで、その後ろを藤九郎が歩いている。

彦一が逃げようとすれば藤九郎の刀が鞘走って、彦一の首がその胴から一瞬で離れることになる。その彦一の懐《ふところ》には十両が入っていた。

それを盗んだ先に返しに行くというのだから、殊勝《しゅしょう》な心掛けであるといいたいところだが少々事情が違う。小判を盗みに行くのなら勢いもつくが返しに行くのだから辛《つら》い。それも命を懸けた彦一の大仕事だ。

四人は日本橋の酒問屋、丹波屋助左衛門の前まで来ると立ち止まった。

「裏からか?」

「へい……」

大きな店だが裏口に回ると、彦一はいとも簡単に閂《かんぬき》を外して中に侵入、平三郎と二人で大店《おおだな》の奥に向かった。

四半刻(約三〇分)もしないで十両を元に戻すと二人が外に出てくる。

なんとも鮮やかな彦一の錠前はずしの腕前だが、その一部始終を傍にいて平三郎が見ていた。人に見られながらの泥棒仕事はまったくやりづらい。

四人はまた並んで何事もなかったように奉行所に戻って、頬被りの彦一と見張りの平三郎が牢の中に入った。あまりに滑稽な恰好《かっこう》だから牢番がニヤニヤ笑う。

弥栄《いやさか》の彦一は力が抜けてしまいすっかり観念している。

「もう駄目だあ、死にたくねえ……」

そうつぶやいて牢屋の奥の暗がりに彦一がゴロンと転がった。

それを見てから藤九郎は長屋に戻り倉之助が残って牢を見張る。そこに松野《まつの》喜平次が来て見張りに加わった。そんな情けない彦一の様子を見て、牢番まで元気が出ていつもと違うのだ。静かに死んでいる牢屋が妙に活気づいている。与力や同心や牢番の出入りがあって、いつもの静寂がまったくなくなってしまった。見張りも時々交代で仮眠を取らないと昼の見廻りが眠くなってしまう。

最早《もはや》、こう囲まれては彦一がどうあがいても逃げられない。

逃げようとすれば平三郎か倉之助か喜平次に間違いなく斬られる。

勘兵衛の彦一を斬ってもいいというのは、脅《おど》しではなく本当に逃げようとしたら斬れという命令なのだ。そうなってはいくらすばしこい彦一でも身動きできない。牢内には伊那谷の親分がいるのだからどうにもならない。

これは彦一が奉行所をなめた代償として当然である。

なめられた半左衛門は怒り心頭なのだ。

「馬鹿野郎が、なめやがって……」

奉行所を根城に夜な夜な盗みに出て行くなど、言語道断、前代未聞の不祥事になりかねなかった。それでも半左衛門は彦一がおかしな動きをしたら、牢の中で斬ってしまえと思っている。

だが、勘兵衛は少し違うことを考えていて、どんな決着にするか勘兵衛は彦一の振る舞いを見ている。こういう扱いの厄介な男は敵にするのではなく味方にしたい。逃げる前に斬り捨ててしまうのは容易《たやす》いが、牢内で殺してしまうのは気が進まない。

それより性根がどんなものかを見極めてから、生かすか殺すかの処分を決めるつもりなのだ。七日の間の猶予《ゆうよ》を与え平三郎に馴染《なじ》んでくれるのが一番良いと思う。

なんとも厄介な男だがおもしろいところもある。

半左衛門にいわせれば奉行所をなめて小馬鹿にしたとなるが、それが成功すると考えた間の抜け加減やとぼけたところはおもしろいと思う。

勘兵衛にはこういう少々風変わりな男に興味を持つ癖《くせ》があるようだ。

本来、米津勘兵衛は人というのは生かして使えば何んとかなると考えている。人を殺すような質《たち》の悪い悪党は駄目だが彦一のような小泥棒は、どこかで生き方を間違えたもので、気分さえ変わればいくらでも正道に戻れると思う。

勘兵衛は人の心の中の善なるもの、仏性《ぶっしょう》なるものを信じたいと思っていた。

厳重警戒の中、雨の夜は除いて毎晩、彦一は十両を持って奪ったもとの場所に返して回った。傍にはいつも孫六を腰に差した平三郎が付き添っている。その後ろでは一閃《いっせん》で髷を斬り落とした恐ろしい剣客が眼を光らせていた。

牢内でも一日一日、首が寒くなって彦一は気が気ではない。

「親分、あっしはもう駄目でしょうか？」

などと平三郎はいつの間にか彦一の親分になり、あきらめきれない口ぶりでいうが平三郎の返答はいたって冷たい。何んといっても北町奉行所の筆頭与力長野半左衛門を、かんかんに怒らせてしまったのだからまずい。

北町奉行所はその筆頭与力の指図で動いているようなものなのだ。

内与力の三人以外は幕府の直参《じきさん》で奉行の家臣ではない。つまり大身旗本が家臣でもない幕府の直参を指揮、監督して江戸の司法や行政や治安を行う。

早い話が奉行の勘兵衛が辞めて他の奉行になっても、筆頭与力の半左衛門以下の与力、同心は北町奉行所の役人のままなのだ。そこがこの町奉行所という組織の難しいところなのである。

従って信頼されない奉行も困るが、当てにならない筆頭与力でも問題なのだ。

だが、長野半左衛門は北町奉行所の筆頭与力として申し分がない。八丁堀における半左衛門の人望が高いから、与力、同心たちが信頼して半左衛門の指図に従っている。

半左衛門を小馬鹿にする同心などはいない。北町奉行所では閻魔《えんま》大王のようにいつも怖いのが半左衛門なのだ。奉行に代わって細々《こまごま》と取り調べるのが半左衛門だ。その半左衛門を怒らせてしまった罪は重い。

「自業自得なんだからあきらめることだな」

「他人事《ひとごと》だからそんなことを……」

「おう、他人事で悪かったな。わしはお前のように馬鹿なことはしない」

「六千両も盗んだじゃないか！」

「盗みはしたが、お前のようにわしは奉行所をからかったりはしなかったぞ」

「それは悪かったと思っている」

「それならそれで潔《いさぎよ》く死ねるではないか？」

「それがまだ死にたくねえ……」

本気で怯《おび》えている彦一が泣き出した。

やはりいざとなれば死にたくないと思う。首が落ちたら一巻の終わりだ。死んだら無明《むみょう》の闇だというが極楽に行けるだろうかなどと考える。盗人は極楽には行けないと聞いたことがある。地獄というところはひどく恐ろしいところらしい。地獄を覗《のぞ》いただけで眼が潰《つぶ》れると仏がいうほどなのだ。

「泣いてもお前のやった罪は消えないよ」

「ここから出ればそこの土間で斬られるんだ。いっそのこと斬られた方が……」

「馬鹿なことを考えるんじゃねえぞ」

「親分、ここで斬ってくれッ、頼むッ、ここで斬ってくれよ……」

「斬ってもいいが、まだ生きられる望みが消えたわけではないぞ。それでも死ぬか？」

「もう耐えられねえ、怖くて怖くて小便を漏らしそうなんだ」

「そりゃ当たり前だ。胴から首が離れるんだからな」

「痛いだろうな……」

「あれは痛くも苦しくもないらしい。土壇場に座るまでだな、辛いのは？」

「本当に痛くないのか？」

「聞いた話だから、誰も首を斬られて生き返った者はいない。だからわからないというのが本当のところだろう」

「やっぱり痛そうだな……」

弥栄の彦一はべそをかいて牢の暗がりに這《は》って行く。

確かに首を斬られることは誰でも怖いに決まっている。もともと彦一は錠前職人で意気地がないのだ。出来心というか開錠の快感に痺れただけなのだ。銭が欲しくてやったことではないのだと言いたいが、やったことはやはり泥棒なのだから罪は重い。一日一日と彦一の首が寒くなってくる。

次の夜も「親分、助けてもらいてえ……」と這ってくる。

同じことの繰り返しだが、彦一は気が狂いそうなほど怯え切っていた。プツンと何かが切れたら狂気に変わるかもしれない。土壇場に座ってから大暴れする罪人もいるぐらい斬首は怖い。往生際《おうじょうぎわ》が悪いなどといわれるが当たり前なのだ。狂ったらいっそのこと楽なのかもしれないのである。

そんなギリギリのところで彦一は踏ん張っていた。

「お前、お奉行さまのために命がけで働きますといってみたらどうだ？」

「そんなことで助けてもらえるのか？」

「それはわからねえが、黙って死ぬよりは、万に一つ助かるかも知れないということだ。だが、あのお奉行さまは鬼だから心底そう思っていわないと見破られる。やっぱりお前には無理か？」

「そんなことはねえです……」

「それなら最後の望みをかけてお奉行さまにいって見ろよ」

「本当に助かるかな……」

「そんなことわしにはわからん。お奉行さまの胸三寸だ」

微《かす》かな望みを感じたのか、黙っていつものように彦一が暗がりに這って行った。

その彦一は半左衛門から十両を渡されると、三人の見張りと奉行所を出て行き、元の場所に小判を戻して牢に帰ってくる。そんな彦一が日に日に萎《しお》れて行くのを見ながら、半左衛門は彦一を少々可哀《かわい》そうに思うようになった。長野半左衛門という人は本来、なかなかの人情家で与力、同心に頼りにされてきた。八丁堀の南北奉行所の同心たちで半左衛門を悪くいうものは一人もいない。

そんな半左衛門を怒らせたのは実にまずいのである。

牢の中で弥栄の彦一は助かりたいと同じ話を平三郎に繰り返した。

そしてついに最後の日が来た。

「親分、今日は行きたくねえ……」

「最後になってごねるんじゃないよ。神妙に十両を返し終わったらお奉行さまに、心から助命をお願いするんじゃないのか？」

「そうだけど、今日は行きたくねえ……」

「そんなことをいうとここで斬るぞ。てめえ！」

「行きたくねえ……」

「悪党は悪党らしく潔くしねえか！」

「嫌だ！」

「馬鹿野郎、餓鬼《がき》みたいに駄々をこねるんじゃねえぞ！」

ついに平三郎が怒った。二人がもめていると倉田甚四郎《くらたじんしろう》が現れた。

「彦一、出ろ！」

「へい……」

否やはないのだ。まだ死にたくない頬かぶりの彦一が出口に這って行く。

平三郎はあまりの意気地のなさに苦笑いするしかない。

だが、首を斬られる彦一の恐怖もわからないではない。武家は主人のために死ぬことをさほど恐れないが、彦一はつい先ごろまでは善良な錠前職人だった。平三郎にはそんな彦一のやり切れない無念さがわかる。

若い者が気の迷いでちょっと道を踏み間違えることはありがちなことだ。

「これが最後の十両だ。しくじるなよ！」

「へい……」

彦一が外に出ると甚四郎が指揮する見張りの同心たちの数が増えて待ってい
た。
苦し紛れに彦一が逃げるとすれば最後の日だからである。一か八かの逃亡を考
えているかもしれない。そんなことは百も承知、二百も合点というところだ。奉
行所をなめるんじゃないと半左衛門は怒っているから厳重な警戒だ。ここで弥栄
の彦一に逃げられたら、半左衛門は筆頭与力を辞さなければならないと思い詰め
ている。
与力の倉田甚四郎は北町奉行所の剣客を揃えていた。
松野喜平次、本宮長兵衛《もとみやちょうべえ》、木村惣兵衛《きむらそうべえ》、朝比奈《あさひな》市兵衛、林倉之助の五剣士
だ。それに与力の倉田甚四郎だから奉行所の最強といえる。
弥栄の彦一が最後の仕事をきっちり終わらせるか、ここは北町奉行所の面目《めんぼく》が
かかっている。見張りは万全で神夢想流居合の藤九郎が加われば、北町奉行所の
無敵の布陣ということになるのだから、どんな盗賊でも逃げるのはほぼ不可能
だ。逃げた瞬間、藤九郎の剣が悪党の首を刎《は》ね斬っている。そんな勝負を何度も
してきた勇者たちだ。
その剣士たちに見張られて彦一は奉行所を出た。

この七日間、彦一は逃げる隙《すき》を見つけられなかったのだから、もう駄目だとあきらめるしかない。あとは平三郎のいう自分でお奉行に助命嘆願をすることだけだ。

兎《と》に角《かく》、死にたくない。

なんとしても生き延びたい。深い馴染みはいないが女にもまだ未練がある。

弥栄の彦一は弥栄どころではなく、咲きそこなって萎れてしまう哀れな花だ。

いかんともしがたい状況になった。一縷《いちる》の望みは自らの助命嘆願しかないのか。

死にたくないとお奉行に訴えて、その慈悲にすがるしか生きる道はない。駄目だといわれたらすべてはそこで終わる。

死に向かって前に進みたくない彦一の足取りは重い。

それでも何んとか最後の仕事が終わって、一行が深夜の奉行所に戻ってくる。

すると奉行所の砂利敷に灯《とも》りが灯って、公事場に怒った顔の半左衛門が座っていた。怯えている彦一はチラッと見ただけだ。

「彦一、そこに座れ、お奉行さまから話がある。神妙に聞くように……」

「へい……」

半左衛門は怖い顔ほど怒ってはいなかった。むしろ観念した彦一を見て命を粗末にしてと哀れにさえ思っている。斬首ではあまりに処分が重いので、なんとか遠島《えんとう》ぐらいになればと考えていた。そこの軽重は勘兵衛の判断ということになる。

砂利敷の筵《むしろ》に彦一が座ると役人たちが外に出ていった。砂利敷には彦一と平三郎だけで公事場から半左衛門も消えた。彦一はもう駄目だと思う。処分は斬首だと思った。怖くて怖くて体が震え小便が漏れそうになる。

そこへ勘兵衛が一人で現れ公事場の縁側に下りてきた。

「彦一、七十両を返し終わったそうだな?」

「はい……」

「磔、獄門になるところだが神妙である。斬首に止めおくことにした」

火炙《ひあぶ》りや磔や斬首など重い処刑の量刑は老中が決めるが、ほぼ町奉行の上申書通りに決まることが多い。町奉行が磔といえばそうなるし、斬首といえばほぼそうなる。ただ、放火だけは間違いなく火炙りと決まっていた。

「お、お奉行さま……」

「なんだ?」

「し、死にたくねえ、お奉行さまのために命がけで働きます。い、命ばかりはお助けください、お願いいたします……」

彦一は泣きながら必死で助命嘆願をする。

この時しかお奉行に生きていたいと直《じか》に訴える時がないと覚悟した。

勘兵衛がじっと泣いている彦一をにらんでいた。必死な彦一の心の中を見透かしている眼だ。お奉行と盗人の命をかけた勝負の時だ。平三郎は彦一の傍で目をつぶり成り行きを聞いている。

彦一の必死の懇願だとわかる。

「誰の入れ知恵だ？」

「あのう……」

彦一が口ごもった。勘兵衛の鋭い眼光からは逃げられない。

「お奉行さま……」

彦一の隣で平三郎が顔を上げた。

「それがしが助命嘆願をしてみてはどうかと教えましてございます」

「そうか、見込みがありそうか？」

「まだわかりません」

勘兵衛には平三郎がこの男は、使いものになりますといっているように聞こえた。

　使えない男なら助命嘆願の話などはしない。子分にしてもよいという平三郎の感触を、勘兵衛は感じ取ってはっきりつかんだ。

「彦一、わしに忠誠を尽くす証《あかし》はなんだ？」

「証で……」

「そうだ。わしのために命を捨てるという証拠だ？」

　勘兵衛が冷静に彦一を見ている。平三郎の一言でこの男を助けようと腹を決めた。

　彦一はもぞもぞしていたが砂利敷の筵の上に、錠前はずしの金具を帯や着物の衿《えり》など、あちこちから出して五本も並べた。

「これを生涯使いません」

　錠前はずしの金具を勘兵衛に差し出した。

　助かりたい一心の彦一も必死の捨て身である。工夫して作った命の次に大切な錠前切りの金具をすべて出した。丸裸になって命乞《いのちご》いをするしかない。

「こ、この頭を丸めて生涯坊主《ぼうず》頭で暮らします。それでも駄目でしょうか？」

「なるほど、覚悟を決めたようだな。相わかった。平三郎、この彦一をしばらくそなたに預ける。わしのために使える男か見極めてくれ。駄目だとわかったら斬ってもいい……」

「はい、承知いたしました」

「彦一、これから一年の間、わしが登城する巳《み》の刻（午前九時〜一一時頃）前には、必ず奉行所の門前に立っていろ。病でも許さん。這ってでも来い。いいな？」

「はいッ！」

平三郎の助言で彦一は一旦、斬首から逃れることができた。

だが、一年間の猶予ということで勘兵衛から厳しい命令が下った。これは無罪放免ではない。彦一がおかしな動きをすれば、平三郎が即座に斬り捨てるということだ。彦一は伊那谷の平三郎に大きな借りができたことになる。その重さは命と同等ということになった。弥栄の彦一の運命が砂利敷きの筵の上で反転した。

ただし、一年間の厳しい精進が必要という条件つきだ。

勘兵衛は彦一を使えるかもしれないと見ている。

平三郎を信頼する勘兵衛は彦一を預けて、奉行所のために使える男なのかを確かめることにしたのだ。その能力と忠誠心がなければ逃げ出すだろう。その時は捕らえずに平三郎が斬り捨ての処分にしてしまう。

助命嘆願を勧めた平三郎にはその責任があるということだ。

いつでも好き勝手に牢から抜け出すような、錠前切りの技を持っている盗賊は生かしておけない。どれだけ多くの人々に迷惑をかけるかしれないからだ。この勘兵衛の判断は大きな賭けでもあった。使いものになればいいが失敗すれば勘兵衛の恥にもなる。

平三郎はそれをわかっていた。もし彦一が逃げればどこまでも追って斬る。彦一に与えられた道は真人間になるか、それとも斬られて死ぬかしかない。

勘兵衛が公事場から消えると、平三郎が彦一を連れて奉行所を出た。

「彦一、これは放免ではないぞ。お前が自分からいったことを守らなければ、いつでも斬られるということだからな？」

「うん……」

「お奉行さまが使えないと判断したら、お前はわしか居合の藤九郎さまに必ず斬られる」

「わかっている……」

「まず、毎朝、お奉行さまに顔を見せることだ。いいな？」

「へい……」

その頃、勘兵衛は半左衛門に考えを話していた。

「あの男を長く使えるなら奉行所のご用聞きにする。もし、使えないとわかったら斬り捨てる。牢に繋《つな》いでおけないのだから生かすか殺すか二つに一つだ」

「はい……」

「平三郎がどう育てるか？」

「一年で……」

「うむ、半年もみれば充分だろう」

「確かに、半年もせずに良し悪しはわかります」

「わしは使えるように思う……」

勘兵衛がニッと笑って怒っていた半左衛門を納得させる。

その半左衛門は腹の中では彦一が斬首にならずに良かったと思っていた。伝馬町の牢屋敷に渡せない厄介な罪人だから、牢内かどこかで人知れず殺すしかない。それをしないで済むのだから半左衛門はひと安心だ。

いくら罪人でも暗殺めいたことをするのは寝覚めが悪い。

真夜中に神田明神の茶屋に彦一を連れて戻った平三郎は、勘兵衛と約束したように彦一の髷のない頭の髪を剃《そ》り落として丸坊主にした。それを見ていた小冬《こふゆ》が腹を抱えて笑う。お浦も坊さん以外でこんなつるつる頭は初めてだ。

「小冬、男の人が丸坊主になるというのは、相当の覚悟なんだから笑うもんじゃありません」

お浦が小冬を叱ったが自分でもおかしくて仕方がない。

「だって頭が青いんですもの……」

「誰でも髪を剃り落とせばそうなります」

「瓢箪《ひょうたん》みたい？」

「そんなこというもんじゃありません」

また、お浦に小冬が叱られた。

「それに臭いんだもの……」

小冬は鼻をクンクンさせている。確かに臭う。

「そうね。二人とも体を洗ってこないと……」

「何日も牢の中にいたんだ……」

頭が剃りあがると平三郎と彦一がお浦にいわれて湯屋に行った。

朝の一番風呂に入って弥栄の彦一は、弥栄の名を洗い流さなければならない。

もう悪事はしないと勘兵衛に誓った。これからは暗い道ではなく日向の道を歩く。人はお天道さまの光を浴びないと根性がひん曲がっていけねえ、彦一は頭髪を剃ったおかげで出家したお坊さんのような気分だ。

それは大いに結構なことである。

人が悔い改めることに早い遅いはない。決心したらその瞬間から真人間なのだ。

その真人間を一生涯貫《つらぬ》けばいいだけの話である。いたって簡単なことであれこれ小難しいことを考える必要はない。後は美味《うま》いものを食い気に入った女を抱き、おもしろいこと楽しいことをしようと、心がけて生きればよいだけなのだ。それを小難しく小理屈をこねるからお天道さまの下に出られなくなる。いいたいことがあるならお天道さまに向かっていってみればいい。馬鹿々々しいことがわかるはずだ。

日の当たる道というのは結構気持ちがいいものである。

なにも好き好んで薄暗い道に戻ることはない。きらきらと眩《まぶ》しいほどの道が人の行く大道といえる。出家頭の彦一はその大道へ平三郎に背中を押され一歩を踏み出した。

「頑張って行こうぜ！」

親分の平三郎がそういっているように思う。

巳の刻前、丸坊主になりすっきりした彦一を連れて、平三郎が北町奉行所の門前に立っている。そこへ馬に乗った勘兵衛が出てきた。二人が頭を下げる。

その二人の前を勘兵衛の登城行列が通り過ぎた。馬上から勘兵衛は二人をチラッと見ただけだ。だが、神妙な坊主頭を見て使えるかもしれないと思う。彦一をどうするかは勘兵衛にも大きな責任がある。

この温情が逆に出ることもないとはいえない。

そんな勘兵衛の気持ちを察するかのように、彦一は商売の錠前師を辞めることにした。平三郎の子分になって使ってもらう。なんでもする覚悟でいる。錠前やその鍵を作る職人を錠前師、鍵を使わないで開錠する技を持っている者を鍵師などと呼ぶ。

彦一は錠前師なのだが、裏の仕事として鍵師をしていたことになる。

平三郎の子分になると決心した彦一は、弥栄の彦一から坊主の彦一に変身した。人は気持ちさえ少し変われば、大きく変貌できるようになっている。

それはつまり誰と邂逅《かいこう》するかで決まるのだ。

丸坊主になった彦一が神田の長屋を引き払って、神田明神下のぼろぼろ襤褸《ぼろ》長屋に移ってきた。口の悪い連中は幽霊長屋とかお化け長屋という。首を括《くく》って死んだ職人の長屋で、誰も住まずに空き家だったところに、ただ同然の家賃で坊主の彦一が移ってきた。

「いいのか、あんなところで？」

「へい、なんですか親分、坊主に悪さをする幽霊はいないと聞きますんで……」

などと小生意気なことをいうが、危なく斬首されそうになって、彦一は糞度胸《くそ》をつけたというところだ。後の江戸っ子なら、「矢でも鉄砲でも持ってきやがれ！」と粋がって見せるところだ。

だが、彦一が越して来た長屋は有名なお化け長屋で、お浦も小冬も気味悪がっている。

「どうしてそんなところに引っ越したのさ？」

小冬などは露骨に嫌な顔をした。

「あんなところは人の住むところじゃないよ。本当にいいのかい？」

小冬の母親まで関係がないのにブツブツいう。それほど人々に忌《い》み嫌われて怖がられていた。小冬の母親の話ではこれまで首括りは一人だけではないという。

夜な夜な空き家に灯《ひ》が灯ったりするとの噂もあるらしい。

「いいのか彦一、あそこはそんな因縁のある長屋なんだぞ。他にも空き長屋はあちこちにあるんだぜ？」

「親分、あっしのような男にはあんな幽霊長屋でも勿体《もったい》ねえんでござんす」

「だが、幽霊に引っ張られて死にたくなるんじゃないのか？」

「へい、その時は仕方ない。自分で首を括ります」

彦一は何がなんでも勘兵衛との約束を果たそうと考えていた。あのお奉行の殿さまに信じてもらいたい。あの殿さまの恩情にどうしても報いたいと思う。彦一の粋がりがだいぶ良い方に向いてきた。

そう思うと幽霊なんかこわくないのだ。

幽霊と友だちになって二人で酒盛りをやる。女の幽霊なら足腰が立たなくなるまで抱いてやる。成仏《じょうぶつ》できない幽霊なら念仏を上げてやるつもりだ。そう粋がる彦一はなんとも妙な男で罪人として首を斬られるのは嫌だが、自分で首を括るのは仕方ないと考えているのだから少しおかしい。

そんな丸坊主の彦一を気味悪がって小冬などは口も利《き》きたがらない。

彦一はそんな小冬の前に顔を土で汚して現れた。

「どうしたのその顔?」

「何が?」

「その顔だよ」

「おれの顔が何か?」

「どうしてそんなに汚れているのさ?」

「あれ、今朝、ちゃんと顔は洗ったはずだ。あの野郎、またやりやがったな?」

「あの野郎って誰?」

「幽霊だよ。時々おれの顔を踏んづけて行きやがるんだ」

「そ、それって、幽霊の足跡か?」

「うん、洗えば落ちるから……」

「そういうことじゃないでしょう。気持ち悪いんだから、女将《おかみ》さんッ!」

小冬がお浦に助けを求める。

彦一は小冬を怖がらせてニッと笑う。そんなひょうきんなところもあった。

幽霊に足がないといわれるのは、百年以上も後に円山応挙《まるやまおうきょ》という画家が現れて、足のない幽霊というものを描き始めてからだという。この頃の幽霊にはきちんと足があった。だから足跡も残る。

「彦一、小冬をからかうんじゃないぞ。夜、厠《かわや》に起きられなくなるんだからな」

「へーい……」

平三郎に彦一が叱られる。

そんな平三郎と彦一が毎朝、奉行所の前に立って勘兵衛の登城を見送り、奉行所で長野半左衛門に会って指図を仰ぐことになった。平三郎は幾松《いくまつ》や益蔵たちのようなご用聞きではない。上野の直助のように必要に応じて呼ばれれば奉行所に顔を出す。それが彦一のため毎日奉行所の前に立つことになった。

そこで奉行所の仕事を手伝うことにしたのである。

「今日は四谷《よつや》木戸から内藤新宿《ないとうしんじゅく》方面を見廻ってくれ、そのうち、見廻りの区域を決めるから……」

というようなわけで彦一を子分に、平三郎は勘兵衛との暗黙の了解で臨時のご用聞きになってしまった。

猫の手も借りたいほど忙しい半左衛門には、願ってもない人手不足の補充になる。

彦一が独り立ちできれば平三郎はお役御免ということだ。その彦一に助命嘆願を勧めたことから、平三郎は彦一の行く末に大きな責任を感じている。なんとか彦一を一人前にしてお奉行にお返ししなければならない。厄介だがおもしろい預かりものだとも思う。

勘兵衛は平三郎になら、何でも任せることができるという信頼を持っていた。武田信玄《たけだしんげん》の子で高遠城において唯一織田軍と戦って滅んだ、仁科五郎盛信《にしなごろうもりのぶ》の家臣だった平三郎は、そんなふうに思わせる貫禄《かんろく》と威厳を備えている。彦一はそんな平三郎と出会ったことが大きな幸運となった。おそらく平三郎以外ではこうはうまく行かなかっただろう。人は苦境の時こそどこで誰と出会うか、どのように邂逅するかが決定的になる。

光明《こうみょう》を見出すこともあれば、暗闇に叩き落されることだってあるのだ。

彦一は幸運だった。米津勘兵衛と古谷《ふるや》平三郎という得難《えがた》い二人と、泥棒をしたおかげで巡り会うことができた。人の世ではこういうことが起きるからおもしろい。彦一は泥棒だからちょいと違うかもしれないが、絶体絶命にいたのだからこれはやはり、禍《わざわい》を転じて福と為《な》すなどというのかもしれない。

彦一はそんな平三郎を親分といって慕っている。

生き延びられたのは平三郎大親分のお陰だと信じていた。

平三郎はそんな彦一に人の有り様や、信義に生きることの大切さを教える。丸坊主になった彦一は無学だが質の悪い人間ではなかった。

ただ、生き方を知らないままふらふらと、なんとなくここまで生きてきてしまった。

こういう彦一のような若い者は少なくない。

だからこそ人はいつどこで誰と出会うかが大切だといえる。彦一は運よく勘兵衛と平三郎という上質な人物と出会った。これで真人間に戻れないようなら絶望的だ。さっさと藤九郎に斬られてしまった方がよい。他人に迷惑をかけないで済むだけ功徳といえるだろう。

第四章　幽霊長屋

彦一の住んでいる幽霊長屋は空き家が多い。

路地を挟んで左右に十二軒ずつ並んでいる大きな長屋だ。だが、建物が古く襤褸の上に幽霊長屋とかお化け長屋などと評判が良くないので、家賃は安いのだが下見に来ても怯えてしまう者が多かった。

小冬にいわせればそんな怖い長屋は壊してしまえということになる。

左右二十四軒のうち空き家が五軒もあった。

江戸は急激に人が増えてどこの長屋も、空き家ができると一ケ月もしないで次の住人が決まる。長屋というのは長く住みついて動かない住人と、しょっちゅう引越しをして歩く住人とに分かれるそうだ。幽霊長屋だけはいつも四、五軒は空き家になっている。

だから本当に幽霊が出ると噂になっているのだ。

噂を知らないで入居しても一ケ月もしないで、幽霊が出たなどといって出て行ってしまうものだから、なんとも情けない妙な名前の長屋になってしまった。

こうなると幽霊長屋に残るのは、二本差しの痩《や》せ浪人や気は強いが稼ぎの少ない職人、彦一のようにいわくつきの男などになる。このようなところはなにか事件でも起きないと、奉行所の役人の目が届かない。

幽霊が出たぐらいでは役人は動かないからだ。

江戸は人が集まる分だけ死人が多く寺も多い。あちこちの長屋で結構おもしろいお化け話がある。そんなことにいちいち役人が出張ったりしない。そんなことに一々首を突っ込んでいたらいくら歩き回ってもきりがない。

その多くの死人を葬《ほうむ》るため江戸には各宗派の寺が続々と建立《こんりゅう》された。

この寺がやがて宗門改めや人別《にんべつ》改めにつながって行くことになる。この頃、幕府はキリスト教を徹底的に弾圧、排除しようと動いていた。西の方や九州などではその激しい弾圧が始まっている。

キリシタンを保護した信長は別として、秀吉の頃にはイエズス会もフランシスコ会も、ドミニコ会も日本を植民地にしようとしていると、その正体が発覚してしまい強烈な弾圧を受けた。この国は八百万《やおよろず》の神々の国だから信じたい宗教には寛容であった。誰が何を信じようが心配はない。従って神社仏閣が実に多い。焼失してもすぐ再建されるのだ。だが、その宗教が国を乗っ取ろうということになると話が違ってくる。

八百万の神々が怒って不埒《ふらち》な宗教を叩《たた》き潰《つぶ》そうと弾圧に向かう。

ところが宗教というのは弾圧されればされるほど強くなる傾向がある。

この頃のキリスト教は植民地政策と一体で、国を奪おうというのだから恐ろしいものだった。弾圧されて宣教師や修道士が殺されると、逆に日本を救えといって密入国で押しかけてくる。その根本には殉教《じゅんきょう》という教えがあって、布教のために死んだ者は天国に行けるというのだから困る。その天国とやらを見た人は一人もいないのだ。心の問題であって極楽というも天国というもどこかの山陰に存在するものではない。

こういうのは教えを広げるための方便なのだが、人は悩みが多く弱い存在だから信じがちなのである。いや、大真面目《まじめ》に信じるのだ。もちろん、それで救われている人は少なくないが、日本は仏教で充分に救われている国だから、キリスト教が異国から出張ってくれば余計なお世話なのだ。

秀吉の九州征伐《せいばつ》の時、コエリョという愚《おろ》かな宣教師がいて、日本を植民地にしたいと馬脚を現してしまい秀吉を激怒させた。そこで九州にいた秀吉はいきなり伴天連《バテレン》追放令を発布する。ここから禁教令へと向かうことになる。

だが、宗教というのは実に強情で追放されても、伴天連はなかなか国外に出て行かない。

そこで家康は交易を中心にして宗教色の強くない、イギリスやオランダと付き合うようになる。それでもスペインなどは、世界のあちこちの国を植民地にすることを繰り返した。日本でも隙《すき》あらばと布教の機会を狙う。

この前年、元和五年（一六一九）には京で大弾圧があった。将軍秀忠の命令で賀茂川《かもがわ》の六条河原《ろくじょうがわら》から七条《しちじょう》河原において、五十二人のキリスト教信徒を火炙りにした。

そのうち十一人は子どもだったともいう。

二年後の元和八年（一六二二）には長崎で五十五人が火炙りになり、その翌年の元和九年（一六二三）には江戸でも五十人が火炙りになる。その一年後の元和十年（一六二四）には奥州一関藤沢大籠《おうしゅういちのせきふじさわおおかご》において、奥州方面のキリシタン百九人の処刑と長崎平戸《ひらど》において三十八人の処刑が行われた。キリスト教は九州方面だけと思われがちだが全国に広がっていたのである。

後の新井白石《あらいはくせき》は殉教者が二、三十万人になるだろうといったというが、正確な犠牲者の人数はわかっていない。さすがに二、三十万人は多過ぎるような気もする。だが、この後、幕府はあまりに死者が多いことから処刑ではなく、拷問による棄教へと切り替えて穴吊《あなづ》り、火炙り、雲仙《うんぜん》地獄責め、竹鋸《たけのこぎり》引き、蓑踊《みのおど》り、木馬責め、焼き印押しなど、苦しみながらもなかなか死なない拷問を行ったと伝わる。

こういう拷問を考えたのは島原《しまばら》領主や唐津《からつ》領主、長崎奉行など九州の者たちだった。

それほど九州方面にはキリシタンが多かったということだろう。それでも人々の信仰というものは止められるものではない。殺されるまで信じる強情さこそ信仰の命なのだ。

そんなキリスト教に対抗するためにも寺の存在は重要視された。

この国の仏教は中国を経由してきたためか、釈迦《しゃか》の仏教とは大きく違ってきている。

僧侶も空海《くうかい》、最澄《さいちょう》、法然《ほうねん》、親鸞《しんらん》などと中国風の名を名乗り、人が死ぬと僧になったとみなして中国風の戒名《かいみょう》という名をつけた。

これは釈迦の仏教とは関係がなくこの国だけの風習である。

室町期になると僧による葬式というものが生まれてきた。同時に、人のお骨には呪術性があり聖性があると信じるようになる。それまではよほど高貴な人でない限り土葬されることはなく風葬や鳥葬が一般的だった。

京の千本《せんぼん》通りなどは昔の朱雀大路《すざくおおじ》で南端には羅城門《らじょうもん》があった。ところが京の西半分の右京は湿地で使われなくなり、朱雀大路は寂《さび》れて千本以上の卒塔婆《そとば》がずらりと立ち並び、船岡山《ふなおかやま》への葬送を供養《くよう》する風葬の道になった。その卒塔婆千本が通りの名として後世に残った。

こんなこともこの国独特の歴史になったといえる。

この頃、高野聖《こうやひじり》というものが全国を遊行《ゆぎょう》するが、その聖たちの売り物の一つに弘法大師《こうぼうだいし》空海さまのおられる高野山《こうやさん》に、あなたの大切な人のお骨を持って行ってあげましょうということがあった。

この国独特のお骨信仰の普及が始まったのだ。

お大師さまのお傍にお骨を埋めるという考えは、この国の人々にぴったりで大いに受け入れられて高野聖の売りになった。その高野聖というのは夜道怪《やどうかい》などといわれ胡散臭《うさんくさ》いと思われていた。だが、信心深い老婆《ろうば》などはまことに有り難がった。

高野聖は村々を「今宵《こよい》の宿を借ろう、宿を借ろう……」と、いって歩いたが一方では、「高野聖に宿貸すな娘とられて恥かくな」などとも唄《うた》われた。高野聖に宿を貸したばかりに十ケ月後には父親のいない子が生まれたからである。そんな聖たちだから本当に預かったお骨を、高野山へ持ち帰ったかははなはだ疑問だ。

それでも人々は有り難いと思えば信じるのである。このようにしてお骨信仰の葬式というものが定着して、江戸期に入るとその最盛期を迎えることになった。江戸は寺と坂の城下といわれるほど、山の手には坂が多く人口が多くなって寺も増えた。

そもそも、釈迦の仏教は厳しい修行の末に自力解脱《げだつ》することであり、お釈迦さまには墓もなければ寺も仏像もないのだ。修行によって自らが自らの力で成仏するのが釈迦の仏教である。

だが、こういう厳しさをこの国の人々は好まなかった。

座禅や修験道《しゆげんどう》などにわずかに残るのみだ。

むしろ、そこで中国で生まれた仏教の効き目主義を利用することになる。何々を信じれば効き目があるとか、何々と唱えると効き目があるという考え方だ。難しくいえば現世利益《げんぜりやく》などともいう。ご利益があるという考え方である。この現世利益に人々は飛びついた。生きている間にご利益があれば実に素晴らしいではないか。

鎌倉期は武家が力を持った時で混乱の時代であり、貴族の仏教が多くの教祖たちによって庶民の仏教になった時期でもある。新興の宗教が続々と勃興した時で、世の中が不安定になると装いを少し変えて、出現することが多いのが信仰である。

その根本にはこの国の人たちが好みそうな他力本願《たりきほんがん》の考えがあった。つまり南無《なむ》という考え方で、南無の意味はすべてをお任せしますということで、帰命《きみよう》とか帰依《きえ》などともいう。南無阿弥陀仏《あみだぶつ》は阿弥陀さまにすべてお任せします。南無釈迦牟尼仏《むにぶつ》はお釈迦さまにすべてお任せします。南無八幡大菩薩《はちまんだいぼさつ》は八幡さまにお任せしますなのだ。

南無とは最強で万能である。

南無大師遍照金剛《だいしへんじようこんごう》、南無妙法蓮華《みようほうれんげ》経、南無盧舎那仏《るしやなぶつ》、南無薬師如来《やくしによらい》、南無観《かん》世音菩薩《ぜおんぼさつ》、など南無は何にでも効き目がある。「南無自分、南無自分、南無自分」

と三回も唱えると強くなれそうな気がするではないか。

何々と唱えれば効き目がありますという教えの花盛りになる。時代の混乱の中で苦しむ人々はその宗教に、余計なことは何も考えずに縋《すが》りついた。また、そのように教えたのだ。「何も考えず南無阿弥陀仏と唱えなさい。余計なことを考えると成仏できませんから……」と。

混乱の渦《うず》の中で助けを求めるという考え方で、自力でなんとかしようとは思わないのだから不思議である。南無自分とは決して唱えない。ただ信じれば救われるというひどい嘘《うそ》をいう者まで現れる。いや、嘘ではない本当に救われるのだ。何んとかの頭も信心からというから必ずしも嘘とはいえない。信じればかなり気持ちが楽にはなる。だが、物事の本質は何も変わらないのも事実であろう。いや、それもちょっとおかしい。南無と唱えて借金は減らないが病が治ったというのは結構あるようだ。逆に解決の時期を逃し苦しくなることもあるかもしれない。

釈迦はそもそもそんなことはいっていない。

誰か途方もなく賢く偉い人がいて勝手にそう解釈し、大混乱や苦しみから人々を救おうとしたのだろう。それなら大いに納得できる。

釈迦は自分の説法を文書化することを許さなかったという。三蔵《さんぞう》という経典そのものが正しいという証拠はない。釈迦は自分の像を作ることも禁じたともいうのだ。だから仏舎利というものができたのかもしれない。

釈迦の仏教は長い歴史の中で大きく変貌《へんぼう》した。

この国の仏教はこの国の人々に好まれるように作り替えられたといえる。

それが戒名という中国風の新しい名をもらうことである。キリスト教では生まれた時に洗礼名をもらい、この国の仏教では死んだ時に戒名をもらう。どっちが先か知らないがうまくできているといえば確かに。

死んだ人の骨を大切にしようという骨の信仰もできあがる。

それが荘厳な葬式という形に作り上げられるのだが、庶民の葬式というのはそんなに古い歴史があるわけではないし、お弔《とむら》いというほどでそんなに荘厳なものではなかった。

江戸ではこの後、怪談話などが好まれるようになる。

その江戸の三怪談は四谷《よつや》怪談、番町《ばんちょう》皿屋敷《さらやしき》、牡丹灯籠《ぼたんどうろう》であるが、人は怖がりに限って怖いもの好きの傾向があるようだ。怖がってよろこんでさえいる。

幽霊長屋とかお化け屋敷などというと、どうしても行って見てみたいと思うようだ。

「怖かった?」

「うん、本当に怖いんだもの、もう一回行って見よう!」

怖ければ行かなければいいのに怖いもの見たさである。

そんな幽霊長屋に彦一が住みついた。

彦一には幽霊やお化けを怖がっている暇はない。北町奉行の米津勘兵衛との約束を果たさなければ、自分の首が胴から離れて幽霊になっちまうのだ。

人さまの幽霊など怖がっている猶予はない。

まだ暗いうちに起きて、神田明神のお浦の茶屋に走って行くと「出た?」と小冬が聞く。

「なにが?」

「幽霊だよ」

「そんなもの毎日出ているよ。寝ている顔の上を行ったり来たりしているみたいだ」

「ゲッ、彦一の馬鹿!」

「ふん、怖いくせに……」

「小冬をからかうんじゃねえ。行くぞ」

「へい！」

小冬ともう一人のお弓《ゆみ》が怖がって、一人では厠《かわや》に行けなくなっていた。年下のお弓はそんな彦一を激しく毛嫌いしている。幽霊などという怖い話が大嫌い。二人の娘にとって彦一の幽霊長屋は何んとも気持ちが悪い。そんなところに平気な顔で住んでいる彦一の気持ちが知れない。

さすがにお浦は女賊だから怖がりではなかった。

それでも幽霊話などというものは薄気味悪いものである。好きではない。

平三郎と彦一が奉行所に向かうと、怖がりのお弓が「あんなに幽霊を小馬鹿にしていると憑《と》りつかれて殺されるから、きっと……」などと痛烈に彦一を嫌う。

「あの長屋には本当に出ているんじゃないかしら、幽霊？」

「女将さん、そんなことといって……」

「どんなところか、二人で見てきたら？」

二人があまり怖がるのでお浦がそんなことをいう。

「そんな、怖いよ……」

「明るければ幽霊は出ないでしょ？」

「そうか、見に行く？」

怖がり屋の小冬が怖がりのお弓を誘う。怖がりなのだがなかなか勇気もある。

「夜、厠へ一緒に行ってくれる？」

「うん、いいよ……」

「こういうのって怖いんだな……」

怖いもの見たさの二人がブツブツ言いながら出かけて行った。

お浦と小冬の母親がそんな二人を見ている。幽霊話などというものは尾ひれがついて、大袈裟《おおげさ》になっていることが珍しくないものだ。

「大きな長屋だそうですね？」

「はい、右と左に十二軒ずつと聞きました」

「やはり、出るのかしら？」

「女将さん、口の悪い人はあの長屋には、死神が住みついているなどというんですよ」

「死神？」

「ええ、死ぬ人が多いからです」

大きな長屋であれば他より多くの死人が出るのは当たり前だ。

そう長生きできる時代ではないから二、三年に一人ぐらいは死ぬだろう。すると「また死んだよ……」ということになる。

当たり前のことが珍奇なことになってしまうという塩梅《あんばい》だ。その噂が幽霊話や死神話になって広がる。夜が明ければ起きて、陽《ひ》が暮れれば寝るということだからそうおもしろい話もない。そんなところに幽霊の話は大いに上等である。

「嫌な噂だね？」

「ええ、住んでいる人も変な人ばかりだそうで……」

「やはり、そういうことなんだ」

「幽霊を怖がらないのだから彦一さんも相当に変わった人で？」

「そうね……」

二人は坊主頭の彦一のことは何も聞いていない。

お奉行さまの命令で平三郎の子分になったということだけだ。どんな経緯でそんなことになったのか平三郎はお浦にも話してはいない。まさか奉行所の牢を根城にしていた泥棒だったなどといえるはずがなかった。

勘のいいお浦は彦一の正体はほぼそんなことでないかと目星はつけている。

幽霊長屋を見にいった娘二人がすぐ戻ってきた。

「どうだった？」

「それが女将さん、普通の長屋で別に変わったところなどないです」

拍子抜けしたような顔で二人が口をそろえていう。人が住んでいて日々の生活があるのだから変わったことなどあるはずがない。何を期待して見に行ったのかわからない二人だ。

「古くて襤褸だけど普通の長屋です」

「あのようなところが怖いのは夜でしょう。明るいうちは……」

小冬ががっかりした顔でいう。

「二人とも夜は近づいちゃだめだから……」

「うん……」

小冬が母親にうなずいた。

奉行所に出かけた平三郎と彦一は陽が落ちないと戻ってこない。

彦一が幽霊長屋に移って数日後に最初の幽霊が出た。空き家に小さな灯が灯って、締め切った雨戸の隙間から明かりが漏れた。

人の気配で彦一が外に出ると、空き家の雨戸から漏れた明かりが、暗い路地に薄く這っているから誰かいることは間違いない。幽霊が灯りなど使うはずがないと思う。彦一は泥棒だから夜は慣れたものだ。足音を忍ばせて窓の傍まで行って、耳を澄ましたが何の音も聞こえてこない。

だが、確かに中で人の気配がする。

漏れる灯りといっても薄くて今にも消えそうだった。

彦一は気づかれないよう尻込みで路地の井戸まで下がると、簀子《すのこ》に腰を下ろして隠れると人が出てくるのを待った。中の気配は一人とは思えなかった。何か話しているようだったが小声で聞こえない。

半刻（約一時間）ほどすると灯りが消えて二人が出てきた。

星明りではよく見えないが一人は男で一人は女のようだった。二人は抱き合うようにして路地から通りに出て行った。

「ケッ、幽霊どころか逢引《あいびき》じゃねえか？」

彦一は幽霊の正体はこの逢引かとがっかりだ。本物の幽霊を期待していたわけではないが、後の世のことわざのように幽霊の正体見たり枯れ尾花ということだ。幽霊が艶《つや》っぽい逢引ではどうにもならない。

長屋に戻って寝てしまった。

その翌日も逢引の幽霊が出た。その幽霊は灯りをつけなかったが、窓の外まで女の呻《うめ》く声が聞こえてくる。幽霊もこうなるとぶっ飛ばしてやりたくなるが、お楽しみ中なのだから人の恋路に野暮なこともしたくない。

馬鹿々々しくなって粋な彦一は長屋で寝てしまう。

朝早くに起きて平三郎と北町奉行所まで走らなければならない。色恋の幽霊につきあっている暇はないのだ。後の世に湯屋などを覗き見る出歯亀《でばかめ》というのが流《は》行《や》るが、彦一はそんな出歯亀の走りだったのかもしれない。お粗末な話だ。だが、首括りをしようなどという物騒な話でなくてよかったともいえる。

「ゆうべ、幽霊を見たよ」

「出たの？」

「本当に出たの？」

小冬とお弓は興味津々《しんしん》だ。

「それが妙な幽霊で変な呻く声が聞こえたんだ」

彦一の言葉にお浦が素早く反応した。幽霊になにが起きているかピンときたのだ。

「そんな話止《や》めなさい！」

「どうして、女将さん？」

「おい、行くぞ彦一！」

「へい……」

お浦はその幽霊は男女の逢引幽霊だと察知した。

初心《うぶ》な小冬やお弓に聞かせる話ではない。彦一は厳しくお浦に叱られた。

それからというもの彦一は怖がりの二人にせがまれても、長屋で起きている幽霊の話をしなくなった。彦一にとってお奉行も平三郎も怖いが、近頃はお浦が女親分のようで実に怖かった。あまり図に乗ると茶店への出入りを禁止にされる。

お浦は小冬とお弓の立ち居振る舞いにはことさら気を配っていた。

神田明神の参詣客は武家から町人まで雑多である。

茶店の縁台に座る客には身分卑《いや》しからずの武家や、大店の旦那衆だと思わせる客が少なくない。そういう客を相手にする二人が彦一のように下品では困る。お浦の一言で色っぽい幽霊は茶店から消えた。

その逢引幽霊が二組であることがわかった。

気にはなるが彦一にどこの誰なのかを確かめる気はない。

愛し合っても何らかの事情があって行き場のない二人が、幽霊長屋の空き家をうまいこと使っていると思えば腹も立たない。こういうところが野放図というか大らかというか、やさしいというか彦一のいいところなのだ。逢引幽霊だってそんな場所がなければつらいだろうと思う。

「そうか、お前の長屋に出る幽霊は逢引者か？」

「へい、毎晩のように、それも二組が入れ代わり立ち代わりのようで……」

「鉢合《はちあ》わせすることはないのか？」

「鉢合わせしても他にあちこちが空いているから……」

「なるほどな……」

平三郎が歩きながら納得する。幽霊たちの恰好の逢引場所になっているということだ。

「幽霊でも行くところがないのだから仕方ないかと……」

「うむ、だが、火を使うのは危ないぞ」

「それでは蠟燭《ろうそく》の燃え残りを捨てておきます」

「そうだな。万一ということがある。幽霊でも火事を出すと大ごとになる」

「はい……」

平三郎も若い者の逢引は仕方ないと思う。

長屋の空き家ほど逢引に最適なところはない。ましてや幽霊が出るという噂があれば人が寄り付かないから、行き場のない男と女にはそこに住んでしまいたいほどとっておきの場所だろう。本当は幽霊長屋ではなく小洒落《こじゃれ》た逢引長屋なのだ。

長屋の住人は薄々そんなことではないかと気づいている節があった。

だからやさしい長屋の住人は誰も幽霊に手を出さないし咎《とが》めない。好き合ってもどこで抱き合えばいいのか、困った経験など誰にでもあることだ。だが、彦一だけはそうわかっていても人の気配がすると、外に出てそっと逢引幽霊を確かめた。これからお奉行に無罪放免にしてもらいご用聞きになりたいのだから、逢引とわかっていても怪しいことには首を突っ込んでおく必要があると思う。

平三郎にそうしろといわれたわけでもないのに、もうご用聞きの気分で空き家の壁に張りついた。すると逢引もその時の気分で様々なのだ。いきなり抱き合ってさっと引き上げるのから、だらだらと長引いたりすることもあった。

そんな時、明らかに逢引幽霊とは違う気配に気づいた。

彦一は窓の下にへばりついて中の気配に聞き耳を立てた。そんな時すすり泣く声が微かに聞こえる。中の気配は一人のはずだと思う。

おかしいと思った。

女が一人で泣いているようだ。

彦一はどういうことだと不安になってきた。ついに女の首括りではないのか。

長屋に戻ると提灯《ちょうちん》に火を入れて、空き家に戻ってくると引き戸を開けて中に入った。そこには今にも首を括ろうという女がいた。

女が踏み台の上から彦一を見る。なんとも複雑な表情で可哀そうな顔だ。

「こんなところで止めた方がいいぜ……」

穏やかに言って身軽に座敷に飛び上がると彦一が女の腰に飛びついた。

「死なせて、お願い……」

「駄目だよ。死んじゃ……」

女が彦一の重さで首を括ろうとした帯紐《ひも》から手を放し、二人は提灯の灯りの前に転がり落ちた。女が彦一に折り重なったから痛いのなんの、太っている女ではないが人というのは結構重いものだ。

「お前、綺麗じゃねえか、死ぬことはないよ」

そういわれて若い女はしばらく彦一を見ていたが「お坊さん？」と聞いた。

「似たような者だ。殺されそうなところをお奉行さまに助けられたんで坊主になった……」

「お奉行さまに?」

「ああ、悪いことをしたからこの首を斬られそうになったのさ……」

「まあ……」

女は彦一の事情をわかったようで驚いている。

「それで丸坊主になったんだ。おれはまだ死にたくねえからよ。それよりおめえ、重いじゃないか、痛いのなんのって……」

「ごめんなさい……」

謝った女がニッと笑った。もう大丈夫だと彦一は思う。笑いながら首を括るやつはいない。

「首括りの下敷きになって死にたくねえからさ……」

彦一の粋な話しぶりに女がまた小さく笑った。

「それでお奉行さまに許されたのですか?」

「それがわからねえ、いつ斬られるかまだわからねえらしいんだ」

「そんな……」

「悪いことをしたんだから仕方ねえんだな、これが……」

「逃げないの?」

「北町のお奉行さまからは逃げられねえよ。お奉行さまが斬れと命じれば、この首はその日のうちか次の日には胴から落ちるんだ。江戸からは出られねえのさ……」

「まあ、可哀そう……」

首括りの娘から可哀そうといわれちゃ言葉がない。どっちが首括りかわからなくなる。

「お前さんは悪いことをしたんじゃねえんだろうから、なにも死ぬことはないぜ。死ぬのはおれのような悪い奴だ」

女が座り直すと乱れた裾《すそ》を直した。

死にたい女と死にたくない男の話だ。

「おれはこの幽霊長屋に住んでいるんだ。夜が明けたら親分の家に連れて行くから、どうすればいいか女将さんに相談すればいいじゃねえか、な？」

女は坊主頭の男を信じていいのか見極めるように彦一を見ている。

「おれは二度と悪いことはしねえとお奉行さまと約束したんだ。心配しなくていい。行くところがないならおれの家に来て眠ればいい。おれはこの空き家で寝るから……」

やさしく人のいい彦一が提灯を持って立ち上がり、空き家を出ると女がついてきた。素直な女で死ぬつもりで出てきたから戻るところはないのだ。

小さな風呂敷包みを抱きしめている。

「ここがおれの家だ。中で適当に寝てくれ、おれは向こうで寝るから……」

「あのう、一緒でもいいんですけど……」

「おれはそうもいかねえんだ。お奉行さまとの約束でな。勝手にしていいから、夜明け前に起こすよ」

幽霊を抱いても仕方ないと思う彦一は、首括りの空き家に戻って横になった。女に名前も聞かなければなぜ死にたいのかも聞かない。そういうことを聞くのは親分の役目だと思うからだ。人には他人に言えないことが結構ある。ことに若い女には聞いちゃならねえこともあるだろう。

彦一は親分と女将さんに任せた方がいいと思う。

小冬とお弓もいることだから娘は娘同士の方がいいこともある。彦一はこのところずいぶん大人になり賢くなった。根が悪い男ではないから愛嬌《あいきょう》があって人懐こいのだ。

翌朝、暗いうちに起きると女を連れてお浦の茶屋に行った。

「どうしたの？」

小冬が怪訝《けげん》そうに彦一に聞いた。お浦も不釣り合いな二人を見ている。

「長屋に出た幽霊かな？」

そう彦一が紹介すると女がペコリとお浦に頭を下げた。

「名前は？」

「知らねえ……」

「昨夜はどこに泊まったの？」

「おれの長屋だよ」

女がうな垂《だ》れて「すみません……」という。

小冬とお弓が怒った顔で彦一をにらんでいる。若い娘を長屋に泊めたのかと誤解していた。

明らかに目の前の可愛《かわい》い幽霊と彦一は一緒に寝たのかという怒った顔だ。この二人が組んで怒ると怖い。無視されて口を利かなくなる。

「何もしていねえよ。何でおれをにらむんだ」

「この人を泊めたんでしょ？」

「そうだけど……」

「馬鹿！」

彦一が小冬に叱られた。その彦一が二階に上がって行って平三郎に説明した。

「首を括ろうとしたのか？」

「そうなんで、訳ありだから親分の方がいいと思って連れて来たんだが。おれは神に誓って幽霊に手出しはしていねえ、名前も知らないんだから……」

「そうか、それでいい、奉行所に連れて行こう」

「奉行所ですか？」

「どうした？」

「親分、可哀そうだよ。いきなりお奉行所じゃ……」

「だが、その方が解決は早いぞ」

「訳ありだからですか？」

「そうだ。お奉行さまに任せた方がこういうことはいいんだ。若い女が死のうとしたんだから、お奉行さまが聞けば何があったかすぐわかるし、奉行所ならすぐ手が打てる。これは事件なんだぞ。そうだろ？」

「へい、わかりました」

「お奉行の登城に遅れるぞ。急ごう」

二人は急いで階下に下りると女を連れて外に飛び出した。三人が小走りに走るが女は遅い。

「背負って走るから、さあ！」

「あのう……」

「ぐずぐずしている暇はないんだ。この首が斬られる。早くしろよ」

強引《ごういん》に女を背負うと彦一が走った。平三郎が風呂敷包みを持って走る。なんとか間に合って三人が門前に立つと、ほどなくして勘兵衛の登城行列が出てきた。

「お奉行さまだ！」

女が深々と頭を下げると勘兵衛が馬上からじろりと見る。

行列が行ってしまうと三人は奉行所に入り、平三郎が半左衛門に女のことを話して、身柄を渡して見廻りに出ることにした。

「ここなら心配ないから、何んでも話した方がいい」

「あのう……」

女は彦一を見て離れるのが心細そうだ。だが、二人には見廻りの仕事がある。

彦一はニッと笑って「日が暮れたら戻るからよ」そう言って女と別れた。女はいきなり奉行所に連れてこられて面食らっている。

砂利敷に座っている女に半左衛門が名前を聞いた。

若い女は何もしないのにすぐ泣き出すから扱いにくい。奉行所でこういう若い娘を取り調べることは滅多にない。少々厄介で女を泣かせないように半左衛門は慎重だ。

「坊主の彦一からそなたの名を聞くのを忘れたが？」

「お澄《すみ》と申します」

お澄はきっと答える。丸坊主の男が彦一という名前だとわかった。

「死のうとしたそうだが何があったのだ？」

いきなり聞かれてお澄がうつむいてしまった。ぶっきらぼうの半左衛門はしまったと思ったがもう遅い。若い女になぜ死にたいと聞いてはいけない。じっくりと状況を言い聞かせながらやさしく尋問する。吟味方の秋本彦三郎ではないのだから、なぜ死のうとしたはないだろう。

死にたくなるほどの事情なのだ。

それも若い娘なのだからほぼ見当がつこうというものだ。

「お澄、そこでしばらく待て……」

半左衛門が公事場から出て行った。

若いお澄に何があったかうつむいたのを見て、想像ができただけに半左衛門は扱いにくいことになった。それにしてもこんな若い女がなぜ死にたくなるのだ。心中事件を起こしたわけでもないが男しか考えられない。

その半左衛門が頼ったのが奉行の奥方の喜与だった。

「奥方さま、首を括ろうとした若い女を彦一が連れてまいりまして、どうも取り調べるのが難しいようでございます」

「娘さんですか？」

「はい、お澄という名前だけは聞きましたが……」

喜与は首括りをしそこなった若い娘を、筆頭与力の半左衛門が扱いかねていると見た。

頑固一徹の年寄りに若い娘の首括りを扱うのは面倒だろう。取り調べるのが難しいようでとは筆頭与力としては他人事《ひとごと》のようである。このような取り調べは難しいのだ。若い女が死にたくなるのは、好きな男に裏切られた時というのが通り相場だ。

恋い焦がれた男に裏切られると、女は大概死にたくなったりする。絶望というやつだ。

「お澄ですか、わかりました。会いましょう。庭に回してください」

砂利敷では話しづらかろうと思い、喜与はお澄に庭へ回ってもらうことにした。

第五章　江戸の女

奉行所の奥の庭には秋の黄菊《きぎく》が咲いている。

喜与が鋏《はさみ》と籠《かご》を縁側に用意した時、お澄は大場雪之丞《おおばゆきのじょう》に案内されて庭に現れた。

「奥方さまだ……」

雪之丞にいわれお澄が地べたに屈《かが》み込んで頭を下げる。

「お澄、ちょっとここへきて、手伝っておくれ……」

「はい……」

いきなり呼ばれたお澄が風呂敷包みをその場に置くと、喜与の傍《そば》に行って出された手を支えたがその手は柔らかく温かかった。

喜与はお澄に支えられて草履《ぞうり》を履くと、着物の裾を上げて秋の花々が咲く庭に下りた。

「その籠を持っていておくれ……」

「はい……」

着物を帯に挟《はさ》むと喜与は鋏を手にして、茎《くき》を一尺（約三〇センチ）ほどつけて黄菊を切る。それをお澄の持つ籠に入れた。手ごろな枝を選んでいる。

「菊は今が一番きれいです」

「はい……」

パチンと鋏で茎を切る。

「お澄は幾つですか？」

「はい、十七でございます」

「そう、わたくしが殿さまに嫁いだ年が十七でした」

また、パチンと鋏で菊の茎を切った。

「お澄も嫁に行く年頃ですね？」

喜与がいうとお澄の目に見る見る涙が浮かんでこぼれた。

それをお澄が慌てて着物の袖《そで》で押さえる。若い娘の涙は純粋できれいだと思うが、お澄はあまりにも悲しい顔だと喜与は思った。十七といえば何があっても楽しい頃だ。

喜与には恋に破れた悲しさだとすぐわかった。

菊を五本切って庭の花の咲き具合を見て、紫の桔梗《ききよう》も切ろうかと考えていると

お志乃が顔を出した。

「奥方さま……」

「お志乃、桶《おけ》に水を持ってきてくれますか？」

「はい……」

「お澄、その籠を縁側に置きなさい。その包みは着替えですか？」

「はい……」

「それも縁側に置きなさい」

喜与は家出娘のようだと思う。どこかのお店にいたのだろう。立ち居振る舞いは下品ではない。それなりに厳しく躾《しつ》けられたものだとわかる。

「手を貸しておくれ……」

お澄に支えられて喜与が縁側に戻った。叱られた娘のようにうな垂れて庭に立っている。

「ここに来て掛けなさい」

「はい……」

水を張った小さな桶を持ってお志乃が戻ってくる。

なんとも優雅に秋の花を愛《め》でる三人の女という絵であったが、その中に悲しい女が一人いた。秋の華やぎは今が盛りでやがて寂しい庭に変わって行く。

「その菊を桶に入れて、菊をもう二、三本と桔梗も切っておくれ……」

「はい、奥方さま、お滝殿を呼んでまいります」

喜与が小さくうなずいた。

商家とは違い武家の屋敷は静かだ。ことに奉行所は表と奥は区切られていて、勝手な人の出入りは許されていない。お澄がうな垂れて縁側に腰を掛けた。

「お澄の事情は聞きました。あの丸坊主の男は彦一というんですよ。青い頭で変な人だったでしょ？」

喜与がニッと微笑《ほほえ》んだ。お澄の泣き顔がコクッとうなずく。

「怖くなかったですか？」

「怖かったです……」

お澄がはっきりといってから「やさしいお方でした……」といい直した。

喜与は気遣《きづか》いのできる賢い子だと思う。喜与も彦一は泥棒だが悪い人ではないだろうと思っていた。だから勘兵衛が猶予を与えたのだと思うのだ。町奉行として人を見損じる人ではない。

「どこか、お店で働いていたのですか？」

「はい、神田です」

「子はできていませんね？」

喜与に聞かれてお澄が驚いた顔を上げた。

「女は子ができるのですよ」

「はい……」

「どんなに悲しいことがあっても死のうとしてはいけません。いいですか？」

「ごめんなさい……」

お澄が両手で顔を覆《おお》った。なんとやさしい方だろうと思う。大泣きしたい気持ちだ。そこへ庭の奥から花を切りにお志乃と、女鳶《とび》だった怖いもの知らずのお滝が現れた。

お澄が慌てて着物の袖で涙を拭《ふ》いた。それを見て喜与が懐紙《かいし》を出してお澄に渡す。涙は着物ではなく懐紙で拭きなさいということだ。

「奥方さま、今年も菊がきれいに咲きました。切るのが勿体《もったい》ないくらいです」

いつも明るいお滝が大きな声でいう。

静かな武家屋敷には似合わない声で、巷間《こうかん》にはごろごろ転がっている大きな声だ。お澄ははっとして庭の二人を見た。

「そうですね。切って上げれば次にすぐ蕾《つぼみ》が咲きますから……」

黄菊の中に美しいたたずまいの二人がいる。艶《あで》やかな絵のようだとお澄は思った。

そんな二人を喜与が笑顔で見ている。

お澄が始めて見る優雅な武家の女たちだった。それはお澄の知らない世界で、夫に従っていつでも死《り》を受け入れるという切迫の美なのだ。武家は女でも死を覚悟している。それは凛《りん》とした女の美しさだ。

お澄はそんな三人に美しさと強さを感じた。自分もそうなりたいと思う。ところがそんなお澄の考えは甘かった。喜与が花を切り終わったお志乃とお滝を傍に呼んだ。

「この子はお澄、死にたいそうなの……」

何を考えたか喜与がいきなり変な紹介をした。

その喜与の気持ちに敏感に反応したのが鬼屋《おにや》の娘お滝だった。

「お前さんね、男に捨てられてうじうじと死にたくなったんだろ。そんなケチな馬鹿野郎はこっちから捨ててやるんだよ！」

お滝の伝法《でんぽう》な言い方に仰天したお澄が、身を引いて恐怖の目でお滝を見る。

花を切っていた時のお滝ではない。女鳶の鬼屋の鬼娘だ。なんとも粋で鯔背《いなせ》な恰好《かっこう》のいい言葉である。冷たい秋風がヒューッと吹き抜けたようだ。

「あのう、ケチじゃないんですけど……」

強気のお澄が言い返したがお滝の伝法には勝てるもんじゃない。ぽんぽんと頰《ほ》っぺたを引っ叩《ぱた》くような言葉が飛んでくる。

「庇《かば》うところを見るとまだ未練があるんだね。馬鹿だよお前さんは、女にきっちり仁義を切らねえ野郎は男じゃないんだ。わかっているのかいお前さん！」

お澄がうな垂れてしまう。

「どこのどんな野郎か知らないが、お前さんを弄《もてあそ》んで放り出したんだ。お奉行さまにいって首を刎《は》ねてもらうんだね！」

驚いてお澄がまた顔を上げた。お滝の言葉がお澄の胸を貫《つらぬ》いた。

「く、首を刎ねるなんて……」

「当たり前じゃないか、お前さんが死にたくなるほど苦しんだんだ。その野郎はどこの誰なんだい。首根っこを引っつかんで奉行所の砂利敷に据えてやる。白状しな？」

恐ろしい話にお澄が激しく首を振って答えるのを拒否した。

「いいんだよ。言いたくなけりゃ言わなくても、お前さん、木馬っていう拷問を知っているかい。あられもない恰好で木の馬に跨《また》がって両足に石を吊《つ》り下げるんだ」

「し、知りません……」

お澄の唇が震え、目を見開いてお滝をにらんでいる。

「ここはお奉行所だよ。お役人をなめちゃいけないね、お上の手を煩《わずら》わせるんじゃないよお前さん！」

鬼娘の得意とする啖呵《たんか》が次々とお澄に突き刺さってくる。

間もなく満身創痍《まんしんそうい》になってお澄はお滝の顔も見られなくなるだろう。お滝はうじうじしているのが大嫌いだ。お澄がケチじゃないといい返したのがまずかった。お滝が久しぶりに闘志満々になってしまう。

喜与は一見おとなしそうなお澄が、結構な強情だと見破って、商家のことだからお滝に任せてみようと思った。それが的中して菊の庭で女の対決になった。

伝法なお滝に勝てる男も女もいない。唯一お滝の伝法を止められるのはお滝が惚《ほ》れたお奉行の勘兵衛だけだ。

主人の彦野文左衛門《ひこのぶんざえもん》でもお滝が怒って伝法になると逃げる。

その喜与は黙って二人のやり取りを聞いていた。お志乃も喜与の考えを察して何もいわない。商家のことなら隅《すみ》から隅まで何んでも知っているのがお滝だ。

お澄はお滝ににらまれて怖がっている。

「さっさと白状して、お奉行さまにお仕置きをしてもらう方が穏便《おんびん》じゃないのかい？」

脅した後は少しなだめる。

「お奉行所で調べれば身元なんかすぐわかってしまうんだ。お前さんの口からお奉行さまに申し上げた方がいいんだよ。穏やかで……」

お澄は怯《おび》え切っているが強情に相手の男の名をいわない。やはり惚れた男の名を口にするのは女にはつらい話だ。ましてや信じて身をゆだねたのだからなおさら口にしたくない。女にも意地があるということだ。

「奥方さま、このお澄をお預かりしてもよろしいでしょうか？」

「構わないけど、あまり乱暴にしないようにね？」

「はい……」

喜与の傍でお志乃はもう充分に乱暴だと思う。

お澄は散々お滝に脅されている。男の名前を白状しろとまでいわれた。

確かに首を括《くく》ろうとして彦一に助けられたのだから悪かったと思う。だがそれと男の名をいうのは別ではないのか。

「お澄、その風呂敷包みを持ってついておいで……」

お滝がお澄を子分のように連れて長屋に戻っていく。素直なお澄は風呂敷包みを胸に抱いて、喜与とお志乃に頭を下げて庭から消えた。喜与がお志乃を見て少々不安な顔だ。

「奥方さま、大丈夫でございます」

お志乃、お登勢、お滝の三人は実に仲がいい。だからお滝は伝法な言い方をするが無茶はしないとわかっている。

「お前さんは馬鹿だね。奥方さまはお前が強情だと見抜いておられるんだ。あの奥方さまに厄介《やっかい》をかけるんじゃないよ」

「奥方さまが……」

「うん、あのお方は多くは話さないが人を見る目は確かなんだ。お前のような小娘が太刀打ちできるようなお人じゃないんだから……」

「あのう、お滝さまは？」

「お滝さま、さまなんて笑わせるんじゃないよ。あたしゃ鬼屋長五郎《ちょうごろう》の娘だ。つい この間まで鬼娘って言われていたんだ」

「お、鬼屋万蔵《まんぞう》さんの……」

「兄のことを知っているのかい、それなら話が早いや……」

「一度、お店で……」

「女衒のお滝さんはね。お奉行さまのご家来を好きになって、こんなところへ嫁に来ちまったんだ。驚いたね。まったく……」

「お武家さまを好きに？」

「そう、いけないかい。商家の女が武家の男を好きになっちゃ？」

お滝がじろりとお澄をにらんだ。

「お前は大馬鹿者さ、男に一度や二度抱かれて、放り出されたから死にたいだと、ふざけんじゃないよ。江戸の女はそんなやわじゃないんだ、江戸は野郎ばっかりだ。そんなことでいちいち死んでいたんじゃ江戸に女がいなくなってしまう」

うな垂れてお澄はお滝の説教を聞いている。江戸のようなところで暮らす女は、強くならなければならないといっているのだ。

まったくもってすべてごもっともである。

お滝がいっていることは理に適《かな》っていると思う。確かに男に捨てられたぐらいで死んでいては、命がいくらあっても足りないということだ。

「そのうちお前さん、腹が膨《ふく》らんでくるんじゃないのかい。そうなってからあれこれいってもおっつかない。手遅れになるんだ。身に覚えがあるなら早いとこお奉行さまに洗い浚《ざら》い話すことだ。北町のお奉行さまは鬼といわれているが、お前さんを悪いようにはしないお方だから……」

お澄はその日お滝に説得された。

身に覚えのあることで、あの怖い幽霊長屋に死のうと思って行ったのは三度目だった。

死にたいからといってそう簡単に死ねるものではない。一度目は幽霊長屋が怖くて帰り、二度目は幽霊に出会った気がして戻り、三度目には彦一に見つかって首を括り損なった。彦一は救いの神だったのかもしれない。それはこれから決まる。

若い女の色恋は一度や二度はしくじることがあるものだ。それも大概の場合は男が馬鹿野郎だからである。

女が男に惚れる時は幸せになりたいと必死なのだ。

だが、野郎の中には結構いい加減なのが多い。こらえ性のない野郎もかなりいる。そういうのにつかまった娘は悲惨なことになりがちである。そのかわりいい男がつかまえてくれれば絶好調、男運がいいなどというが、逆に女運というのもあることはある。

このお澄の恋の相手は神田の大店《おおだな》で、呉服、太物《ふともの》問屋の丹後屋吉兵衛《たんごやきちべえ》の若旦那吉太郎《きちたろう》だった。賢く気立てのいいお澄は吉兵衛夫婦に気に入られ、大店の奥で主人夫婦の世話をしていた。

そこに若旦那の吉太郎がいたのである。

吉太郎はお澄を気に入ると結婚を約束して契《ちぎ》りを結んだ。

こういうのが馬鹿な男が女をものにする時の常套《じょうとう》手段だった。嫁にするならこそこそしないで世間に大っぴらに宣言すればいい。そうしないでいかにもそうできないようないいわけをつくろって女を騙《だま》すのである。それから間もなくして、その吉太郎に日本橋の呉服問屋の娘との結婚話が持ち上がった。

商売敵《がたき》ではあるが、縁を結ぶということは大店ではよくある話だ。

　すると途端に吉太郎はお澄と会わなくなり、お澄は吉太郎に捨てられたことに絶望して、二人が一度逢引した幽霊長屋で死のうとした。そこを彦一に発見されたというお粗末な話なのだ。

　あちこちに転がっていそうな若い男女の色恋沙汰である。

　吉太郎も狡《ずる》いがお澄も油断したといえる。女は嫌われるのが怖くて男の言いなりになってしまうことが多い。男も女のそういう弱点を知っている。

　お滝は勘兵衛が下城してくるまでに、お澄から首括りの事情を聞き出そうとしていた。

　ぽつぽつとお澄が話し出すと黙って聞いている。お滝が想像したようなありふれた内容だった。二人のことを丹後屋吉兵衛夫婦は知らないとわかった。商売の事情も絡《から》んでいそうで厄介そうな事件だ。

　こういう話はお奉行さまに裁いてもらうしかないとお滝は思う。

　お澄は甲州《こうしゅう》街道の日野村《ひのむら》の生まれで、十五の時に知り合いの紹介で丹後屋吉兵衛へ奉公に入った。吉太郎の手がついたのはその一年後だった。

　その吉太郎の速攻はいいが後始末ができていない。こういうだらしない男は少なくないのだ。

もういらないとお澄を放り出せば、行き場のないお澄が死ぬしかないと、想像のできない貧相でわがまま勝手な大店の若旦那である。女鳶のお滝はこういう野郎が許せない。丹後屋にねじ込んで行ってきりきり舞いさせたいぐらいだ。

すべてをお滝に話すとお澄は両手で顔を覆って泣いた。

「そうめそめそ泣くんじゃないよ。吉太郎の野郎も悪いが、口車に乗ったお前さんも悪いんだぜ。お奉行さまに始末をつけてもらうからもう泣くんじゃないよ」

「はい……」

「吉太郎の野郎、ぶっ殺してやる」

めそめそお澄も良くないが、若旦那を笠《かさ》に着てお澄を抱いた吉太郎は許しがたい。

「まったくの馬鹿野郎だ……」

そのお澄の事情はお滝から喜与に報告され、勘兵衛が下城してくると喜与が一服している勘兵衛に話した。喜与は可哀《かわい》そうなお澄の味方になっている。

半左衛門も姿を見せて喜与の話を聞いた。

「今朝、平三郎と門のところにいた娘かな？」

「はい、彦一の幽霊長屋で首括りをしようとした娘にございます」

半左衛門が喜与に頼んだ経緯も勘兵衛に話すなど、お澄の扱いをどうするか勘兵衛の手に移った。勘兵衛はさすがお滝だと感心もする。こういう話は江戸の女を背負っているようなお滝にぴったりだ。

「若い娘の首括りとは穏やかでないな？」

「はい、相手は神田の丹後屋吉兵衛の若旦那で吉太郎というそうにございます」

「事情を聴くか？」

「本人は全部話しましたので、丹後屋吉兵衛からのお聞き取りをお願いいたします」

勘兵衛にこういう希望をいわない喜与だが、お滝から話を聞いて吉太郎の勝手さに少し怒っていた。

若い娘を弄んで捨てるとは許せないと思っている。

そういう男は罰を受けて当然だとも思う。いつも男女のもつれで泣き寝入りをするのは女の方だ。近頃の喜与は訴訟の話などを聞いているうちにだいぶ知恵がついた。

世間のことにもずいぶん精通してきた。

こういうことは大身旗本の奥方にはまったく縁のない話なのだ。ことに喜与は勘兵衛に愛されていればそれで充分と考えてきた。

だが、この度《たび》はそういかない。首を突っ込んだ以上、お澄を何《な》んとかしてやりたい。

吉太郎と一緒になれるようならそうしてやりたいが難しそうだと思う。

「その吉太郎というのは幾つになる？」

「二十一歳だそうでございます」

「そなた、お澄に肩入れしているのか？」

「はい……」

当然という顔の喜与だ。こういう怒っている喜与は滅多に見られない。

勘兵衛が半左衛門を見るととぼけた顔をする。こういう時の半左衛門は喜与の味方なのだ。それにこの件は自分が奥方のところに持ち込んだことである。

「奥方さまにご苦労をお願いいたしましたので……」

「うむ、明日、丹後屋吉兵衛を呼べ！」

「畏《かしこ》まりました」

「お会いになられますか？」

「お澄にか？」

「はい……」

「いや、会わなくても事情は分かった。丹後屋吉兵衛の話を聞いてからでいいだろう」

勘兵衛は若い娘にめそめそ泣かれると苦手だ。どっちかというとお滝のような明るくて元気な娘がいい。喜与が肩入れするような娘なら悪い娘とは思えなかった。こういう色恋のもつれた訴えを何度か裁いたことがある。

話の筋からもこの事件の非は丹後屋吉兵衛と吉太郎にあると思う。

勘兵衛の勘では丹後屋夫婦は、吉太郎とお澄のことに薄々気づいていて知らんふりをしているように思える。気づいたからこそまずいと思って、ほかの縁談を急いで取りまとめたとも考えられる。

大店にはありがちな話だと勘兵衛は思った。

お澄から訴状が出ているわけでもないから、丹後屋吉兵衛を奉行所に呼び出して、まず話をして吉兵衛がどう判断するかそれからのことだ。馬鹿なわがまま息子を持つと親が苦労する。だが、死に損なったお澄のことを考えるとそうもいっていられない。

その夜、お澄はお滝の長屋に泊まった。

翌朝、お滝とお澄が勘兵衛の部屋に現れて挨拶したが、勘兵衛は格別にお澄に聞くこともない。喜与が気に入っているようだからお澄の扱いは任せようと思う。

すべては丹後屋吉兵衛に会ってからだ。吉兵衛という男はどんな商人なのか、丹後屋というからには上方から来た男だろう。

京あたりで呉服や太物の修行をして江戸に出てきたのだと思う。

江戸で呉服、太物の問屋になるまでにはそれなりの苦労もあるはずなのだ。そんな男が息子の勝手を許すとも思えないが、大きな身代を守ろうと考えてお澄が邪魔になったのではないか。

商人というのは兎角《とかく》、銭にものをいわせようとする傾向がある。

武家が武力の信奉者なら商人は銭の信奉者なのだ。おそらくお澄の件は吉太郎にも問題はあるが、むしろ吉兵衛の欲得が裏にあるのではないか。勘兵衛に取って江戸の商人は大切な存在である。急に大きくなっている江戸で、人、物、銭を動かしているのは、武家ではなく商人たちになりつつあるようだ。

だが、お澄のような力のない若い娘が、犠牲《ぎせい》になっていいということではない。

その日、勘兵衛が登城するため奉行所を出ると、その後に浅草の二代目鮎吉こと正蔵が奉行所に現れた。

「長野さま、例の茶屋にまたおかしな男が現れましたのでお知らせに……」

「おかしな男？」

「お昌《まさ》と金太《きんた》が気づいて例のからくりで話を聞いたとか……」

「うむ、からくりか、それで？」

「一度目に男と女が現れた時からお昌が不審を感じたようで、二度目に金太がからくりで聞いた話が、盗みのようだったというのですが、とぎれとぎれだと金太がいうので、とりあえず長野さまのお耳にお入れしておいた方が良いと思いまして……」

「うむ、怪しいならその男女を益蔵に追わせてみてくれるか？」

「承知いたしました」

それだけを決めて正蔵が浅草に戻って行った。

この時は半左衛門も正蔵も事件になるとはまだ考えていなかった。

午後になって勘兵衛が下城してくるとすぐ、呼び出された丹後屋吉兵衛が急いで奉行所に現れた。

丹後屋は吉太郎の結婚話が決まって忙しい時期だった。

何のために呼び出されたのか、吉兵衛は急にいなくなったお澄のことではないかと思って出てきた。日野村に使いを出していたがその使いはまだ戻ってきていない。吉太郎に聞いても知らないの一点張りで埒《らち》が明かなかった。

罪人のように吉兵衛は砂利敷に入れられるとすぐ勘兵衛が現れた。

いつものように勘兵衛は公事場《くじば》の縁側まで下りてきて、大店の主人である吉兵衛に話しかける。

「丹後屋、呼び出しの趣《おもむき》はわかっているか？」

「はい、お澄のことではないかと、日野村まで人を出して探しておりましたので……」

「そうか、実はお澄を奉行所で預かっている」

「お、お澄が何か悪いことを？」

「神田明神下の幽霊長屋を知っているか？」

「はい、私どもから二町（約二一八メートル）ほどでございますから話は聞いております」

「その幽霊長屋でお澄は死のうとしたのだ」

「えッ！」

「思い当たることはないのか？」

「はい、ございませんが……」

「お澄と吉太郎の仲を知らなかったのか？」

「吉太郎と？」

勘兵衛は吉兵衛の知らないふりを見逃さない。

息子の勝手な振る舞いを親の吉兵衛が知らないとは考えられないからだ。

「二人はその幽霊長屋で逢引をしておった」

「なんと……」

「吉太郎にお澄は捨てられたのだ。吉兵衛、若い娘が首を括ろうとしたのだから、吉太郎を呼び出して五年ほど江戸払いを命じてもいいのだぞ。あのような若い娘を弄んで捨てるとは許し難い。そうは思わないか？」

勘兵衛がいきなり江戸払い五年と丹後屋吉兵衛を脅した。

吉兵衛はひっくり返りそうなほど驚いた。息子が五年もの江戸払いになれば、丹後屋の信用はがた落ちでたちまち身代が傾くだろう。罪人を出した商家を許すほど江戸の人々は寛容ではない。丹後屋一家はおそらく商売をたたんで、早々に江戸から退散することになりかねない。

「お奉行さまッ、事情が呑《の》み込めませんので吉太郎を問い詰めましてから……」

「うむ、お澄をどうするか丹後屋の返答を持ってまいれ、こととしだいによっては吉太郎に罰を与えなければならない。いいな？」

「はい！」

「明日、またまいれ！」

勘兵衛に強烈な一撃で脅されて丹後屋吉兵衛が慌てて戻って行った。

「お奉行、丹後屋はずいぶん慌てていましたが？」

話を聞いていた半左衛門がいつもながらの勘兵衛の脅しに感心する。弱いものを邪険にすることは許さないという勘兵衛の考えだ。

「あの様子では二人のことを知っていた。見て見ぬふりをしていたということではないか。だから江戸払い五年といわれて慌てた。お澄を言い含めて銭でも渡しうやむやにする前に、そのお澄が姿を消したから慌てたということだろう」

「すると……」

「おそらく、お澄を嫁にする気はない。縁談を進めている日本橋の大店の娘をもらう気だ」

「だが、そんなことをしても人の口に戸は立てられませんが？」

「うむ、噂《うわさ》が広がるかも知れないな。この一件は丹後屋吉兵衛と吉太郎しだいだが、死のうとしたお澄が元の鞘《さや》に収まるとは思えない」

「やはり大店同士の婚姻が優先になりましょうか？」

「そういうことだろう」

丹後屋が強引なことをすれば、この話はこじれると勘兵衛と半左衛門は思った。

その夜、旗本栗原喜十郎《くりはらきじゅうろう》の用人《ようにん》と名乗る男が奉行所に現れた。勘兵衛は親しくはないが栗原喜十郎の名は知っていた。どんな男だったかは思い出せないが、用人というのは腰の低い老人だった。いきなりの奉行所訪問で慌てているようだ。

「お奉行さまには夜分に恐縮でございます」

「どのような用向きでござるかな？」

「恐れ入りますが丹後屋のことにつきまして、お奉行さまのお考えを、内々にお聞きしたいと思いまして伺いましたが？」

老人は率直に用向きを勘兵衛に告げた。

つまり丹後屋が旗本三千石の栗原家を頼ったということになる。大店は旗本や大名との付き合いがあるから、こういう仲介の話はないことではない。だが、奉行所をなめた振る舞いとも取れる。

こういう内々の口封じは勘兵衛を怒らせる。

旗本の力を借りてでも、事件をなかったことにしたい丹後屋の気持ちはわかるが、こういうことを勘兵衛は好まないのだ。

「丹後屋のことを内々に？」

「はい、江戸払い五年とは少々重いかと……」

「なるほど、江戸払い三年では？」

「江戸払いというのは、いささか……」

「所払いでは気に入りませんか？」

「そういうことではないのですが、そこをなんとか無罪放免ということには？」

「わかりました。それではご老中にご相談してから考えましょう」

「しばらく、ご老中とは穏やかではない……」

栗原家の用人が慌てていう。勘兵衛がこの一件を老中の耳に入れるというのだから、旗本栗原喜十郎の名が出るだろう。それはまずいと用人は咄嗟《とっさ》に思った。

これはじんわりと勘兵衛が用人に余計な口出しはするなと警告しているのだ。

奉行所の裁きにたとえ旗本といえども、口出しはさせないという勘兵衛の断固たる決意である。こういう仲介ができるとなると、大権現《だいごんげん》さまの意に反することになる。勘兵衛は家康に江戸を頼むといわれたのだ。

「さて、この奉行にどのようにしろと？」

「内々に放免ということでお願いしたいのですが？」

「用人殿、それをこの奉行に飲めといわれるなら、飲みやすいようにしてもらわないと困るが？」

「どれほどお持ちすればよろしいか？」

「さよう、奉行所は何かと物入りでな。一万両でどうです？」

「い、一万両……」

「ご用人殿に娘はおられるか。この奉行には四人の娘がいます。そんな若い娘を弄《もてあそ》ぶような男を一万両でも許す気はござらぬ。ご理解あって、お引き取りを願います」

無罪放免という申し出を勘兵衛ははっきりと断った。

お澄の件をうやむやにする気はなかった。江戸の娘たちを奉行所が守ってやらなければならない。女不足の江戸では若い娘は貴重だ。そんな中で娘を弄んで捨てるなどということが流行《はや》っては困る。

江戸はこの後、妙な流行りものに弱い城下になる。

心中が流行ったり、大山詣《おおやままい》りが流行ったり、富士講《ふじこう》が流行って江戸に富士山が続々と造られたり、お伊勢参りが流行ると東海道が大混雑してしまい、犬までお伊勢参りをしたなどという嘘《うそ》のような本当の話があるほどだ。柄杓《ひしゃく》一本を持っていれば無銭でお伊勢参りができたなどという。

翌日の昼過ぎ丹後屋吉兵衛が一人で現れる。旗本を使う裏工作に失敗した。

勘兵衛は栗原家のことは知らぬふりで、吉兵衛がどのような返答を持ってきたのかを聞いた。少々、吉兵衛の狡猾《こうかつ》さが鼻についている。

「お澄をお助けいただいたことは誠に有り難く存じます。そのお澄を一旦、当方にお引き渡しいただきまして、後日改めましてお奉行さまにはお礼言上に伺いたく存じますが……」

「ほう、丹後屋吉兵衛、それがこの奉行に対するそなたの返答か？」

「恐れながら……」

勘兵衛は丹後屋がお澄を引き取って、説得してから再び放り出すつもりだと思う。

　吉太郎の婚姻は丹後屋吉兵衛にとって、それほど重要ということなのだろう。お澄の幸せなど歯牙《しが》にもかけていない。ふざけた男だと思う。そんなに大切な丹後屋なら潰してやろうではないか。勘兵衛に怒りが湧《わ》いてきた。この野郎は権現さまの江戸を何だと思っていやがる。

　沸々《ふつふつ》と勘兵衛は怒りが湧き出すのを感じた。

　権現さまの江戸だということを忘れた大店の驕《おご》りであり、金持ちなら言い分が通ると幕府や奉行所をなめ切った無礼な態度だと思う。

　こういう思い上がりを勘兵衛は絶対に許さない。

「丹後屋吉兵衛、そなたの考えはよくわかった。明日、妻と吉太郎と二百両を持参して出頭するように、処分を申し付ける」

「ははッ、なにとぞご寛大なるご処分をお願いいたします」

「然《しか》るべく……」

　そういって勘兵衛は丹後屋吉兵衛を帰した。

　その吉兵衛は二百両で決着がつくのだとほくそ笑んだ。三千石の大身旗本栗原家の威光でもあると思う。人は思い上がると勘違いもはなはだしくなる。山吹色の小判というものは人の眼を曇らせ、その光に魅《み》せられると強欲になってしまう。

丹後屋吉兵衛も商売を始めた頃はそんな男ではなかったのだろう。

黄金の輝きは人の気持ちを狂わせるに充分な美しさなのだ。そんな吉兵衛のことはわからないでもないが、死にたくなるほど苦しんだお澄の話は別だ。若い娘がそんな小判の犠牲になる必要はない。

「お奉行……」

半左衛門も二百両で決着だろうと見た。

「どう思う半左衛門？」

「吉太郎の罪はそんなものかと……」

「二百両か、そうではなく丹後屋吉兵衛の腹の中だ？」

「やはりお澄のことより、大店同士の婚姻を優先して考えているように思いましたが？」

「そこだ。問題なのは……」

「するとお奉行は丹後屋吉兵衛、吉太郎親子を許さないと？」

「あの吉兵衛はなぜ大店になれたのか。権現さまに対する恩を忘れて、罪を逃れようと栗原喜十郎を使うなどこの勘兵衛を小馬鹿にしおった。奉行所をなめることなどこの江戸では許されない。駄目か？」

「いいえ、駄目ではございませんが、処分の内容によってはいささか重刑になるのではと？」

「権現さまに対する謀反《むほん》だぞ。わしは手一杯を考えている」

「む、謀反……」

「大袈裟《おおげさ》か？」

「いいえ、それではやはり江戸払いを、まさか闕所《けっしょ》では？」

心配そうな半左衛門に勘兵衛がにやりと笑った。こういう時の勘兵衛は鬼なのだ。

「半左衛門、江戸は女不足なのだ。江戸の女を粗末に扱うと、高くつくことを野郎どもに教えるいい機会ではないか？」

「江戸の女？」

「いいか半左衛門、今どき、吉原の遊女でも身請《みう》けしようと思えば、百両や二百両は積まなければならぬのだ。お澄は何も知らずに日野村から出てきたおぼこ娘だ。そんなお澄を弄んだ吉太郎と、見て見ぬふりをした丹後屋夫婦を許す気はない。目から火が出るほど高くていいとわしは思うが？」

「そうではございますが、重刑過ぎますと人々の非難が奉行所へ……」

「それも考えた。江戸の人々が丹後屋吉兵衛を許すか、それともこの奉行を許すか見てみたいと思わないか？」

「そのような無茶を……」

「半左衛門、人々はお前が考えているほど愚かではないぞ。わしはこれからこの江戸を作って行く人々の正義を信じる。信じたいのだ」

「お奉行……」

「人々がわしを非難すれば潔《いさぎよ》く奉行を辞する覚悟だ」

半左衛門は勘兵衛の覚悟に驚愕《きょうがく》する。やはり東照大権現さまに江戸を託されたお奉行は違うと思う。このお奉行に仕えたことを半左衛門は誇りにさえ思った。

「わしはこの江戸を京に負けない権現さまの千年の都にしたいと思う。そのためにも江戸の人々を信じたい。江戸の人々はまだ貧しいが正義はあると信じたいのだ」

勘兵衛は江戸という新しい城下が好きだ。

泥まみれで埃《ほこり》っぽくようやくできたばかりの成長の途中である。

家康に町奉行を命じられて十六年が過ぎようとしている。勘兵衛にはこの江戸を権現さまと一緒に作ってきたという自負があった。その江戸に丹後屋のような忘恩《ぼうおん》の輩《やから》は置いておけない。無茶苦茶ともいえる勘兵衛の強い信念だ。この江戸は千年先まで権現さまの造られた大江戸でなければならない。この江戸の四方には玄武《げんぶ》、青龍《せいりよう》、朱雀《すざく》、白虎《びやつこ》の四神《しじん》がいて守っている。

その江戸は益々《ますます》大きくなるはずだ。

勘兵衛はその江戸がどこまで大きくなるかを見ることはできない。

残念だが人の命には限りがあるからだ。千年を生きる人はいないのだからせめて、その江戸を作り上げていく人々を信じたい。その人々の心に正義があると信じたい。そんな城下であってほしいと思う。

きっとそういう城下に作り上げることはできる。その土台だけでも作りたい。五百年、千年の都の土台らしきものはできたかと自問自答してみる。初めてこの江戸に八千人の家臣を連れて入った時、海を見ながら権現さまは何を夢見て、この地だと決めたのだろうと勘兵衛は思うのだ。

他にも平塚《ひらつか》とか藤沢《ふじさわ》など平坦《へいたん》で良い候補地はあったと聞く。

江は入り江、戸は入り口の意味だという。そんな寒村だった江戸をなぜ権現さまは選んだのか。

埋め立てられた今はなき日比谷入江《ひびやいりえ》の美しい景色を思い出す。

三河で生まれ、駿河《するが》で育った家康は海が好きだったのだと思う。江戸前の海は大権現さまの海なのだ。そんな海と城下は一体である。江戸は海と川に恵まれた水の豊かなところだ。そんなところを気に入ったのかもしれない。

翌日、勘兵衛が下城すると、奉行所の砂利敷には丹後屋吉兵衛とその妻、お澄を泣かせた張本人の吉太郎がきていた。

勘兵衛は着替えずに裃《かみしも》姿のまま公事場に出て行った。

「お奉行の出座である！」

半左衛門が正式のお裁きであると宣言する。裁きの場にいる人々が出座する勘兵衛に神妙に頭を下げた。征夷大将軍《せいいたいしょうぐん》に代わって裁く公事場である。

「面《おもて》を上げなさい」

勘兵衛の裁きはいつも厳粛だ。

「これから丹後屋吉兵衛の倅《せがれ》吉太郎とお澄のことにつき裁きを申し渡す。それに先立って丹後屋吉兵衛、持参の物をその三方へ乗せるように……」

「お奉行さま……」

「なんだ丹後屋吉兵衛……」

「二百両では申し訳ないと思い二百五十両をお持ちいたしました」

「そうか、殊勝である」

勘兵衛は腰から扇子《せんす》を抜くと、「その三方をお澄の前に移しなさい」と砂利敷の同心に命じた。お澄がびっくりして勘兵衛を見上げる。

「お澄、それは丹後屋からそなたへの詫《わ》び料である。遠慮することはない」

そうは言われても二百五十両もの小判は見たこともなかった。お奉行さまの命令だがお澄は返事もできずうな垂れた。何かいえばお滝に叱られそうだ。

「さて、昨日、丹後屋吉兵衛から詳しい話を聞き、丹後屋にはお澄を吉太郎の嫁に迎える考えのないことがわかった。よって、丹後屋にお澄を傷つけた詫び料として二百両を命じた。今、丹後屋吉兵衛はその罪を認め、五十両を上乗せしてお澄に渡したいという。大いに神妙である」

誰もがそれで終わるかと思った。

控えていた半左衛門がコホンと咳《せき》をした。だが、奉行の話には続きがあった。ここからが本当のお裁きである。半左衛門は勘兵衛が怒っているとわかっていた。お澄を可愛《かわい》がっている喜与の怒りが乗り移ってしまった。

「ところでお澄を裏切った吉太郎への処分だが、ここ数日、奉行は吉太郎の詫び言を待っていたが、申し訳ないことをしたとの一言もない。奉行としては厳しい処分を申し付けるしかない。よって、吉太郎には五年間の江戸所払いを命ずる」

「ご、五年、そんな……」

「神妙に！」

勘兵衛が吉兵衛を叱った。不満なのはわかっている。

「江戸所払いには色々な決まりがあるが、江戸から十里四方の立ち入りを厳禁にする。その上で丹後屋を闕所にしようかと考えたが、吉兵衛が罪を詫びたので闕所にはしないことにする。吉太郎に対する処分が重いか軽いかは江戸の人々が考えるであろう」

「お奉行さま！」

「なんだ丹後屋？」

「吉太郎に対するご処分が、五年の江戸払いとはあまりに重く、承服いたしかねますが……」

「丹後屋、処分の軽重をいう資格はそなたにはない。お澄を嫁に迎えるというならこの話はめでたいことになるが、店の都合でそうはできないようだからな？」

丹後屋吉兵衛が怒りの顔をあらわにしたが、正式な奉行所のお裁きに逆《さか》らうことはできない。こうなっては闕所にならなかったことだけでも良しとしなければならない。裁きを申し付けた勘兵衛の腹は決まっている。

「丹後屋、この江戸は権現さまの江戸だ。そのご恩でそなたは大店になったのだぞ。思い上がるのもほどほどにしないと身代を潰すことになる。お澄のことはその気がないようだから、申し付けた通り吉太郎を江戸十里四方所払いとする。明日の昼までに江戸を立ち去らない場合は丹後屋吉兵衛を闕所にいたす。しかと申し付けた！」

有無《うむ》をいわせない勘兵衛の断固たる裁きだ。

丹後屋の三人は大いに不満だが、江戸を家康に任されたという米津勘兵衛の命令だ。

これ以上騒ぎ立てれば丹後屋は闕所にされる。闕所とは田畑や家屋敷から家財まですべて没収される重刑である。死罪や遠島に処せられた者と同等の扱いだから厳しい。この後、大目付という制度ができるとその下に、闕所で没収した物を売却する闕所物奉行というものが置かれる。

江戸の刑罰は細分化され複雑になりより厳しいものになって行く。

「本日のお裁きは終わります」

半左衛門が宣言して勘兵衛は奥に引っ込んだ。

「立ちなさい！」

丹後屋吉兵衛一家はとんでもないことになったと思う。

お澄はすぐ勘兵衛の部屋に呼ばれた。このお裁きによってもう丹後屋一家とは縁が切れたということだ。砂利敷でもお澄は吉太郎の顔を見なかった。この数日でお澄は出会いがしらのお滝から、江戸の女の心得をすっかり叩き込まれた。

「江戸の女はやわじゃ生きていけないんだよ。日野村だってねえ、江戸の隣じゃないか。めそめそしないでしっかりするんだ！」

そういわれて日野村は江戸から十里（約四〇キロ）ほどあるんですけどといいたいがやめた。

お滝に口答えするとトントンと三つ四つの説教が飛んで来て、気の強いお澄でも鉄砲玉のような説教に全身穴だらけにされる。お澄はそんなお滝のような女になってみたいと思うが無理だとわかる。

鬼屋の鬼娘は粋で鯔背《いなせ》で鉄火な江戸の女だ。

熱く焼けた鉄のようにお滝は燃えている。それを鎮《しず》められるのはお滝が惚れたお奉行しかいない。主人の文左衛門ですら難しい。そんなお滝の話を聞いているとお澄は元気が出てくる。吉太郎に捨てられてめそめそしていたのが、何んとも馬鹿々々しいことでまるで嘘のようだと思う。

粋なお滝の啖呵にはそんな魔法がある。

まさにこの後、大きくなった江戸では粋と鯔背な鉄火が花盛りになる。野暮と浅葱裏《あさぎうら》を揶揄《やゆ》して小馬鹿にする江戸の粋がりである。お滝はそんな大江戸の粋の走りだったのかもしれない。

浅葱裏とは江戸に出てきてウロウロする野暮ったい田舎侍のことで、無粋で野暮の骨頂といわれ、「女にはご縁つたなき浅葱裏」と詠《うた》われた。

遊女たちにもなめられたようにいうがいやいや、その遊女たちもみな田舎から出てきた女たちで、山出《やまだ》し同士の浅葱裏とは結構に気が合ったようだ。ただ、浅葱裏は下級武士が多いからお足はあまり持っていない。むしろそっちの方が問題だ。吉原へ遊びに行ってもお足がないから裏を返せない、ひと夜限りの夢物語になってしまう。それでも国に帰れば「吉原に上がってみたよ」と、自慢話の一つにはなるというあたりだろう。

それが浮世の風というものか。

「お澄、このわしの傍にいて茶など出してくれぬか？」

「お奉行さま……」

お澄がポロポロと涙をこぼした。傍のお滝が懐紙を渡す。お滝はそうめそめそするんじゃないと厳しい。江戸の女はめそめそしないものだ。

「いいのだな？」

「はい……」

「うむ、そうしてくれると奥も助かる。そうだな？」

「はい、お澄がいてくれれば、だいぶ楽ができます。お願いですよ？」

「はい……」

お澄が両手で顔を覆ってまた泣いた。傷ついた自分をみんなで支えようとしてくれる。こんなうれしいことはない。お澄はここから生き直せると思う。

「いいかい、あんな青瓢箪《あおびょうたん》の馬鹿野郎のことは忘れてしまうんだ。ちょいと蜂《はち》に刺されただけのこった！」

武家の奥方とは思えない伝法な口ぶりで、お滝がいつものようにお澄を叱る。

勘兵衛がそのお滝の啖呵にニヤリと笑う。だいぶ前だがお滝は勘兵衛に恋い焦がれて、側室《そくしつ》になろうとしたが袖にされたのだ。

「うん……」

お澄がお滝に小さくうなずいた。

だが、世の中というものはなかなか勘兵衛の考えたようにはいかないものだ。

この後、この幽霊長屋事件が考えられない方向に展開する。

第六章　幽霊の心中

丹後屋吉太郎の江戸十里四方所払いは江戸の人々には好評だった。

「何も知らねえ山出しの娘に手を出して、ポイと捨てるような野郎が江戸払いなんて軽すぎる。江戸は女が足りねえんだ。馬鹿野郎が……」

そんなところが江戸の男たちの評価だった。

裁きの日の次の朝、吉太郎は懐《ふところ》に小判を抱いて慌てて江戸から出た。

当然のごとく丹後屋の吉太郎と日本橋の大店の娘の結婚は壊れた。この事件で丹後屋の評判も著しく悪いものになる。江戸の人々は勘兵衛と同じように、丹後屋吉兵衛のような思い上がりは許さなかった。江戸に正義はあった。

たちまち丹後屋の家運が傾いた。店の灯が消えてしまいそうなほど人の出入りが絶えてしまう。そんな丹後屋を立て直すのは容易なことではない。吉兵衛は闕所にしなかった勘兵衛の気持ちをようやく理解した。

闕所にはしないからもう一度苦労して見ろということだと。

そんなこととは知らずに品川から京に向かった吉太郎が、大井川《おおいがわ》の手前の島田《しまだ》宿《しゅく》まで来て足が止まった。増水しての川留めだったが二日三日と経《た》ち、川留めが解けても吉太郎は宿から動かない。京に行って呉服の修業をするということなのだが。

「お客さん、川留めが解けたがね……」

「うむ、そのようだな？」

「お客さんは何か訳ありかね？」

吉太郎が二晩ばかり抱いた旅籠《はたご》の年増《としま》女が腰を上げないから聞いた。

「そう見えるか？」

「誰かを待っている風でもないし……」

「姐《ねえ》さんは好きな人がいるのかい？」

「お客さん、こんな仕事をしているけど山の方に好きな男はいるさね」

「そうか、その男に捨てられても会いたいと思うかい？」

「お客さん、そんな難しいことを聞いてどうするのさ、そうか、女を捨ててきたが未練があるんだな。お客さんは？」

ふた晩も馴染《なじ》んだ年増女は、いいところの若旦那が勘当《かんどう》されたのかと思う。若い色男が女出入りでしくじることは少なくない。さすが旅籠で働いている女は人を見る目がある。当たらずとも遠からずというところだ。まさか江戸の奉行所から追放を命じられたとは思わない。

「そんなところだ……」

「あきれたね。お客さん馬鹿だよ。こんなところで何をしているんだか、捨てられた女だって好きな男のことは忘れられないのさ……」

「そんなものか？」

「そんなもんだよ。お客さん、いいとこの若旦那だろ。着ているのも呉服のいいものだ。だいたいがそういうところで育つと馬鹿になるんだな男は。女の気持なんかちっともわからねえ馬鹿にね。お客さんがきっとそれなんだ」

「姐さん、はっきりいうね」

「ふん、夜は下手《へた》だし大当たりだろ、馬鹿なんだから、もたもたしてねえでその女のところに飛んで行って、しっかり抱いてやるんだよ。お客さん……」

若旦那の吉太郎は旅籠の飯盛女にひどく叱られた。

その時、吉太郎の心にお澄への灯が再び灯《とも》った。ひどいことをしてしまったと思う。勘兵衛に江戸所払いをされてというより、旅籠の女に叱られてそういうことなのかと気がつくのだから、あきれ返るというかおめでたいというか困った男だ。大店の跡取りでぬくぬくと育つとこういうことになりかねない。

「お澄……」

「お客さん、その子をあたしのようにしちゃだめだよ」

そういって女が部屋から出て行った。

「お澄に会いたいな……」

だが、吉太郎は五年間江戸に戻れない身分である。それが奉行所から頂戴した厳しい罰だった。五年間京で修業をすることになっている。

江戸から十里四方の所払いというのは、東西に十里で南北に十里ということで、東に五里（約二〇キロ）で西に五里ということになる。東に十里で西に十里では二十里になってしまう。東海道でいうと川崎宿《かわさきしゆく》が日本橋から四里半（約一八キロ）だった。神奈川宿《かながわしゆく》になると日本橋から八里（約三二キロ）ということになってしまうから、つまり川崎宿より江戸には近づけないということだ。

甲州街道なら上高井戸《かみたかいど》までが四里十二町（約一七・三キロ）、その先の国領宿《こくりようしゆく》になると五里三十一町（約二三・四キロ）で、日野宿までは九里二十五町

(約三八・七キロ)である。上高井戸宿より江戸に近づくことができない。

ところが江戸十里四方所払いの場合、品川宿、板橋宿《いたばししゆく》、内藤新宿、千住宿より日本橋寄りには住めないということで通り抜けなどは良いとされた。

一晩くらいなら泊まることも許されたが、重追放になると江戸十里四方所払いに東海道筋と甲州街道筋には立ち入り禁止。

他に武蔵《むさし》、相模《さがみ》、甲斐《かい》、山城《やましろ》、大和《やまと》、摂津《せっつ》をお構い場所とされると、江戸や小田原や京や大阪や奈良に住むことができなかった。後の公事方御定書《くじかたおさだめがき》で厳しく規定される。八代将軍吉宗の頃になってだ。

呉服の修行はなんといっても京が本場である。

「お澄……」

吉太郎は急にお澄と会いたくなった。

荷物をまとめると「姐さん、ありがとう!」そういって宿を飛び出す。東海道を走って島田宿から江戸に向かう。北町奉行米津勘兵衛の命令を破れば、今度こそ丹後屋は無事ではすまないのだが。

この吉太郎はお澄に会いたくなって少々頭が働いた。

その頃、浅草のお昌の逢引茶屋に例の男女が現れた。三度目だ。

男は四十がらみで女は三十手前の大年増である。

お昌は金太をからくり部屋に入れ、使いを出してお千代《ちよ》の茶屋に益蔵を呼びに行かせ、探索の支度《したく》に取り掛かる。近頃のお昌は慌てるふうもなく慣れたものだ。こういうことは客に怪しまれないように振る舞うのが大切である。客は一刻（約二時間）や一刻半は動かない。長っ尻の客だと二刻（約四時間）も二刻半（約五時間）もしつこいものだ。

この客の前二回は一刻ばかりであっさり帰って行った。

今日は男と女が酒を注文したので、持って行かせると二人は既《すで》に寝所に入っていた。

「こっちに持ってきてくれ……」

「はい……」

二人の寝間に酒の膳《ぜん》を置いて逃げるように部屋を出る。

「なんだねまったく、酒を待てないのかねえ、そんなに急ぐことはあるまいに……」

女がブツブツ言いながらお昌のところに戻ってきた。

「あの二人はいつもそうみたいだ。この間なんか寝間へ真《ま》っ直《す》ぐだったって

「……」

「好きなんだ？」

「ええ、どんないわくの二人なんでしょうかね？」

「帰りは舟だっていうから懐具合は良さそうだけどね」

「舟か、贅沢《ぜいたく》なことだ」

寝所を見てしまった女がお昌と客の話をしている。

こういうところに潜り込んでくる男と女は、明るい表を歩くのがはばかられる者たちなのだろう。必ずといっていいぐらい何か引っかかりのある男女だ。もちろん真っ暗闇を歩いている者たちも少なくない。

お昌は客の顔を見てそういう匂《にお》いを嗅《か》ぎ分けるようになってきた。

からくり部屋に入った金太は聞き耳を立てたが、何かぼそぼそいうだけで何をいっているのか聞き取れない。二人があたりに聞こえないよう警戒していることがわかる。こうなると金太にはかなりきつい仕事だ。からくり部屋から飛び出して、思い切りお昌に飛びつきたくなってしまう。

益蔵が駆けつけ四半刻（約三〇分）もしないで、鶏太が鬼七と留吉を連れて現れた。

ほとんど酒も飲まずに一刻半あまり、逢引茶屋で遊んだ男と女はお昌が用意した舟で大川《おおかわ》を下って行った。

その後を益蔵と鶏太を乗せた舟と、鬼七と留吉を乗せた二隻の舟が追った。男と女の向かう先が別々だろうと思うからだ。一緒に住んでいるならこんな茶屋を使う必要はないだろう。怪しいとにらんだら逃がすものではない。この頃は、留吉もそこそこの仕事をするようになった。

男と女が分かれた時、誰がどっちを追うかはまだ決めていない。こういう追跡は臨機応変、その状況次第で判断し実行する。うまく追わないと一瞬の油断で見失うことがあるからだ。

「近過ぎないか？」

益蔵は船頭に半町（約五四・五メートル）以内には近づくなといい、舟を少し後ろに下げさせて鬼七の舟を前に出した。風のない日和《ひより》で舟遊びにはうってつけだった。川からの景色というものは陸から見るのとはまったく違う。

大川は澄んでいて浅瀬には小魚が群れている。

噂では一抱えもありそうな大鯉《おおごい》が棲《す》んでいるという。それもあちこちを泳ぎ回らないで、湧き水の近くの藻場《もば》に隠れているのだという。その大鯉が舟に気づいてグラッと向きを変えると波だって、船頭たちは大川の主の昼寝を邪魔したかなどといっている。

油断すると追う舟と追われる舟がたちまち接近してしまう。男に女が寄りかかっている様子はわかるが、顔まではわからないほどの離れ具合が丁度いい。近からず遠からずだ。

そんな微妙な間隔で三隻の舟が川下に流れて行った。日暮れにはまだ一刻半ほどはある。そろそろ川面《かわも》を夕風が流れ始める頃だった。

荷舟の船頭だった益蔵と鬼七は、大川のことなら知らないことがない。どこにどんな大鯉が住んでいるかまで知っている。大川なくして江戸は語れないというほど、この川は重要な川になりつつある。舟はなんでも大量に運べるから都合がいいのだ。大川の千歳《ちとせ》の渡しに隣接した下流に、後に安宅《あたけ》の渡しと呼ばれる渡し場があった。

この渡し場の名には大袈裟に言えば日本の悲劇が隠されている。

遡《さかのぼ》ること戦国乱世、織田信長は毛利《もうり》の村上《むらかみ》水軍と戦うため、鉄の鎧《よろい》を着た鉄甲船というものを考案した。

その鉄の船は六隻だったが巨大で強かった。木津川《きづがわ》沖で海賊の村上水軍七百隻を相手にたった六隻で殲滅《せんめつ》する。

この船は四国と九州討伐のため九隻まで建造されるが、信長の突然の死で二度と戦場には現れない。秀吉も鉄甲船を建造するが、船体が重すぎて裂けてしまい海に浮かばなかった。

その秀吉は大船好きで木造の日本丸《にっぽんまる》という巨船を持っていた。その秀吉に続けとばかりに諸大名が次々と日本丸より大きな、千石積を越える安宅船を作り始める。

だが、秀吉の天下は短く、家康が関ケ原の戦いに勝つと、西国大名の持っている巨船を恐れて、慶長十四年（一六〇九）に諸大名が持つ五百石積以上の船を、すべて没収して破壊し以後大船建造の禁止を命ずる。この禁令で日本の船造りの歴史がピタッと止まってしまう。四方が海の国で大船を造るなというのは間違いだった。

大権現さまの家康という人は、異国への興味を持っていて時計が大好きで、それをあちこちから集めたりしていたが、どちらかといえばお家主義で、徳川家を安泰にしたいという考えが強かった。大名たちが信長のような大きな船を持つことを極端に恐れた。千石積や二千石積の船から見ると、五百石積の船はあまりに貧弱である。

この禁令以来、一つの例外を除いてこの国から巨船は姿を消す。

その例外は三代将軍家光が寛永九年（一六三二）に命じて、寛永十一年に三年がかりで完成する安宅丸で、別名は天下丸《てんかまる》という。

全長三十間（約五四メートル）、幅十一間（約二〇メートル）という巨船で、二人がかりで漕《こ》ぐ大艪《おおろ》が百丁とも、それ以上ともいわれる大きな船が、伊豆《いず》の伊東《とう》で完成すると江戸に廻航《かいこう》されてくる。

その船を家光が品川まで出かけて行って見た。

船首で竜頭《りゅうず》が咆哮《ほうこう》している。家康の遺産金六千五百万両を使い放題の、派手好みの家光にはぴったりの豪華な船だった。別に鉄の鎧を着ていたわけでもなく、巨体の船で作りが豪勢というだけの贅沢な船だった。

品川沖で将軍家光が乗船してお披露目の航海に動き出した。

ところがその巨船は重く百丁艪でも動きが鈍《にぶ》かった。こういう大きな船というのは、見た目以上に操船するのが難しいのである。

家康が巨船を建造できなくしたので、そんな大きな船の造船や操船の経験がない。

船というのは建造したからすぐ動くというものではない。船の長さが三十間もある木造船は海の怪物である。信長の鉄甲船でさえ二十間ほどしかなかった。それで鉄の鎧を着ていたのだから重い。それを信長は建造から操船まで、伊勢志摩《いせしま》の九鬼《くき》水軍の九鬼嘉隆《よしたか》と船大工に任せた。伊勢船といって大湊《おおみなと》や伊勢志摩は、造船が盛んだからなんとか戦場で使える鉄の船ができた。

伊豆の伊東で家康の命令によりウイリアム・アダムスが八十トン洋式の帆船を造った。

それを褒《ほ》めて家康は慶長十二年（一六〇七）に百二十トンの帆船を造らせる。大船禁令はその二年後であった。従って伊豆伊東で大きな船を造ることはできた。だが、この大安宅船はのろのろで将軍家光が満足する出来栄えではなかった。

その初航海だけで大安宅船の使命は終わってしまう。

結局、家光の安宅丸は大川の河口近くに係留され、二度と動くことはなく天和《てんな》二年（一六八二）に解体されるまで川岸に寂しく佇《たたず》んでいた。この名前だけが勇ましい天下丸が長く係留されたのが安宅の渡しなのだ。それで渡し場に安宅という名がついたのである。

人々は渡し舟からこの豪壮華麗な巨船をいつも見ていた。

だが、それは大き過ぎて動けない船の悲しい姿だった。この失敗に屈せず大きな船を工夫して作り続けるべきだった。信長が世界のどこにもない鉄の鎧を着た船まで作っていたのだから、その船の系譜を大名ではなく幕府が引き継いでおくべきだった。

海に囲まれたこの国ではこの天下丸以後、五百石積以上の大きな船は作られなくなる。

江戸も中頃を過ぎてようやく千石積の弁才船《べざいせん》が作られる。それでも木造で全長十六間（約二九メートル）しかなかった。五百石から八百石積が普通で中には千石を超えて、千五百石積の北前船《きたまえぶね》があったという。だが、所詮《しょせん》は軍船として戦う船ではない。日本の船の歴史は荷船の北前船で止まってしまう。

やがて幕末になるとペリーの鉄の黒船が来航する。

巨大な黒船に対して日本の船はあまりに小さく貧弱だった。

このことが日本人の脳裏《のうり》に焼き付けられた。実はペリーが乗ってきたサスケハナ号は全長四十三間（約七八メートル）、幅七間（約一三メートル）で巨船天下丸より全長は十三間長く、幅は天下丸の方が四間大きかったのである。これが三百年の違いだった。

ただ大きく違っていたのは天下丸が木造船、サスケハナ号は鉄船だったということである。

信長がサスケハナ号より三百年も前に鉄甲船を海に浮かべたのに、いつの間にか生まれて間もないアメリカに逆転され、日本は貧弱な船しか持っていない珍妙な海洋国家になっていた。国が油断するとたちまちこういうことになる。この三百年の遅れを取り戻そうと日本は無理に無理をして国を滅ぼしてしまう。

この国の大きな悲劇はこの天下丸から始まったといえる。

明治大帝は「信長がいたから日本は西欧の植民地にならなかった」と高く評価して、建勲《たけいさお》という神号を下賜《かし》して信長を神の位に上げた。

この評価は正しいと思う。

当時、世界最大の艦隊を持つスペインは呂宋《るそん》ことフィリッピンまで来ていた。そのスペイン艦隊が宣教師コエリョの要請にもかかわらず、日本に向かわなかったのは信長という男が大砲を備えた鉄の船を持っているらしい、とスペイン艦隊の提督が知っていたからだろう。

その鉄の船六隻は七百隻の木造船に集中砲火を浴《あ》びせられ、焙烙玉《ほうろくだま》という火の玉を何発食らっても無傷で沈まなかった。

とてつもなく恐ろしい船だと宣教師たちを通じて、スペイン艦隊は当然知っていたと考えられる。そんな鉄の船と日本近海で戦えばどうなるか、スペイン艦隊の提督は簡単に想像できたであろう。

そんな日本には近づきたくもない。

鉄の船を持つ信長という得体の知れない魔王がいると思ったことだろう。

大航海時代を乗り切って世界に植民地を広げてきた異国は、黄金の国ジパングを欲しかったに違いないのだ。イエズス会もフランシスコ会も、ドミニコ会もそういう構想を持っていた。

日本を植民地にして明《みん》をも奪おうというのがスペイン艦隊の戦略だったという。そうして世界を制覇したい。そこに立ち塞《ふさ》がったのが信長であり、信長が考案した無敵の鉄甲船だった。鉄の船に木造船で立ち向かってもいかんともしがたい。

残念なことに無敵を誇る世界最大のスペイン艦隊はすべて木造船である。

信長の鉄の船と戦って勝てるとは思わなかっただろう。西欧はルネッサンスの真っただ中でダ・ビンチやミケランジェロが活躍していた。

信長の鉄甲船は全長十八間から二十間、幅七間あった。

マゼランがスペイン艦隊五隻で世界一周に出た時のビクトリア号は、全長十四間半（約二六メートル）、幅四間（約七メートル）の木造船だった。信長の鉄の船よりはるかに小さい。

スペイン艦隊にとって信長の鉄甲船は要警戒だったと思われる。

その頃、フロイスが献上したフォペルの地球儀を傍に置き、コペルニクスの地動説を理解し、地球は太陽の周りを回っていると知っていた信長は、スペイン艦隊も恐れる不沈の鉄の船を持っていた。

だが、その先行した三百年は幕末までの間に逆転、日本はその遅れを取り戻そうと、焦りに焦って遂には悲劇を招くことになる。大和、武蔵、信濃《しなの》など巨艦が完成した時、世界は巨艦巨砲の時は過ぎ、既《すで》に空飛ぶ巨船の爆撃機の時代に移っていた。

砲弾ではなく爆弾が降り注ぐ時が来ていたのである。

この国はいざという時になってもなぜかのんびりなのだ。

ようやく重い腰を上げても時すでに遅しということが少なくない。国内的にはいくらのんびりでもいいが、こと異国との関係においてはまずい。実にまずいのだがやってしまうことが少なくなかった。

一度遅れた歴史はなかなか取り戻せない。

百年後、二百年後に取り戻したかのように錯覚するだけなのだ。日々の人々の営みによって、築かれる歴史というのはそんな薄っぺらなものではない。ぶ厚く積もった土のように幾層にも重なって、百年、千年の歴史が紡《つむ》がれ描かれている。下層は自らの重さによって岩盤になっているだろう。

後世から見ると歴史というのは実に珍妙なことが多い。

だが、その時代の人はそれでいいと考えたのである。それを不都合だからといって、曲解したり書き換えてはならない。歴史の襞《ひだ》の中に隠されてしまった敗者の姿や、真実は何が起きていたのか勝者の書いた歴史を覗《のぞ》き考察してみる。

すると正体がおぼろげに見えてくることがある。

もう信長のような想像力、応用力、実行力を持った天才が本朝に現れることはなかった。その悲劇を予感させる日本最後の木造巨船が、この安宅の渡しに間もなく係留され動かなくなる。浅草から男と女を乗せて下ってきた舟が、安宅の渡しの西岸につけて女を下ろした。

それを見てすぐ、鬼七の舟が岸につけて、飛び下りた留吉と二人で鬼七は神田方面に向かう女を追った。案の定、男と女はバラバラに動き出した。

二隻の舟を用意して追跡したことは正しかった。

一人になった男は、女が下りた西岸とは反対の東岸に舟を寄せて下りると、深《ふか》川《がわ》村方面に歩いて行った。益蔵の舟が岸に着くと鶏太が飛び下り二人で男を追った。この頃の深川村は深川八郎右衛門《はちろうえもん》によって開かれたばかりで苫屋《とまや》の建ち並ぶ漁村が広がっていた。この深川村が急激に大きくなるのは、明暦《めいれき》の大火《たいか》で十万人もの犠牲者を出した原因が、橋がなかったからだと考えられ両国橋《りょうごくばし》が架けられてからである。両国橋とは武蔵と下総《しもうさ》の境の橋という名で、江戸は大川を越えて東へ東へと拡大し始める。

その男は海に近い深川村の漁師の家に姿を消した。その日、益蔵と鶏太が苫屋への人の出入りを見張ったが目立った動きはない。

一方、女の方は神田鍛冶町《かじちょう》の長屋に消えた。それを鬼七と留吉が追っている。

女が入った家の戸には細工万吉《さいくまんきち》と書いてあった。万吉は銀細工の職人だった。

「お豊《とよ》、今日も新吉《しんきち》と会ってきたのか？」

「うん……」

万吉は細工師で銀の簪《かんざし》などを作っている。

器用な老人で一位《いちい》の木の根付けなども作り、腕のいい細工をするのでその品はいい値で売れた。根付けとは印籠《いんろう》や煙草《たばこ》入れや巾着《きんちゃく》などの、留め具として小粋に広く使われるようになる。やがて黒檀《こくたん》や象牙《ぞうげ》などに細工した高級なものまで現れる。

「新吉には気をつけるんだぜ……」

「うん、わかっている」

お豊は万吉の孫娘で大磯《おおいそ》の杢太郎《もくたろう》という盗賊の子分だ。

万吉はもう年寄りで一味からは抜けているが、お頭《かしら》の杢太郎がとっつぁんと呼んで大切にしている親父《おやじ》だった。その孫のお豊は杢太郎に何度か抱かれたが、女房でも妾《めかけ》でもなく自由にさせてもらい、万吉と同じように杢太郎には大切にされていた。

「来月にはお頭が出て来なさるんだ」

「知らせがあったのかい？」

「さっきつなぎがきた」

「そう、久しぶりの江戸入りだね？」

「新吉とはほどほどにして昔のように、お頭に可愛がってもらうんだ。いいな？」

「うん……」

その夕刻、益蔵と鬼七が奉行所に現れ、お昌の逢引茶屋から追跡した男女のことを報告、半左衛門は数日見張りを続けて様子を見るように指示した。どのような動きをする男なのか女なのかを見極めたい。お昌が怪しいと睨んだのだから監視しておく必要がある。

その夜、幽霊長屋でまたもや事件が起きる。

彦一がまた幽霊を見たのだ。

この頃は油や蠟燭《ろうそく》は高価なため、庶民の灯りは魚油がほとんどだった。ただイワシ油などの魚油は煙が出て魚臭かった。そのため猫が油をなめるなどという怪談などが生まれる。庶民の多くは陽《ひ》が暮れると寝てしまい、夜が明けると起きるというのがごく当たり前の生活だった。

その日も陽が暮れて一刻ほどした頃、彦一は外に人の気配を感じてまた出たかと耳を澄ました。そっと音を立てずに外に出ていつもの空き家に向かう。

お澄が首を括ろうとした家だ。

星明りだけの路地を猫のように忍び足で、空き家の軒下に身を屈めて中の声に聞き耳を立てる。明らかに若い男と女だとわかった。

「長次《ちょうじ》さんは本当に一緒に死んでくれるのね？」

「うん、お布里《ふり》と一緒になれないなら死ぬつもりだ」

「うれしい。おとっつぁんは頑固でわからず屋なんだもの、長次さん……」

「お布里……」

おいおいこんなところで、心中の相談とは穏やかではないじゃないか。彦一は緊張して中の声が聞こえてくる隙間《すきま》に耳を張りつけた。

「もう一度だけ、おとっつぁんにいうから……」

「聞いてくれるかな？」

「駄目だった時は死ぬしかないもの……」

「うん、わかった」

死ぬ話し合いは簡単に決まったようで、今夜のうちに死のうというのではない。

そういうことであれば彦一はとりあえずホッとする。飛び込んで行ってお澄の時のように止めようかと考えてみる。彦一はもう北町奉行所のご用聞きのつもりだから、泥棒だったことを忘れて正義感でいっぱいなのだ。

すぐ二人の声がしなくなった。

長次とお布里は抱き合っているようだ。

彦一はゆっくり後ずさりして井戸の傍にうずくまる。この幽霊長屋に移ってからこんなことばかりだと思う。だが、男と女というのは色々なことがあって、なかなかおもしろいもんだと思った。奉行に叱られた坊主頭の彦一は出歯亀《でばかめ》になっちまいそうだ。いや、もう正義の出歯亀になってしまったようだ。

これまで悪いことをしてきた報《むく》いの人助けだと思うしかない。

長次とお布里は半刻ほどして空き家から出てきた。星明りの下を二人は抱き合って長屋の路地から出て行った。一緒に死のうというなんとも深刻で静かな逢引だった。こういう静かすぎるのは薄気味悪い。若いのだからもう少し元気というものが欲しい。真夜中に騒々しいのも困るがあまり静かだと想像ばかりが広がる。

彦一はどこの男と女かをつき止めようと物陰を選んで二人を追った。

ところがその二人は幽霊長屋から数軒先の路地を入って、家の裏口に回るとその木戸に消えた。二人一緒で同じ木戸に入ったから彦一は戸惑った。

「近所じゃねえか、どうなってんだあの二人は……」

同じ家に住んでいる男女の逢引なのだ。おかしな二人だと思いながら彦一は表に回ってみた。その戸口に大工平蔵《へいぞう》と書かれている。

「おいおい、大工の娘と弟子が好き合ったのか。こりゃ、まずい話かもしれねえな?」

死ぬ約束をしていたのだから、そうつぶやいて彦一は幽霊長屋に戻ってきた。

それにしても心中の相談とは困ったものだと思う。どう考えても大工の娘と住み込みの弟子という組み合わせは、ちょいと深刻な話ではないのか。

今生《こんじょう》で結ばれない相愛の男女の心中を情死といった。

もし今生で結ばれないのなら一緒に死んで、来世で結ばれたいというずいぶん乱暴な考えである。彦一は来世なんか当てになるものかと思う男だ。親子は一世、夫婦は二世、主従は三世というが彦一は信じていない。見てきた人がいないのだから今生は今生でけりがつくのだと考えている。

相愛の情死の他に一家心中とか無理心中、親子心中などというのがあった。

この心中が苦界《くがい》の遊女や生活苦の庶民に広がり、後に幕府は厳しく取り締まることになる。

その理由は心中とは漢字の忠に通ずるからで心中ではなく、相対死《あいたいじに》と呼び心中という言葉の使用を厳しく禁止してしまう。実に単純明快でわかりやすい禁止令だが、それで心中事件が少なくなるとも思えない。

その上、心中した男女は不義密通の罪人扱いとして、死んだ場合は死骸《しがい》を取り捨てとし葬儀や埋葬を禁止にする。一方が死に一方が生き残った場合は生き残った者を死罪とした。両者が死に損《そこ》なって生き残った場合は、身分を取り上げて最下層に落とす。厳しいこのような処分は男女の心中を想定したもので、女同士の心中は変死として扱われ心中とはみなされなかった。

このようなことを勘兵衛は決めていない。

勘兵衛の死後、遊女の心中が美談となったりして、こういうものは美しい情死として流行することがあった。相対死を美化されては困る。心中することは武家の切腹と違うという考え方だ。だが、この男女の相対死はなくなる気配が見えなかった。

困った幕府は百年後の享保七年（一七二二）に、心中物といわれる芝居の上演を禁止にしたり、そのような好色ものを書いた戯作者の山東京伝《さんとうきょうでん》などを手鎖《てじょう》で厳しく罰することになる。それほど心中事件は多かった。

翌朝、彦一は神田明神のお浦の茶屋に走ってきて、平三郎に夜の幽霊の話をした。

「また出たか？」

「へい、今度は長次とお布里という名前の幽霊でして……」

「お布里ちゃん？」

「お弓、お前、知っているのか？」

平三郎が聞いた。お浦と小冬はその名を知らなかったがお弓が知っていた。

「お布里ちゃんは大工の棟梁《とうりよう》、平蔵親方の娘さんでいい子なんだから……」

「長次というのは？」

「親方の弟子でやさしい人だよ。ただ、不器用だから仕事は半人前だって聞いた。お布里ちゃんは長次さんを好きなんだ。きっと……」

お弓が訳ありな顔でニッと笑う。だが、この幽霊話は切迫していてそんな悠長な話ではない。

「心中の相談なんだぞ。笑うんじゃねえよ！」

いつも小冬とお弓に叱られている彦一が反撃する。

「なにさ、泥棒猫みたいに人のいいことを盗み聞きしたりして……」

お弓は容赦なく彦一の痛いところを攻撃する。泥棒とか盗みという言葉を彦一は異常に嫌がった。

「なんだよ、いいことって？」

「いいことはいいことでしょ！」

「ふん、いいことなんかしたことないくせに！」

「なにをッ！」

カッとお弓の顔に紅が浮かんでカクッとうな垂《だ》れた。彦一のいう通りだからいきなり勢いが切れた。初心《うぶ》なお弓にいいことの経験などない。まだ男の口を吸ったことも手を繋《つな》いだことさえないのだ。

「彦一、お弓になんてことをいうんだ。馬鹿！」

お浦が怒った。

するとお弓が両手で顔を覆って泣き出した。

「彦一の馬鹿野郎ッ、お弓ちゃんを泣かせやがって、このッ！」

小冬が激怒して傍の心張棒《しんばりぼう》を振り上げる。それが柱に当たってガツンと小冬の頭を直撃した。

「痛てッ！」

頭上からの心張棒の不意打ちに小冬がワーッと泣き出した。

これは相当に痛いなんていうものじゃない。もたもたしていると怒った小冬に殺されかねない。彦一がサッと外に逃げ出す。

「行ってくるよ……」

「気をつけて……」

お浦に見送られて平三郎が外に出た。彦一が道端に立っている。

「女をからかうんじゃねえぞ。彦一……」

「へい、なんですね親分、おぼこ娘というのは気が強くていけねえや……」

すると黙ってゴツンと平三郎の拳骨《げんこつ》が、生意気なことをいう彦一の頭に落ちた。

「親分、すまねえ……」

「長野さまに願って長次とお布里を調べてみるか？」

「へい、あっしもゆんべから気になっていますんで、親分もおかしいと思いますか？」

「おかしいというより、二人はできているようだからやりかねないな。お前の話だとお布里が長次を誘っているようだ。心中というのは女が男を誘うとやっちまうが、男が女を誘ってもなかなかうまくは行かないものだ」

「女が嫌がるから？」

「そういうことだ」

平三郎は心中の主導権を女の方が握るとまずいと思う。

「お弓が長次は半人前だといっておりやした。誘っているのはお布里なので気になります」

「職人が半人前ではな？」

「そうなんで、そこが引っかかりますんで、はい……」

「彦一、お前、お弓を好きなんだろ？」

「お、親分、そんなこと藪《やぶ》から棒に……」

「好きな女をいじめるんじゃないぞ。餓鬼《がき》じゃあるまいし……」

「親分、あっしはあんな色気のないおねんねは好きじゃござんせんです」

「岡場所の女の方がいいか？」

「へい、ここんとこ行っておりません。お奉行さまに申し訳ないような気がしまして……」

「そうか。それでいい、そのうちお弓を口説《くど》いて嫁にするか？」

「親分……」

「小冬とお弓は気が強くていい女だぞ。所帯を持つならどっちにする？」

「そりゃ親分、お弓ですよ。小冬はいい女だがあっしには手に余るような気がしやすんで、はい……」

「やはりお弓を好きか？」

「親分、そんな聞き方は狡いですよ」

「一年後にお奉行さまが放免して下さったら、お弓と所帯を持って一本立ちのご用聞きになれ、お弓には神田明神で団子屋でもやらせるから……」

「親分……」

彦一は泣きそうになった。こんな有り難い話はない。

このことがあってから彦一は、お弓にどんなに叱られても言い返さなくなる。

そんな彦一の気持ちがお弓に通じないわけがなかった。妙なもので男女の恋というものは、こういうことから徐々に温まっていくものなのだ。女は男のやさしさや変化に実に敏感である。逆に男は鈍感で女の変化にまったく気がつかない。

彦一は平三郎にいわれてお弓を女房にしようと思う。すまないことを言ってしまったが、そのうちいいことをお弓に教えてやろうと妙なことを考えた。

男はどこまでも馬鹿である。

ことに彦一はいきなりお弓の手を握ったり、口を吸ったり、押し倒したりしそうだが、ものごとには手順というものがあって、まず幽霊長屋に連れて行って充分に怖がらせておいて、そっと抱いてやるところから始めたいが、そういう気の利いたことが彦一にできるか。

その日、半左衛門は幽霊の話を聞き、「ずいぶん色っぽい幽霊ばかり出る長屋だな？」といいながら、平三郎と彦一に長次とお布里の二人を心中させるなと命じた。若い男女がどんな事情があるにしろ心中などしてはならない。こういうことは奉行の勘兵衛がもっとも嫌うことだ。話を聞いた以上、止められないと半左衛門が叱られそうだ。

その半左衛門も半人前の大工と棟梁の娘では、思いを遂《と》げられずにやりかねないと感じたのである。若い男と女は勢いで命を粗末にしがちだと思う。

「職人が半人前で先行きに見込みがなければ、棟梁も娘はやれないだろうからな？」

「そこが厄介なところかと……」

腕のいい職人なら棟梁も反対しないだろうが、二人が死のうというのはそのあたりが原因で反対されていると思う。当たらずとも遠からずで調べればすぐわかることだ。彦一が聞いたのは棟梁が頑固だという言葉だ。

「一緒になれない二人は心中を選ぶしかないか？」

「二、三日調べればどんな二人かわかるかと思いますが……」

「うむ、若い者の心中は哀れだからな。お奉行も何とかしてやりたいと思うだろう」

誰が聞いても若い二人が困り果てている図が思い浮かぶ。やさしい娘に頑固な親ということなどどこにでも転がっていることだ。職人の親方の頑固さというものは尋常ではないことが多い。人から頑固者といわれるぐらいのこだわりがないと、職人として一人前以上の良いものは作れないからだ。

一人前のものしか作れないようでは、何人も弟子を持つような棟梁にはなれない。

そこが難しいところで棟梁とか親方と呼ばれるようになるには、一人前以上の腕と度胸が必要なのである。

半左衛門と平三郎にはそこがわかるから、つい若い者は辛抱が足りないなどといいたくなる。半左衛門は北町奉行所の筆頭与力として、平三郎は盗賊の小頭として苦労してきた。

大工の頭領である平蔵の気持ちが良くわかる。一丁前になってから惚れた腫《は》れたの口を利けといいたい。だが、若い者には若いなりの事情というものがある。真面目な長次とお布里は初恋のまま熱くなってしまった。

二人は走れるだけ突っ走るしかない状況に陥っている。

ご用聞きが幾松、三五郎、益蔵、鬼七、取り敢《あ》えず平三郎と五人になって、半左衛門はこういうまだ事件でもないことに、少しばかり手をさけるようになった。見廻《みまわ》りが楽になったということではないが、平三郎と彦一が持ち込んできたことだからと思う。

なんとか若い二人が死なないですむようにしてやりたい。

棟梁の平蔵も困っていることだろう。

やがて江戸が百万人を超える城下になると、町奉行所の人手不足がどうしようもなくこのご用聞きが重要になり、やがてご用聞きの親分が五百人、その下の子分が三千人という巨大なものになる。

そのご用聞きたちは無給で与力や同心の下で使われることになった。

俗にご用聞きの親分を岡っ引きなどといい、その子分を下っ引きなどというようになる。手当はまったくないから商家から銭を袖の下に少し放り込んでもらう。魚心あれば水心ありなどとわけのわからないことが流行り出す。

その沢山のご用聞きができあがる走りが幾松たちだった。

この時、五人のご用聞きはまだ試しとして、筆頭与力の長野半左衛門に使われていた。そのご用聞きが思いの外、よい働きをするので勘兵衛も半左衛門も大いに満足している。同心たちの人手不足を助けて余りある働きぶりだった。

奉行所としては大きな戦力になった。

江戸が百万人の城下に成長すると、町奉行所は行政や訴訟に手を取られ、城下の見廻りなどは十人ほどの同心しか担当できなくなる。

町奉行所の与力は二十五騎、同心は百人と決まっていて増員はない。

与力や同心を増やせば幕府はその俸禄《ほうろく》を考えなければならなくなる。同心は三十俵《ぴょう》二人扶持《ぶち》の微禄ではないかというなかれ、やがて大奥などの賄《まかな》いがかさんでたちまち財政難に陥《おちい》るのだ。幕府が裕福だったのは三代将軍家光のあたりまでで、五代将軍綱吉の頃になると生類憐《しょうるいあわれ》みの令などといってお犬さまが出現、犬の餌代が年間九万八千両以上かかったといい、財政が苦しく、金銀貨の改鋳をするなど、徐々に苦しくなり八代将軍吉宗の頃には改革が必要になった。

そこで享保の改革である。

極度の人手不足に陥ると、ご用聞きが大きな力を発揮することになった。

それはまだ先のことだが、江戸は日々拡大を続け巨大な城下へと変貌しつつある。まさにこの江戸こそ日進月歩というに相応《ふさわ》しい。

その爆発的な発展の切っ掛けになるのが、三十七年後の明暦三年の大火で、ローマ大火、ロンドン大火と並び明暦の大火は、世界三大大火といわれるほど大きな犠牲を出して江戸が丸焼けになった。

江戸を丸ごと作り直さなければならなくなったのである。

第七章　江戸十里四方

奉行所から戻った彦一はすぐ長次とお布里の調べに入った。

「お弓さま、機嫌を直して長次とお布里の話を聞かせておくれよ」

「ふん！」

「悪気があるんじゃないんだから……」

お弓をいじめた彦一が謝罪して猫のようにゴロニャンと接近する。

「馬鹿、知らないもの！」

「謝っているじゃないか、頼むから二人のことを少し教えておくれよ……」

「ふん、知らない！」

長次とお布里を調べるには、お弓に聞くのが手っ取り早いのだが怒らせてしまった。

平三郎に一年後にはお弓と所帯を持って、御用聞きになれといわれて彦一は頭を下げる決心をしたのだ。お弓も人前では照れてツンツンしているが坊主頭の彦一を憎からず思っている。だが、顔を見るとどちらからともなくいじめたくなる。こういうのを厳密には好き合っているといえるのかもしれない。若い時はなかなか素直になれないというか、言い方を知らないというか器用ではないのだ。そんな不器用さがじれったくていいともいえる。

好きなら好きですといってしまえばすっきりするのだが、恥ずかしいのと告白した後のことを考えると躊躇《ちゅうちょ》してしまう。お弓はおぼこなのだから彦一の方から下手《したて》に行くしかないのである。

だが、そういうことをすると後々頭が上がらなくなるのを彦一は恐れた。女房の尻に敷かれるというやつだ。だが、夫婦などというものは亭主が尻に敷かれる程度がちょうど良い。うちの宿六《やどろく》などといわれるほどがそこそこ仲はいい。

案の定、お弓は彦一にいじめられたことを根に持って強情《ごうじょう》だ。

お弓は坊主頭の彦一を憎からず思っているのだが、ここはいじめられた女の意地で滅多なことでは引くに引けない。小冬の手前もある。

「お弓ちゃんは口ほどでもないいんだもの……」

などと小冬にいわれたらお弓は生きていけない。迂闊《うかつ》なことをすると小冬に必ずにらまれる。それが辛《つら》いのだ。お弓にも都合というものがある。

「あっしは心底謝っているんだぜ、なんとかならねえかなお弓？」

「お弓、お弓ってお前さんの女房じゃないんだ。好き勝手に呼ぶんじゃないよ！」

「じゃ女房にすればいいのか？」

「なにをッ！」

勢いよくお弓が彦一を睨んだが、逆に彦一ににらみ返されてカクッとうな垂《だ》れた。

彦一の眼はお前を好きなんだと訴えている。こうなると怒っていたお弓がいきなりとろけそうになった。惚《ほ》れているんだと態度で見せられては、どんなに強情な女でも気持ちがよろけてしまう。ましてやお弓は彦一を嫌いではないから。

「頼むよ、お上のご用なんだからさ……」

「お上の？」

「うん、お奉行さまがお弓に聞けって……」

「お奉行さまが？」

顔を上げてお弓は彦一を見てから怖い小冬を見る。小冬もお上のご用といわれ、お奉行さまといわれては逆《さか》らえないことを知っている。小冬が仕方ないねという顔でお浦を見た。

「お弓、彦一が謝っているんだ。許してあげな……」

「うん……」

お上のご威光は素晴らしい。お奉行の一言ですぐ話がまとまった。

お弓とお布里は小さい時に住まいが近所で、いつも遊んでいたから今でも仲が良くつき合いがあった。お弓はお布里のことをあれこれ知っている。彦一に聞かれるままお弓がぽつぽつと話し始めた。

その仲のいいお布里が長次と、心中の相談をしていたと聞いては放っておけない。

お弓は棟梁の弟子の長次とも顔見知りだった。二人の話を平三郎とお浦と小冬の三人が聞いている。その三人が三人とも気になったのは、平蔵が名の知られた腕のいい棟梁で、その弟子の長次が半人前だということだ。

それに平蔵が無類の頑固者だということである。

その上、具合の悪いことにお布里は兄弟姉妹のいない一人娘で、小さい頃に母親を亡くしたお布里を平蔵が溺愛《できあい》していることだ。良くない条件が二つも三つも折り重なっていて、お弓もお布里と長次が一緒になるのはかなり難しいと思う。おそらく平蔵親方はお布里に子ができても、二人が夫婦になることに反対すると思われる。

長次も自分とお布里の後先を考えないで惚れたものだと思う。後先が見えないから恋だともいえるのだがかなり厄介《やっかい》なことになりそうだ。

愛し合う二人が心中したくなる要件が三つも揃《そろ》っている。

もう心中して死ぬしか、二人が一緒になれる可能性は残されていない。そう思い詰めても仕方がないとお弓は思う。唯一の解決策は長次が腕を上げて、堂々と「お布里を嫁に下さい」と親方に申し出ることなのだ。それでも駄目なら二人で家出をしても、長次の腕が良ければ苦労はするだろうが食いっぱぐれはないだろう。

誰が考えても条件が悪過ぎて、「そうか心中しかないか……」と、無責任にいいたくなるような塩梅《あんばい》なのだ。彦一にはこの幽霊騒ぎは解決が飛び切り難儀だとわかる。惚れた腫《は》れたの問題だけでなく、平蔵親方の跡取りまでからんでくると思う。棟梁の跡取りとなると彦一ごときの出る幕はない。

なんだか困った二人が惚れ合ってしまったようなのである。

「あの棟梁を長次さんとお布里ちゃんでは説得できないよ。兎《と》に角《かく》、頑固なんだ。将軍さまの命令でもない限り説得は無理だね……」

「そんなにか？」

「うん、一度会ってみればいい。額に頑固って書いてあるからさ……」

不安な顔で彦一が平三郎を見る。職人にはそういう頑固者が少なくない。

彦一は錠前職人だったからそこがわかる。

そういう頑固者で腕がいいから大工として信頼されている。職人にはそういう人が少なからずいると平三郎も知っている。なまなかな考えでは大工の棟梁など務まらない。建てた家が少し傾いているなどということになりかねないのだ。

「お布里ちゃんのいうことは何でも聞く棟梁だけど、こういうお布里ちゃんの話だけは絶対に聞かないね。お前さんなんか変なことをいえば鑿《のみ》で一突きだから、気をつけるんだよ。危ないから……」

「そう脅かすなよ」

「本当なんだから、殺されないまでもぶっ飛ばされるよ」

お弓のいっていることはそれほど大袈裟でもない。

何人もいる弟子の中で長次は不器用で棟梁に叱られてばかりいた。時には拳骨《げんこつ》も喰《く》らっている。そんなドジな長次にやさしいお布里が同情する。それが切っ掛けで好き合うことになったのだから皮肉だ。

お弓が彦一の聞きたいことを全部話した。

さてさてである。これからこの難しい問題のどこから手をつけるかだ。

いきなり棟梁の家に乗り込んでも話にならない。何かとっかかりになるものが欲しい。そこからでないとこういう問題には口出しできないと思う。だが、もたもたしていると二人が心中してしまうかもしれないのだ。

「あたしも棟梁には可愛《かわい》がられているから……」

自慢げにいって「ふん！」と彦一に鼻を振って見せるお弓だ。明らかにあたしもあんたが好きといっている顔だ。お弓のそれはわかったことにして、彦一は二人がやっちまうのではと心配でならない。

「親分、この話は間違いなくまずいです」

彦一はお弓の話を聞いて少し怯えた。鑿を振り回されたら恐怖だ。大工の棟梁にとって鑿は命だからそんなことはありえないが、例えとしてはお弓の言い方は適切である。

「そうだな。するとその二人は心中するしかないか?」

「親分……」

平三郎の言葉にお弓が泣きそうになった。

彦一もそれは冷た過ぎるという顔だ。だが、どうすればいいのか打つべき手が見つからない。二人がまた幽霊長屋に現れるのを待つしかないのか。

「駆け落ちでもさせない限り、二人を助ける手立てはないだろう」

「駆け落ちですか?」

「親分、お布里ちゃんを助けてもらいたいんだな……」

お弓にもお布里と長次の窮地がわかる。二人が結ばれ合っているならなおさらのことだ。

「そうしたいがこういう話はこっちを立てればあっちが立たず、あっちを立てればこっちが立たずで解決が難しい。棟梁も立場もあるから……」

「そこを親分、なんとかお願いします」

お弓は平三郎を日頃は旦那さんと呼ぶが、いつの間にか彦一と同じように親分と呼んでいた。やがて小冬も親分と呼ぶようになり、お浦《ふさわ》もお前さんから親分に変えてしまう。平三郎にはそういう親分と呼ばれるに相応しい貫禄がある。

「彦一、長次と会ってみるか？」

「へい……」

「親分、長次さんは時々この明神さまにお詣《まい》りに来ますけど……」

「そうか、それは都合がいい。見かけたらここに呼んでくれるか？」

「はい！」

神田明神から棟梁の家までは一町（約一〇九メートル）余りしか離れていない。

長次は棟梁に叱られるとお詣りに来る。半人前の長次が頼れるのは神田明神の平将門《たいらのまさかど》さましかいないのだ。少しでも上達して棟梁に認めてもらいたい。長次は長次なりに悩んで苦労している。だが、いかんせん筋が悪いというか器用じゃないというか。

そんな時、いち早く動いたのがお弓だった。

「女将さん、あたし心配だからお布里ちゃんに会ってきます」

「そうだね。でも心中のことや親分のことを話しちゃ駄目だからね？」

「はい、そうします」

お弓は前掛けをとると茶屋の外に飛び出し、なだらかな坂を小走りに下りて行った。

「大丈夫かね。あんなに走って転んだりしないかね？」

「女将さん、お弓は見た目よりしっかりしてますから……」

小冬が姉さんぶっていう。

この頃は平川《ひらかわ》が改修、開削されて神田川になり整備ができて、川沿いに材木商が集まり始め周辺に大名屋敷が建っていた。江戸の拡大と整備は着々と進んでいる。神田佐久間町《さくまちょう》と呼ばれていた。材木商の佐久間平八《へいはち》からそういう町名になった。この頃は神田川には万世橋《まんせいばし》ではなく筋違橋《すじかいばし》というのが架かっている。

神田方面から上野方面に向かって町が広がってきた。

やがてこの町は大火によって大名や旗本の屋敷が移転、町人に代替地として幕府から与えられて発展する。寛永二年（一六二五）に上野山に東叡山寛永寺《とうえいざんかんえいじ》が、天海《てんかい》によって創建されると下谷御成《したやおなり》街道とよばれ、寛永寺への参詣道として整備されその周辺が急速に繁華になった。

この佐久間町の辺り一帯が秋葉原《あきはばら》と呼ばれるようになるのは新しく、明治期になって火災が頻発したため浜松《はままつ》から秋葉山本宮《あきはさんほんぐう》を勧請《かんじょう》し、秋葉《あきば》ッ原《ぱら》と呼ばれるようになったからで、そこをいつしか人々は秋葉原と呼ぶようになる。

お弓は大工平蔵の家の前に立つと「ごめんなさい。お布里ちゃんいる？」と声をかけた。

「あらお弓ちゃん、久しぶり……」

お布里がにこやかに顔を出した。

「お久しぶりって、この間、会ったばかりじゃないのさ……」

「あッ、そうだ。変だね……」

二人が手を取り合って笑う。娘というのは二人だけでも姦《かしま》しいのだ。お布里はお弓が心配したよりずいぶん元気そうだった。長次とのことがどうなっているのかわからない。

「近くまで来たから……」

「あれ、それもおかしいんじゃないの、ここから明神さままでは一町しか離れていないんだよ」

「そうか、もともと近いんだ」

娘二人は何を話しても楽しい。二人に隠し事はない。幼い頃から姉妹のようにしてきたからだ。こういう友だちがいるというのは双方にとって有り難いことである。人は人に言えないことが胸にたまってくると切なくなる。それを吐き出しただけで気持ちが楽になったりする。

「入って？」

「うん、いい天気だから不忍池《しのばずのいけ》に行って見ない？」

「行こう、行こう……」

お布里が草履《ぞうり》を下駄《げた》に履き替えて飛び出した。

二人は手をつないで北に向かう。不忍池までは三、四町ほどしかない。二人でいるだけで楽しい。

「お布里ちゃんのいい人は元気？」

「うん、元気だよ。お弓ちゃんは？」

「残念、それができないんだな。困ったもんだよ」

「らしき人も？」

「それがさ、一人だけいるんだけど、そいつがどういうわけか丸坊主《ぼうず》なんだ」

「ま、丸坊主？」

「うん……」

「お坊さん？」

「それが違うんだな。何か悪いことをしてお奉行さまに丸坊主にさせられたみたい」

「それって少しまずいんじゃないの？」

「そうなの、少しじゃなくてずいぶんまずい話なの、どうすればいい？」

「どうすればいいってお弓ちゃん、まずいよ、凄《すご》くまずいよ。きっと……」

「やっぱり……」

「もしかして本気で好きになっちゃったの？」

「微妙、お布里ちゃんもまずいし、あたしもまずいなんて、この二人はどうすればいいのかね。困ったもんだね？」

「クックックッ……」

お布里がお弓の腕を抱いて鳩《はと》のように笑った。

「なにさ、真面目な話なのに……」

「ご免、お弓ちゃんがお布里もまずいしあたしもまずいっていうから……」

「だって本当じゃないか？」

「そうなんだよね。本当にまずいんだ。お弓ちゃんはまだ戻れるけど、あたしはもう戻れないから……」

「赤ちゃんできたの？」

「それはまだなんだけど、いっそのことできちゃった方がいいかなって……」

「そうか、棟梁が相変わらず頑固なんだ？」

「あれはきっと死んでも治らないと思う」

「お布里ちゃんにはやさしい棟梁なんだけど、どうして長次さんにはあんなに厳しく当たるんだろうね？」

「あの人、不器用だから、昨日も棟梁に殴《なぐ》られて瘤《こぶ》ができていた。可哀そうに……」

「お布里ちゃんを好きだから長次さんは我慢すると思うけど、それを見ているお布里ちゃんは辛いよね？」

「うん……」

「仕事のことだから口出しはできないし……」

二人は沈んだ気持ちで不忍池に歩いて行った。だが、手を繋《つな》いでいるとなんだか元気が出てくる。それが友だちというものなのだ。

「棟梁の頑固親父！」

お弓が池に向かって叫んだ。

「平蔵の馬鹿野郎ッ！」

お布里も叫んだ。二人が悔し紛《まぎ》れに棟梁を罵《ののし》ってから顔を見合わせて笑った。

この笑顔が怖い。若い者は笑顔の下でサラッと死ぬから怖いのだ。

お布里もそんな危険をはらんでいる。

父親がどうしても長次と一緒になることを許さなければ死ぬ覚悟だ。

お弓と一緒のお布里にはそんな素振りはない。

「坊主頭の馬鹿野郎ッ！」

ついでにお弓がまた叫んだ。

「でも、坊主頭だからな……」

「好きなんだ？」

二人は話しながら不忍池の端を少し歩いてお繁の茶屋に立ち寄った。縁台に並んで腰を下ろすと茶を注文する。この上野の山と本郷台《ほんごうだい》に挟まれた窪地《くぼち》の池は江戸の名勝になりつつあった。寛永寺が建立されると押すな押すなの人であふれることになる。

「誰か間に入ってくれる人はいないの？」

「うん、棟梁の頑固をみんな知っていてそれが無理なんだな」

「そうか、棟梁と喧嘩《けんか》になるからでしょ？」

「うん……」

「長次さんが棟梁の跡取りになれるほど、大工の腕がいいと話は違うんだけどね？」

「そう、でも百年たっても無理だって……」

「棟梁が？」

「うん……」

「そうなんだ。困ったね……」

二人の話が徐々に深刻になってくる。

どうもこういう笑顔のない重たい話は似合わない娘たちだ。だが、ことがことだけに笑ってやり過ごすこともできない。笑顔が似合う年頃なのだが、このところお布里は長次を好きになって、結ばれてからは急速に追い詰められている。はしたないといわれるかもしれないが、好きになってしまったものは仕方がない。

お布里はもしかするとできているかもしれない。とそっちの方もかなり心配な状況なのである。男と女は一度結ばれるとそういうことになるのが早い。そんなことになれば益々話がこじれるかもしれない。

お弓とお布里の話し合いはそんな塩梅ではかどらなかった。

その頃、勘兵衛に江戸十里四方所払いを命じられた吉太郎が、島田宿で飯盛りの姐さんに叱られて東海道を引き返してきた。

江戸に入れない吉太郎が姿を現したのは、お澄の実家のある日野村だった。戸塚宿《とつかしゅく》まで戻ってきて東海道を離れ、甲州街道の日野村を目指した。お澄に会いたくなった吉太郎は京には行かず日野村に現れたのである。

「若旦那……」

お澄の父末吉《すえきち》が外に立っている吉太郎を百姓家に入れた。

末吉は吉太郎とお澄の仲がこじれて、お奉行所に厄介になったことは知らない。

ましてや吉太郎が江戸から所払いになったとは思っていない。お澄が北町奉行所にいることも末吉はまだ知らなかった。

お澄から文《ふみ》も来ていない。

お澄のことで吉太郎が江戸払いになるような、ややっこしい話になっていることもまったく知らないのだ。丹後屋の使いはお澄がいないことだけを確かめて帰った。

吉太郎は日野村に来ればお澄と会えると思ってきた。ところがそのお澄はまだ江戸から帰っていない。お澄の居場所を末吉も知らないとわかった。その頃、丹後屋は評判を落としてお澄のことなど考えている余裕がない。壊れた結婚の後始末もしなければならなかった。

暢気《のんき》にフラフラ旅をしているのは吉太郎だけだ。

奉行所で喜与の手伝いをしているお澄は、日野村の父親に事情を知らせる暇もなく働いていた。奉行所というところは表も奥も忙しいところなのだ。昼はもちろんだが夜も当番の同心や夜廻りの同心、牢番や門番などが交替で動いていて、奉行所のどこかが必ず目覚めていて、どんなことにも即応できるようになっていた。昼は強請《ゆす》りたかりで盗賊が動くのは夜と決まっている。

「親父さん、お澄はまだ戻っていないのか？」

「ええ、江戸でお澄が何か悪いことでも？」

「お澄じゃない。悪いことをしたのはわたしの方だ……」

「若旦那が？」

「江戸払いになった」

「え、江戸払い？」

「うむ、お澄に悪いことをしてしまった」

吉太郎が末吉とお澄の母親に、江戸十里四方所払いになった経緯を包み隠さず話した。

お澄の両親は驚いて吉太郎の話を聞いている。

武蔵日野村は慶長十年（一六〇五）に大久保長安《おおくぼながやす》が八王子宿《はちおうじしゆく》と一緒に、日野宿を整備したことで甲州街道の宿場として発展する。日野村と八王子は一里二十七町（約七キロ）しか離れていないから隣村ということだ。

府中宿《ふちゆうしゆく》と八王子宿の中間にあってあまり目立たないが、日野村は幕末期に宿名主の佐藤彦五郎《さとうひこごろう》が、天然理心流《てんねんりしんりゆう》の道場を屋敷内に開き、近藤《こんどう》、土方《ひじかた》、沖田《おきた》、井上《いのうえ》、山南《やまなみ》などの新選組《しんせんぐみ》の面々を生むことになる。彦五郎の妻が土方の姉という縁だった。

「それでお澄は今どこにいますので？」

「ここに帰っていると思ってきたのだ。お澄と一緒になりたい。親父さん、許してくれるか？」

「若旦那、許すも許さないもそのお澄は帰っていないんだ。どこに行ったのか？」

「お澄は二百五十両持っている。危ないな……」

「に、二百五十両？」

「北町奉行さまの命令でうちの親父がお澄に詫び料を渡したんだ」

「わ、詫び料？」

末吉は仰天して吉太郎をにらんだ。そんな大金を持って女が旅に出れば危ないに決まっている。江戸から日野宿まで女の足では一日では無理だ。二百五十両も持っての女の旅は追剝《おいはぎ》や胡麻《ごま》の蠅《はえ》に狙われたら最後だ。命さえ奪われかねない。

「お奉行所に聞けばお澄がどこにいるかわかるかも知れない？」

「奉行所？」

「早く探さないと……」

「そうだな……」

末吉は家を飛び出すとお澄を丹後屋に紹介してくれた名主の家に走った。

その名主に末吉はお澄が丹後屋のいざこざに巻き込まれて、お店を出たことだけを話し、奉行所からどこに行ったかわからなくなったと知らせた。日にちが経《た》っていてお澄の行方《ゆくえ》がわからないということだ。

二百五十両のことはいわない。

「末吉、江戸の奉行所に行ってお澄の行方を聞こう。若い娘だ。そんなお澄をお奉行所が放り出したとも思えないが、どこにいるか探さないとまずいぞ」

「名主さま……」

「明日の朝、江戸に行こう!」

日野宿から内藤新宿までは五里二十五町(約二二・七キロ)、そこから北町奉行所には一里半(約六キロ)ほどだ。兎に角、奉行所に行かないとお澄の行先がわからない。名主はそう考えた。

お澄には一太《いちた》という弟がいた。

翌朝、名主の牛太郎《うしたろう》と末吉、一太の三人が江戸に向かって出立《しゅったつ》する。

吉太郎も江戸に行きたいが、府中宿より先に行くと江戸から五里(約二〇キロ)以内に入ってしまう。どこかで役人と出会うと厄介なことになる。四谷大木戸《よつやおおきど》で捕まり奉行所に知れたら丹後屋が罰せられるだろう。

吉太郎は江戸の住人だから日野には立ち寄れるが、これがもしお澄が江戸所払いの場合は日野が実家なので立ち寄れないことになる。

一口に江戸十里四方というがなかなか厳しい罰則なのだ。

江戸の住人は江戸以外に実家のある者が多く、そういう者が江戸所払いになると五里以上離れていても、その実家に近寄ることは許されなかった。

お澄は江戸所払いにはなっていないからもちろん日野村に帰れる。

十里四方所払いなのは吉太郎なのだ。その吉太郎がお澄の実家にいるのだから微妙なところだ。勘兵衛に聞こえたら縁者ということで退去を命じられるかもしれない。吉太郎はそんな危ないすれすれのところに姿を現している。

この後、江戸からの追放、所払いという刑はかなり細かい決まりができる。

所払いというのは住んでいる居住地からの追放で、江戸払いは品川、板橋、千住、四谷大木戸からの追放、江戸十里四方所払いは日本橋から東西南北五里の外に追放である。日本橋から十里の追放ということではない。

軽追放は居住の国と犯罪を行った国及び江戸十里四方で、それと同時に京、大阪、日光及び日光道中、東海道筋からの追放で東海道や、後の日光街道を歩くことができなくなる。結構重い罪だった。

中追放は軽追放に追加されて九ケ国、武蔵、山城、摂津、和泉《いずみ》、大和、肥前《ひぜん》、下野《しもつけ》、甲斐、駿河及び木曽路《きそじ》から追放となる。住めるところがかなり狭まってしまう。

最も重い重追放は中追放に相模、上野、安房《あわ》、上総、下総、常陸《ひたち》が追加されて十五ケ国から追放された。

これに闕所《けっしょ》といって財産の没収も行われる。

このような刑が厳しくなるのは将軍吉宗の享保の頃、公事方御定書が完成してからであったが、それまでは追放する国などは定められていなかった。

日野村の三人は内藤新宿で旅籠《はたご》に入り、翌朝、丹後屋吉兵衛を訪ねて事情を聴いた。

米津勘兵衛にお澄の扱いを厳しく咎《とが》められ、吉兵衛はすっかり憔悴《しょうすい》していて立ち寄る客も少なくなり商売も傾きかけている。商人は信用を失うとどんな大きな身代も危なくなる。名主の牛太郎と末吉にすまないと身を小さくして謝るだけで、お澄の行く先は奉行所までで、その先はわかっていなかった。

三人は丹後屋のことよりお澄の行く先が心配なのだ。

お澄を放り出した丹後屋などどうでもいいとはいわないが、兎に角、お澄の身柄がどうなっているのかを確かめるのが先だ。

三人は昼過ぎに呉服橋《ごふくばし》御門内の北町奉行所に現れた。

勘兵衛は江戸城から下がったばかりで、喜与とお澄に手伝わせて着替えをしている。なにをさせても気の利《き》くお澄は喜与のお気に入りなのだ。丹後屋でよく躾《しつ》けられて良い娘さんになっている。そんなお澄を丹後屋吉兵衛はなぜ捨てようとしたのか、喜与には吉兵衛が何か大きな勘違いをしたとしか思えない。

そこを勘兵衛に厳しく叱責され吉太郎は江戸から追い払われた。

かなり重い刑罰のように思うが、お澄のことを考えると喜与はそれぐらいがちょうどよいと考える。お澄を弄んでぽいと捨てた吉太郎は許せないし、それを知りながら大店から嫁を迎えようとした丹後屋吉兵衛も許せない。

お滝にいわせると「女をなめんじゃねえ！」ということになる。

「お奉行、日野村の名主とお澄の父親と弟という三人がまいりましたが？」

「一太……」

お澄が弟の名をつぶやいた。

「日野村か？」

「はい、お澄の実家の者たちにございます」

「うむ、誰が知らせたのだ？」

勘兵衛がお澄を見ると強く首を振ってお澄は自分ではないという。

「お澄を連れに来たのか？」

「だと思いますが、お澄の行く先を知りたいといっております」

「ここにいるといったのか？」

「いいえ、まだでございます」

「お澄、日野村に戻りたいか、戻って嫁に行くか？」

「お奉行さまと奥方さまのお傍《そば》にいたいのです。いけないでしょうか？」

お澄がはっきりと自分の考えをいった。日野村に帰ればすぐにでも結婚させられる。お澄ならもらいたい男は山といるだろう。だが、深く傷ついたお澄は日野村には帰りたくないと思う。

「それは構わないが……」

喜与はお澄に傍にいたいといわれてうれしそうだ。

お澄はすっかりお滝の啖呵《たんか》にやられて、今やお澄は女鳶《とび》の子分のようになっていた。

「兎に角、会ってみるか？」

勘兵衛が着替えて公事場に出て行くと、日野村の三人は砂利敷の筵《むしろ》に座っている。

「お奉行さまである！」

半左衛門が三人にいった。慌てて平伏した三人に近い縁側まで、いつものように勘兵衛が下りて行った。もう腹の中ではお澄を傍に置いておくと決めている。喜与のためと思うが実は勘兵衛もお澄を気に入っているのだ。

「三人とも顔を上げなさい」

日野村の三人は罪人ではない。見るからに善良そうな三人だった。

「そなたたちはお澄を探しに来たのか？」

「はい、さようでございます」

牛太郎は名主だけあってはっきりという。お澄を丹後屋に連れて行ったのだから牛太郎は責任を感じている。兎に角、その無事だけでも知りたいと思って奉行所に来た。

「お澄の事件のことをどこで聞いた？」

「お澄の事件？」

三人が驚いた顔で勘兵衛を見る。

「丹後屋吉兵衛の事件といおう」

勘兵衛が言い直す。お澄が悪いことをしたわけではないから、むしろ丹後屋の不始末というべきだと思った。

「どこから聞いた？」

「それは、あのう、丹後屋さんの若旦那が来られまして……」

「なに、丹後屋の吉太郎が日野村にか？」

勘兵衛も考えていなかったことだ。半左衛門は追放された吉太郎は上方に向かったようだと聞いている。その吉太郎が日野村に現れたとは驚きだ。勘兵衛と半左衛門は吉太郎に意表を突かれた。

「あのう、若旦那が日野村にいてはいけないでしょうか？」

お澄の父親が吉太郎を匿《かくま》うと罪になるのかと咄嗟《とっさ》に思ってそう聞いた。

「いや、それは構わないが、吉太郎は謝りに行ったのか？」

「はい、申し訳ないといわれ、お澄と一緒になりたいから探してくれと……」

「なんだと？」

勘兵衛は吉太郎が何を考えているんだと驚いた。

若い者のすることにはびっくりすることが多いが、吉太郎がなにを考えているのかわからない。 こともあろうに捨てた女の実家に行って、一緒になりたいから探してくれとは、大店のわがままな若旦那らしいといえばそれまでだが、あまりにも勝手すぎる言い分だと思う。

奉行所の砂利敷に座らされても、勘兵衛に一言も詫び言をいわなかった男だ。

改心したとはにわかには信じがたい。

よしんば百歩譲って吉太郎が改心したとしても。そのわがまま勝手さに勘兵衛は腹が立ってきた。奉行所の裁きの裏をかくような真似《まね》をするとは許せない。勘兵衛も半左衛門も吉太郎がこんなふうに出てくるとは思わなかった。

お澄を盗《と》られそうだとも思う。あんな男にお澄を渡したくない。

喜与の傍にいたいといったばかりのお澄が、吉太郎が一緒になりたいといっているると聞いたらどうなるか、吉太郎を好きで首括りまでしようとしたのだから、その言葉にお澄は迷うかもしれないと思う。

勘兵衛はムカッときた。

勝手な吉太郎に殺意さえ感じる。許しがたい。

「それで丹後屋吉兵衛はなんと？」

「はい、本人がそういうなら仕方ないと……」

「勝手な丹後屋も少しは物事がわかってきたようだな」

そういいながらも勘兵衛は吉太郎にお澄を盗られるのは納得できない。お澄を気に入っている喜与ががっかりする。というのは言いわけで勘兵衛自身が嫌なのだ。

お澄の茶が飲めなくなる。

そう思う勘兵衛も相当にわがままである。こうなると勘兵衛の強情さは尋常一様ではなかった。断固、お澄は誰にも渡さないと決めてしまう。こういうことでは職権の乱用もいいところで、若い娘を手元に置いておきたいというのだから、大概にしないと北町の奉行は強引に過ぎるなどといわれかねない。

だが、可愛いお澄を吉太郎には渡さないと決めた。

第八章　お奉行の女

米津勘兵衛は丹後屋吉太郎の身勝手に相当腹を立てている。

奉行所の裁きの裏をかくような吉太郎の振る舞いも気に入らない。よってお澄は喜与の傍に置くと決めた。これは北町奉行の権力の範囲内である。

勘兵衛の身勝手は誰も止められない。

半左衛門は勘兵衛が怒っているとわかるからハラハラしていた。

「その方らの言い分はわかった。明日の午後にまた奉行所にまいれ……」

そう命じると勘兵衛は公事場からさっさと姿を消した。

三人はお奉行が気分を害したようだと、わけがわからず半左衛門を見てどうしたのかと聞きたいようだ。半左衛門も吉太郎の振る舞いには腹が立っている。京へ行かずに日野村に現れるとは言語道断、不埒《ふらち》千万だ。丹後屋吉兵衛が息子は上方へ修業に出しますといったことが嘘になるではないか。

虚偽を申し立てたとはいわないがふざけるなと思う。

「お奉行は忙しい、明日の昼過ぎにまたまいれということだ。わかったな?」

「はい……」

半左衛門はお澄を取られると思ってお奉行が不機嫌になったとわかる。

お奉行が結構なわがままだと以前からわかっていた。何もいわなかった半左衛門も吉太郎を気に入らないからいいだろうと思う。この奉行と筆頭与力は主従ではないが呼吸がぴったりだ。

それで北町奉行所はうまく動いているといえる。

追い払われるように砂利敷を出た日野村の三人は、奉行所の近くに旅籠を探すことになった。

明日の午後に奉行所に来いというのだからそうするしかない。

三人は勘兵衛が不機嫌になったからだとわかるが、どうして不機嫌になったのかとお澄の行方はわからないままだ。明日の午後までにお澄の居場所を探してくれるのだろうなどと勝手に思う。

江戸払いにされた吉太郎も勝手な男だが、勘兵衛の不機嫌にも困ったものだと半左衛門は三人を見送った。可愛いお澄を気に入っているのは、勘兵衛だけではなく半左衛門もいい娘だと思っている。

公事場から戻ってきた勘兵衛が不機嫌だと喜与が気づいた。日野村からお澄を連れ戻しにきたのだと思ったが、喜与もお澄がいないと困る気がする。その喜与にはお滝という切り札がいる。何かあれば「ねえ、お滝、どうしましょうか？」と相談すればいい。

賢いお滝は喜与の気持ちを百も承知二百も合点《がってん》だからすぐ動き出す。

喜与が気に入っているお澄を易々《やすやす》と手放したりはしない。それにお澄はお滝の子分でもあるのだから、喜与とお滝の意に反してお澄を、日野に帰すことにでもなれば異議を申し立てる。勘兵衛といえどもこの奉行所の女たちを敵にはできない。つまり首を括り損《そこ》ねたお澄は、今や多くの人に守られているということだ。

そのお澄はなかなか得難い気の利くやさしい良い娘なのである。

こういう娘は滅多《めった》に手に入るものではない。喜与も易々と手放すわけにはいかないと考えている。勘兵衛もそのあたりのことは充分にわかっていた。それにこの話には勘兵衛の側室になり損ねたお滝がからんでいる。

そのあたりのことも勘兵衛はわかっていて慎重なのだ。

「お澄、殿さまに茶をお願いね」

「はい……」

お澄が部屋から出て行った。

「やはりお澄を？」

「うむ、吉太郎が日野村に現れて、お澄と一緒になりたいといったそうだ」

「まあ、何んということを、それは困ったことになりますね」

「わしの処分の裏をかきおったわ……」

不愉快そうに勘兵衛がいう。その吉太郎の振る舞いをどうしても気に入らない。ふざけた真似をしやがるとさえ思う。そんな勘兵衛の怒りを喜与は感じる。日野村から退去するよう吉太郎に命じてもいいのだ。

勘兵衛が怒っているのはお澄のこともあるが、吉太郎がうまいこと勘兵衛の処分の裏をかいて、まんまと日野村に逃げ込んだことである。

江戸十里四方所払いに違反はしていないがおもしろくない。

丹後屋からは京で修業をさせると聞いていた。おそらくお澄と一緒になりたいというのは本心だろう。ぽいと捨ててからその代償の大きさに驚いたからだと思う。吉太郎が大井川の旅籠で女に叱《しか》られて、戻ってきたのだとは誰にもわからない。そこは吉太郎の不幸で誤解されてしまうところなのだ。

勘兵衛は吉太郎がお澄の実家に逃げ込むとは思ってもいなかった。厄介なことになった。日野村から出て行けと簡単に咎《とが》めることもできず、だからといってそうですかと認めるともいえない。

そんなことを考えているところへ半左衛門が部屋に入ってきた。

「お澄を捨てたことを悔いて、一緒になろうと思ったのではありませんか?」

半左衛門が微妙なことをいう。たとえそうだとしても勘兵衛は処分を変更する気はない。一度申し渡した裁きを変えることは、幕府の権威の問題でもありよろしくない。できない相談だ。

「それにしても腹の立つ男だ」

「はい、殿さまはお澄がお気に入りですから……」

そういいながら喜与が勘兵衛の不機嫌をそっとのぞき込む。こういう時は藪蛇《やぶへび》にならないようにするのが難しい。怒っている時は虫の居所が悪く逆に叱られたりする。そういうことになるとまったく間尺に合わない。

喜与は勘兵衛の八つ当たりを警戒する。

「お奉行、三人は帰りましたが、奉行所の近くに旅籠をとるようでございます」

それだけいって半左衛門が立とうとした。

「半左衛門、お澄を日野村に帰すか？」

勘兵衛は砂利敷の三人を見てから迷っている。あの善良そうな三人にお澄を返したい気もするが、一方では吉太郎が本当にお澄を幸せにできるかと思う。お澄がまた捨てられるような気がする。

吉太郎のような男は信用できないと思う。喜与も同じようなことを考えていた。

「あの丹後屋吉太郎の身勝手には腹が立ちますが、お澄はまだ吉太郎を好きなのではないでしょうか？」

「そう思うか？」

「若い者の考えはなんともわかりませんので……」

「喜与はどう思う？」

「まだ好きだと思います。ですが戻ってお澄は幸せになりましょうか？」

「お奉行、吉太郎はお澄と一緒になりたいといって日野村に行ったのですから……」

半左衛門の気持ちもあの三人と一緒に、お澄を日野村に帰すべきではないかと傾きかけた。だが、強情な勘兵衛はそう思えない。

「お澄はよく気の利くいい娘だから、吉太郎がそう思うのは当然だが、どうも気に入らんのだ」

それが勘兵衛の本音だと喜与と半左衛門がわかった。

そうわかって半左衛門がニッと微笑《ほほえ》んだ。お奉行は気に入った女を取られるのが嫌なのだと思う。この時、勘兵衛はお澄を日野村に帰したら、とんでもないことになるのではと不安を感じていた。どうしてということはわからないが吉太郎を信用できない。改心してお澄と一緒になりたいのだとは思えなかった。これは勘兵衛の勘だ。

それは喜与も感じている。

「吉太郎めは不届き至極、奉行所のお仕置きをないがしろにしやがって、お奉行、ここはお澄を取り上げてもよろしいかと思います。それがしも、吉太郎には少々腹が立ってまいりました」

半左衛門が勘兵衛の気持ちを汲《く》んで考えを変えると少し煽《あお》った。

勘兵衛のへそ曲がりを喜与と半左衛門は知っている。返せなどというと意地でも返したくない質《たち》なのだ。喜与は北町奉行になってからその傾向がいっそう強くなったと思っている。

その上であれこれ理屈をいうのが得意になったようなのだ。

「殿さま、お澄を二十歳までは返さないというのはいかがでしょう?」

「二十歳か、年増《としま》になってしまうぞ。いいのか?」

「お澄なら幾つになっても嫁にもらいたい人は大勢いましょう」

「そう思うか。半左衛門は?」

「奥方さまの仰せの通りかと思います」

「そうか……」

そこに、何も知らないお澄が勘兵衛に茶を持ってきた。

「お茶でございます」

何んとも可愛いお澄なのだ。勘兵衛は吉太郎を罵《ののし》りたいほど腹が立った。お澄を捨てたあの青二才の吉太郎を叩《たた》き斬《き》ってやりたい。あんな奴を信用するなど笑止千万だ。遠島にすればよかったと思う。

「お澄の茶は実に美味《うま》い……」

「ありがとうございます」

勘兵衛が茶を飲んでいる間に、喜与と半左衛門がそっと席を立った。勘兵衛とお澄を二人だけにしようというのだ。

「お澄、ここを気に入ったか？」

「はい、奥方さまもお志乃さまも、お登勢さまもお滝さまも、やさしい良い人ばかりですから……」

「そうか、お滝は怖くないか？」

「はい、お滝さまの妹にしていただきましたから……」

妹ではなく子分なのだ。鉄火のお滝にお澄は憧れてしまった。何んといっても歯切れよくポンポーンと飛び出す啖呵《たんか》は、粋《いなせ》で鯔背な恰好《かっこう》よさがある。武家の奥方になってもお滝は自分を鬼屋の鬼娘だという。そんなお滝にお澄は痺《しび》れてしまった。

「それは良かった。ところで辛いことを聞くが、吉太郎のことは忘れたか？」

「はい、もう忘れてしまいました」

「お前のところに戻ってきてもか？」

「もうなんの未練もございません。彦一さんの幽霊長屋に置いてきましたから……」

そういってニッと微笑んだ。

なんと健気《けなげ》なことかとお澄の賢さに感心する。

勘兵衛にはうれしい返答だがお澄が目を落とすと、どこか寂しそうでそう易々と忘れられるはずがないと思う。ここはありのままをお澄に話をして、その気持ち次第にするしかないだろうと考える。

勘兵衛には辛い判断だがお澄にはもっと厳しい判断になる。自分の幸せをかけた間違えられない決断なのだ。

その結果、お澄がどう振る舞おうがそれは仕方のないこと。

「実はなお澄、お前の父親が奉行所に来ていうには、わしが江戸から追放した吉太郎が日野村に現れ、お前の父親に謝罪してお前と一緒にさせてくれといったそうだ」

「若旦那が？」

お澄は信じられないという顔だ。

「どうする。日野に戻るか？」

お澄がまたうな垂れてしまった。まだ未練が残っているのかと思う。

好きになって一度でも情を交わせば、未練とはいわないまでも気持ちが揺れるのは当たり前だ。それが娘心というものだろう。

「わしはそなたのしたいようにするつもりだが……」

「お奉行さま……」

お澄が顔を上げて勘兵衛を見る。その眼には涙が浮かんでいた。

「どのようにすればいいのかわかりません……」

「お前の正直な気持ちだ。どうしたい。あの吉太郎を信じられるのか？」

「わかりません。お殿さま、どうすればいいのでしょうか？」

「そうだな。わしも奥も傍にいて欲しいが、そなたが吉太郎を好きであれば致し方ないとも思う」

「お奉行さま、嫌いです。あんな若旦那、嫌いです」

「お澄……」

お澄が両手で顔を覆《おお》って泣いた。

賢いお澄はお奉行と吉太郎の間に挟まったとわかったのだ。

その上で、勘兵衛が傍に置きたいのだと感じて吉太郎を嫌いだといった。自分を捨てた若旦那から好きだといわれても信じられない。お奉行所にまで迷惑をかけてしまい今さら好きだなどといわれても困る。

お澄には吉太郎がどんな男かわかりかけていた。

お滝からポンポーンと小気味良く啖呵を切られ、彦一や奉行所の人たちの真剣な仕事ぶりを見て、仕事もせず毎日フラフラしている吉太郎がどんな男なのか、自分が何んと馬鹿なことを考えて若旦那に身をゆだねたのか、お澄はそんなことの諸々《もろもろ》がわかりかけてきている。

こういうのを目から鱗《うろこ》が落ちるというのかもしれない。

お澄は娘から大人の女に脱皮して生まれ変わろうとしていた。

勘兵衛と半左衛門を始め奉行所の人たちはみな清々《すがすが》しい。吉太郎とはまるで違う世界に生きていると思った。何もできないくせに若旦那とちやほやされて威張っているだけだ。

だが、この奉行所の人たちは違う。

誠実で仕事に命をかけている緊張があって、何ごとにもきれいさっぱりしていて言葉に自信が満ちている。

江戸を守ろうという勇者たちだと思う。お澄はそんなことを感じ始めていた。

気持ちが一度離れるとなかなか元には戻れない。奉行所で働く人たちを見てお澄は急速に大人になっている。何んといっても鉄火のお滝の啖呵がビシッと利いた。女でもあのように熱く燃えて生きられると思った。お滝さんを大好きなのだ。

「わかった。そなたが幸せになれるようわしも考えよう。自分のことだから落ち着いてどうしたいのかよく考えてみろ……」

お澄が小さくうなずいた。

勘兵衛はお澄から身の振り方を預けられた。

そのお澄は勘兵衛が吉太郎の振る舞いを気に入っていないと見抜いている。

確かに吉太郎のような男はお奉行の廻りにはいない。それはお武家だからというのではなく、人として吉太郎は何かが多く欠落していると思う。お澄はそのことに気づいてしまったのだ。

それが何んなのか吉太郎の夢から覚めたお澄にはわかった。

それは誠実さだ。人に対する思いやりも吉太郎にはないと思う。坊主頭の彦一さんは知らんふりをすればすむのに、そうはしないで危ないところを助けてくれた。おそらく吉太郎なら関わりたくなくて逃げ出していただろう。

奉行所には吉太郎のようないい加減な男は一人もいない。

みんなお奉行の命令に従って一所懸命働いている。何もしないでブラブラ暮らしている吉太郎とは別世界の人だと思う。それも盗賊たちと戦う危ない仕事に命をかけている。江戸を守ろうと必死で働いている人たちだ。

そんな誠実な人たちをお澄は見てしまったのである。

なんといっても鉄火のお滝姉御にひどく叱られたのが堪《こた》えた。一気に眼が覚めた。お滝こそ本当の江戸の女だと思う。強烈な憧れだ。お滝のようにはなれないが傍にいれば近づける気がする。強くて恰好いい粋な江戸の女になれないだろうか。

その時、お澄は死にたいと思った自分を、助けてくれた勘兵衛の考え通りにしようと思った。そうしないと助けてくれた坊主頭の彦一さんにも申しわけがない。おめおめと日野村に帰れるかと思う。

「お奉行さまのお申しつけ通りにいたします」

お澄はそう決心して平伏した。

放り出されても仕方がないのに、真剣に考えてくれる勘兵衛にお澄は身柄を委《ゆだ》ねることにした。それは不実な吉太郎という男に対する不信の芽生《めば》えでもある。男という者の価値がどんなものかお澄の考えがガラッと変わったのだ。

吉太郎のところに行けばまた捨てられる気がする。それを繰り返すことはもうできない。ここで吉太郎を信じればそれを繰り返すような気がする。お澄の気持ちが吉太郎から離れた瞬間だった。

「そなたは身柄をわしに任せるというのだな？」

「はい、お奉行さまにお助けいただきました。お殿さまのお考え通りにいたします」

お澄がきっぱりといった。切れた。お澄は吉太郎と切れてすっくと独り立ちした。

「本当に良いのだな？」

「はい……」

お澄は勘兵衛を信じる。

実は勘兵衛もお澄と同じように、吉太郎の振る舞いに不審を感じている。

江戸から追放された吉太郎が、本当に心底お澄を好きで一緒になりたいといっているのかだ。まず一緒になってどう生きていくつもりだ。吉太郎を一人前に使うところなどないだろう。いつまでも丹後屋が二人を養うとも思えなかった。左前になれば大店でも客が離れてつぶれるかもしれない。

勘兵衛は吉太郎がなにを考えているのかに思いをめぐらした。

おそらくお澄と一緒になった上で、五年の江戸払いを減刑してほしいと嘆願《たんがん》するのではないか。いや、減刑ではなく夫婦になったのだからと、無罪放免を主張するつもりかもしれない。それを拒否すれば勘兵衛が批判されかねないだろう。なんとも怪しげな仕掛けを吉太郎が考えているように感じる。

無罪になれば吉太郎は大手を振って江戸に戻れる。

その一、二年後にお澄を離縁するという狡猾《こうかつ》な方法がないわけではない。吉太郎がそこまで狡《ずる》い男とは思いたくないが、丹後屋吉兵衛夫婦ならそれぐらいは考えるかもしれない。勘兵衛への見事な仕返しにもなる。結婚してからの離縁であれば誰も文句はいえなくなる。

夫婦仲のことには親兄弟でも立ち入ることはできない。

勘兵衛が見たところ吉兵衛夫婦は、吉太郎の頼りなさをわかっていて、力のある後見人が欲しいはずなのだ。

それが例の日本橋の同業の呉服問屋だったのだろう。

勘兵衛はそう見抜いている。

吉太郎の将来のためにも大店など、身代に心配ないところから、嫁をもらっておきたいと思うのは親心だ。そう考えるとお澄には泣いてもらうしかない。惚れた腫れたでは話が決まらないということだ。

おそらくそのためにお澄は捨てられたのだから、同じことが起きないとはいえない。

そう考えて勘兵衛は慎重になった。

吉太郎の振る舞いをどう見ればいいのか。

奉行所が笑いものになることだけはあってはならない。ここで迂闊《うかつ》なことをすれば丹後屋吉兵衛に反撃されかねないだろう。丹後屋の後ろには大身旗本がいるという絵図になっている。もはやお澄だけの問題ではなくなっているといえるのだ。

その夜、考え込んでいる勘兵衛を喜与が心配した。

「お澄のことでございますか？」

「うむ、わしの言いつけ通りにすると、お澄が可愛いことをいうのだ」

「それは……」

「年頃の娘の将来を決めることだからな。吉太郎が心底からお澄を好きだというなら嫁にやらないでもないが、どうも今一つ気に入らない……」

「殿さまは、吉太郎の振る舞いに不審を感じておられるのですか？」

「うむ、吉太郎はそこまでの悪とは思えないが……」

「江戸に戻りたいからだと？」

「そう考えられなくもない。その後の丹後屋吉兵衛夫婦の出方も気になる」

明らかにお澄をどうするかで勘兵衛は迷っていた。奉行所に傷がつくこととお澄が不幸になることだけは回避したい。吉太郎が罠《わな》を仕掛けているとは思わないが、丹後屋吉兵衛と旗本栗原喜十郎は気になるところだ。

「丹後屋夫婦ですね？」

喜与は勘兵衛が考えている危惧を察した。そんな時の喜与は聡明で勘が鋭《するど》い。

「殿さま……」

「なんだ？」

「喜与の考えを申し上げてもよろしいでしょうか？」

「うむ、聞かせてくれ……」

「それでは申し上げます。吉太郎に日野村で一年でも二年でも百姓をやらせてはどうでしょう？」

「百姓か……」

喜与はそれ以上いわない。そこから先をどう考えるかは、裁きを下す奉行の勘兵衛の領分だ。喜与は勘兵衛の妻として阿吽《あうん》の呼吸を心得ている。

「喜与、こっちに来るか？」

「はい……」

枕を抱いて喜与が勘兵衛の褥《しとね》に移ってくる。幾つになっても仲のいい夫婦だ。

「お疲れではありませんか？」

「うむ、もう無理はできないな……」

「ええ……」

勘兵衛は五十八歳だがまだ元気だった。

それにしても北町奉行の仕事は激務である。

江戸が大きくなれば訴訟や事件は増えるばかりだ。家康に江戸を託された勘兵衛はいつの間にか無理のできない年になっている。

日々、その江戸の拡大は続いていた。

勘兵衛が朝に目を覚ますと、江戸が大きくなっているという塩梅なのだ。

一日に何人が江戸に流れ込んでいるのか見当もつかないが、浪人などは目立って増えていると同心からの報告が上がっていた。百姓たちが土地を捨てて江戸に出てくるのと全国から浪人が集まってくるのはやがて幕府の頭痛の種になる。

一々調べて元に戻すこともできないからだ。

家康亡き後、江戸ははち切れんばかりに膨《ふく》れ上がっている。

この様子を家康が見たら、「山を崩して江戸の海の半分を埋めてしまえ!」などといいだしかねない。確かに江戸は大川の向こうの深川村や、品川沖など海に出て行くしか、広がる場所はないのかもしれないと思う。武蔵野の野山はその大きな江戸を支える食料の生産地である。

やがてその深川洲崎《すさき》に十万坪という広大な埋め立て地ができる。

そこからなお沖に出て行こうとするのだから、江戸の拡大は誰にも止められない。悪食《あくじき》は腹を壊してもなお食べ続けてしまう。それが江戸という怪物だ。その怪物の片鱗《へんりん》がぼちぼち見え始めている。

翌日の昼過ぎ日野村の三人が奉行所に現れた。

砂利敷に平伏した三人はお澄を連れて帰りたい。そのために日野村から江戸に出てきた。三人はお澄が丹後屋で起きた事件に巻き込まれたと思っている。だが、その事件には奉行所がからんでいそうだから安心は安心なのだが。お奉行は信頼できる人だとわかっていた。その勘兵衛はお澄の首括り未遂事件の、裏にいる吉太郎と丹後屋吉兵衛夫婦を見ている。

「名主の牛太郎と、お澄の父親末吉に申し渡すことがある」

「はい……」

「お澄は丹後屋吉太郎に捨てられて首を括ろうとしたのだ。丹後屋が大店の娘を嫁にもらうためお澄は吉太郎に捨てられた。そのお澄を奉行所が保護して、不埒な吉太郎に江戸払いを命じたのである。わかるか？」

お澄が首を括ろうとして助けられたことなど知らない三人が仰天する。

「お奉行さま……」

「なんだ？」

「お澄は無事なんでしょうか？」

「うむ、無事だ。今はわしの傍に置いて身の回りの世話をさせている。いずれ、わしの手がつくかもしれん。可愛い良い子だからな。お澄はわしの女だ！」

「と、殿さま……」

「いいか牛太郎に末吉、吉太郎が今さらお澄を欲しいとは笑止千万だ。本当にお澄を欲しいなら日野村に住むことは許すが、吉太郎に三年ほど名主のところで、百姓の手伝いをしてから出直せと伝えろ。わしの命令だ」

「さ、三年も？」

「そうだ。五年でもいいのだぞ」

「は、はい……」

「その苦労と辛抱ができるなら、奉行からお澄を譲らないこともない。それができないならお澄はわしがもらう。いいな。必ず三年だぞ」

「はい、わかりましてございます」

「お奉行さま！」

「なんだ。お前は弟の一太だな？」

「はいッ、姉ちゃんに会いたいんだけど？」

「そうか、会わせてやろう。雪之丞、三人を奥の庭に連れて行け……」

「はッ、承知いたしました」

「お澄に会ったら三人はゆっくり江戸を見物してから帰れ、いいな？」

「はい……」

三人はお澄に会えると聞いて安心したようだ。

「荷を持ってついてまいれ……」

雪之丞が床几《しょうぎ》から立つと勘兵衛と半左衛門が公事場から消えた。

その三人が大場雪之丞に連れられて、奉行所の奥の庭に回ってくると、その縁側に喜与がいて傍にお澄が座っていた。

「姉ちゃん！」

「一太！」

「心配でおとっつぁんと一緒に出てきたんだよ」

「うん、ありがとう……」

「お澄、元気そうだな？」

「名主さま、申し訳ございません」

「いいんだ。気にするな、お前が無事で何よりだ。元気な顔を見られて安心した」

　名主の牛太郎がニコニコとうれしそうだ。

「おとっつぁん……」

「すまないな、お澄……」

「しっかりご奉公ができなくてごめんなさい」

「そんなことない。お前はよくやった。辛かったようだな……」

　末吉は死のうとした娘の苦労を理解している。

　親子姉弟がよろこんでいるのを勘兵衛と喜与と半左衛門が見ている。庭の隅《すみ》に雪之丞が立っていた。

　その雪之丞の妻お末《すえ》もお澄と同じ百姓の娘だった。

「お奉行さまに可愛がってもらえ、いいな？」

「うん……」

「お奉行さま、娘をよろしくお願いいたします」

「うむ、心配するな」

「はい……」

三人が深々と勘兵衛に頭を下げる。

お奉行さまがお澄を気に入ってくれたことで大いに満足だ。

そのお澄に北町奉行の手がつくのならなおいことだと思う。お滝が聞いたら鉄火に火がついてしまいそうだ。なんだか三人は勘違いをしているようだが。勘兵衛が手をつけるかもしれないといったのだから仕方がない。

だが、その勘兵衛はお澄を自分の女だとはいったが、それは公事場の言葉の勢いで側室を置く気はないのだ。本当に勘兵衛が側室を置いたりしたら、後でお澄は側室になり損なったお滝にぶっ飛ばされかねない。

「お奉行さまのお傍にいるんだから……」

「うん……」

「お澄は大した出世だな？」

「勿体《もったい》ないことで、これでいいのか名主さま？」

「いいんだ。これでいいんだ。天下のお奉行さまに好かれたんだから……」

「そうか……」

牛太郎と末吉がブツブツいいながら、喜与に深く頭を下げて庭から歩き出した。

これで安心だが一太だけは、何が起きているのかあまりよくわかっていない。ただ姉のお澄が奉行所の人たちに好かれているようだとわかった。それだけで充分だ。一太はお澄が死んじまったのかと思っていたのである。

雪之丞が三人を連れて庭から消えた。

喜与と半左衛門が立って部屋から出ると、勘兵衛とお澄を昨日と同じように二人だけにする。お澄を気に入っているというのは誰の目にも明らかだ。勘兵衛はそういうことがわかりやすい。単純明快、好きなものは好きだという顔をする。お澄のことはことのほか気に入った態《てい》だ。

半左衛門は勘兵衛がお澄を自分の女だといったことを喜与に秘密にした。

もし、勘兵衛が本気でそんなことをいっても、喜与は「どうぞ……」と笑顔で取り合わないだろう。喜与はお滝のような悋気《りんき》をする人ではない。武家の妻として誇り高い矜持《きょうじ》を心得ている。

喜与をそういう人だと半左衛門はわかっていた。

「お澄、殿さまをお願いしますね……」

などといってさっさと溜池の米津屋敷に戻ってしまうかもしれない。

そんな人が奥方さまだと半左衛門はわかっている。半左衛門の老妻もそんな覚悟のある女だった。決してはしたなくじたばたしたり見苦しい振る舞いはしない。

「お澄、そなたを日野には帰さないことにした。いいな？」

「はい……」

「吉太郎には本当にお澄を欲しいなら三年の間、名主のところで百姓の手伝いをしろと申し付けた。その辛抱ができるならお澄を譲るが、それまで、お澄はわしの女だといっておいた。いいか？」

「はい……」

お澄がうれしそうにニコッと笑って勘兵衛に頭を下げる。

お奉行が自分の女といったと聞いてびっくりしたが、なんだか急に恥ずかしく何ともいえない良い気分だ。

なんてやさしい人なのだろうとお澄は本気で好きになりそうだ。

だが、そんな願いを持ってはいけないこともわかる。怖いお滝姉御に「てめえ、なに考えてんだ！」と本当にぶっ飛ばされてしまう。

「吉太郎が辛抱できなければ、その時はその時だ。あきらめろ……」

「はい……」

「心配するな。そなたを嫁にほしいというところなどいくらでもある」

するとお澄が頬《ほお》を膨らませ怒った顔で首を振った。

「どうした？」

「お奉行さまのお傍がいいです」

「そうか、わしがいいか、もう年だが考えてみようかのう……」

「はい！」

お澄は本気で殿さまのお手付きになりたいと思った。

第九章　長次《ちょうじ》とお布里《ふり》

その頃、彦一の幽霊長屋に二、三日おきに幽霊が現れている。

なんとも忙しい長屋でそんな幽霊にかかわると寝不足になってしまう。彦一はもういい加減にしてくれといいたいが、心中をほのめかす幽霊なので暢気《のんき》に寝ていることもできず、彦一は気配を感じるといつも軒下に来て幽霊の話を聞いた。

首括りでもしようものなら飛び出して行く。

二人並んでぶら下がるなんていうのは洒落《しゃれ》にもならない。

話が終わると二人が激しく愛し合うので彦一はたまったものじゃなかった。幽霊に誘発されて岡場所に走って行きたくなるが、お奉行と平三郎との約束を破り叱られそうで我慢するしかない。

それに彦一はこのところ夜の仕事も、昼の仕事もしていないからお足がなし、実のところ岡場所の女ではなくお弓を抱きたいのである。お弓を誘いたいがそんなことをすると、何も知らないおぼこ娘に思いっきりひっぱたかれそうだ。

彦一は平三郎親分から、わずかな小遣いをもらう程度なので、岡場所に行くなどという贅沢《ぜいたく》はできない。そんな事情だから幽霊にも大概《たいがい》にしてもらいたいのだが、この幽霊のお陰で長屋の店賃はただ同然、大家が「住んでくれてありがとう」と、駄賃《だちん》を出さなければならないほど有り難い幽霊でもあった。

そんな懐《ふところ》事情だから色っぽい幽霊と付き合うのも切ない彦一である。

幽霊の話を二度三度と盗み聞きしていると、死にたいのはお布里の方で長次はお布里に引きずられていることがわかった。

親分の平三郎がいっていたことがぴったりで話の具合がまずい。

心中というものはどちらか一方が、強く主導することが多いと平三郎がいう。女の方が死にたいと危ないということに彦一は納得だった。

お布里を好きになってしまった長次は、惚《ほ》れた弱みで何《な》んでもお布里のいうなりになっている。そのお布里が父親の平蔵に、長次と一緒になりたいといって、何度も同じことをいうなとひどく叱《しか》られていた。平蔵にしてみれば一人娘を弟子とはいえ、半人前でしかない長次と一緒にはさせられない。お布里の婿《むこ》は腕のいい大工で棟梁の跡取りでなければ駄目だ。

それは平蔵の言い分でお布里は半人前でも長次がいいのだ。口ごたえなどしたことのないお布里が、強情にいいつのって平蔵と大喧嘩《げんか》になる。

娘に背《そむ》かれては棟梁の平蔵も哀《あわ》れというしかない。掌中《しょうちゅう》の珠《たま》が手から転げ落ちそうになっている。眼に入れても痛くない一人娘だが、これればかりはなんとしても首を縦に振ることはできない。棟梁を任せられるほどの男でないと隠居もできない。

その夜も長屋に心中したい幽霊が現れた。

彦一は気配を感じるとそっと家を出て、空き長屋の軒下《のきした》に行ってうずくまった。

「長次さん、もういいでしょ?」

「うん……」

「何度頼んでも同じだから、頑固なんだもの……」

「わかっている……」

盗み聞きしていると二人がかなり追い詰められているように思う。

飛び込もうかと思ったが二人が愛し合っているようで躊躇する。お布里と長次は幽霊長屋で逢引《あいびき》できるから、何んとか生きながらえているようなものだ。この長屋がなかったら二人は追い詰められてとっくに死んでいたかもしれない。

幽霊長屋でもここに来れば二人は愛し合うことができる。

愛し合えば死にたい気持ちと生きて愛し合いたい気持ちが交錯するのだ。そんな迷いがわずかでもあれば死ぬ前に立ち止まる。その立ち止まる呼吸が大切なのだ。一気呵成《かせい》に行ってしまうと死んでしまう。

二人はそんな立ち止まった状況にある。

ちょいとひと押しされるとやってしまう微妙な危なっかしさなのだ。

お布里がお弓の友だちだということもあって、危険だと思いながらも彦一はなかなか飛び込めない。

「行こう……」

長次がお布里を抱くようにして外に出てきた。

なんだかいつもと違うおかしな調子ではないか、彦一は暗がりに猫のように体を丸めて隠れている。もう情けない出歯亀というしかない。みっともない恰好《かっこう》だが人助けの仕事だと割り切るしかなかった。

「なんだか今日はおかしくないか……」

二人の切羽詰まったような話の様子から、ついにやってしまうのではないかと不安に思って、彦一はこっそり二人の後をつけてみることにした。

案の定、長次とお布里は家へ向かわずいつもとは反対に不忍池に向かう。

「おいおい、そんな方に行ってどうするんだよ。お前たちは……」

彦一はわずかな星明かりを頼りに二人を追った。長次とお布里が向かったのは不忍池から流れ出す忍川《しのぶがわ》だった。

「そんな浅い川で死ねるわけがないだろうよ……」

彦一が見ている前で二人が忍川に入った。心中するつもりだと彦一が咄嗟《とっさ》に飛び出した。腰ほどの深さしかない川の中に二人がいる。

「お前たちッ、そんなことしちゃだめだぞッ！」

川の傍《そば》に走った彦一が暗い川下に回って川に入った。二人が流されると思って川下に先回りした。ところがそこはなぜかズボッと深かった。

「あッ！」

彦一は泳げない。水を飲みあっぷあっぷでたちまち溺《おぼ》れた。

「た、助けてッ、助けてくれッ！」

心中を止めようとして川に入り、自分が溺れたんじゃ洒落にもならない。溺れている彦一を見た長次とお布里は、心中をあきらめると岸に這《は》い上がって川下に走った。

彦一はしたたかに水を飲んで四半町ほど流された。長次は浅瀬に入って彦一が流れてくるのを待って、重い土左衛門《どざえもん》を二人がかりで岸に引きずり上げた。

「あッ、この人……」

「知っているのか？」

「お弓ちゃんの好きな人かも……」

丸坊主の頭を見てお布里は咄嗟にそう思った。

「これは坊主じゃないのか？」

「違うの、お弓ちゃんのいい人かもしれない。水を吐かせないと死んじゃう」

長次は彦一を腹ばいにして背中を押し、水を吐かせると「ゲホッ！」と土左衛門が息を吹き返した。なんともさまにならない絵になっている。情けないというかだらしないというか泳げないのだから仕方がない。夜には間違っても川になど入るものではないのだ。川というのは流れによっては急に深いところがある。

「お、お前たち大丈夫か？」

「あのう、二人で助けたんですけど……」

「おれが溺れたのか、そうか、そうか……」

「大丈夫ですか？」

「てめえ長次だな。馬鹿野郎ッ！」

彦一がいきなり長次の頭をひっぱたいた。

「てめえはお布里さんを殺す気かッ、馬鹿たれがッ！」

人助けをしてひっぱたかれるのはあべこべだ。それでもやさしい長次は怒らない。お布里と死ぬ気だったことは事実なのだ。

「すみません……」

「すみませんじゃねえ、てめえ、死んじまったらどうするんだ！」

助けた方が助けられた方に叱られている。話が逆さまだがここで深刻なのは助けた方なのだ。彦一の方は二人を助けようと勢い余ってしまっただけだ。

「あのう、お弓ちゃんの……」

「うん、おいらがお弓の亭主になる男だ。よかったなお布里さん、死んじゃ駄目だぜ……」

「ごめんなさい……」

「助けようとして溺れちゃ洒落にもならねえや、このことは人にいわないでくれるか？」

「お弓ちゃんにも？」

「うん、当たり前だ。みっともないじゃないか、頼むよ。そのかわり二人のこともいわないからさ……」

「わかりました」

　交換条件を呑《の》んだお布里がニッと笑うと、長次と彦一もずぶ濡《ぬ》れで笑った。死のうという気持ちがどこかに吹き飛んでしまった。大いに結構である。死んで花実が咲くものかと古い人は良いことをいう。確かに死んでしまった木には花も咲かなければ、当然のごとく実もなることはない。生きていればこそ悲しいこともあるが、それに倍するうれしいことも楽しいこともあるのだ。

　幽霊長屋の女房たちは首括りが出ると井戸端《いどばた》でいう。

「死んで花実が咲くものかね。馬鹿なんだから、生きていればいいこともあるのにさ……」

「お前さんにいいことなんかあるのかい？」

「あるさ毎日……」

「ふん、お前の亭主はお盛んだからか？」

「それだって立派にうれしいことじゃないか、あんたのところはしなびちまったか？」

などと井戸端に下卑《げび》た話が毎日咲いている。

幽霊長屋の住人はどこも貧しいが結構楽しくやっている。夫婦喧嘩で亭主を追い出しておきながら、「うちの宿六が帰ってこないんだ。お足なんか持っていないのに……」などと心配する。

そんなドタバタも生きていればこそである。

「寒い。おれは幽霊長屋に住んでいるんだ。一緒に長屋へ戻ろう。この濡れ鼠《ねずみ》のままじゃ家に帰れないだろう」

「いいんですか？」

「いいも悪いもねえよ。あそこには時々、二人連れの幽霊が出るんだから……」

「ごめんなさい」

「本物の幽霊が出るんだぜ、知っていたのか？」

「ほんとに？」

「うん、何人も首を括っているらしいからな……」

「怖い……」

お布里が長次に抱きついた。幽霊になる二人が幽霊を怖がってどうする。

「本物を見なかったか？」

「見ない……」

「そうか、それは良かった。おれはしょっちゅう見ている。あんなところに行くんじゃないよ。憑《と》りつかれるぜ幽霊に……」

「ごめんなさい」

お布里がまた彦一に謝った。三人はずぶ濡れで長次がお布里を抱き上げる。

彦一がよろよろと歩き出す。何んとも締まりのない心中事件だが、三人とも無事で濡れた着物を引きずって幽霊長屋に戻ってきた。

お布里と長次は近所に住んでいながら、幽霊長屋のことを詳しく知らなかった。

そんな能天気が良かったのかもしれない。二人が一緒に吊《つ》り下がったら梁《はり》が折れて屋根が落ちたかもしれない。

彦一の着物を着て布団をかぶって三人は体を温める。

「棟梁は頑固なんだってな。噂《うわさ》は聞いているよ」

「いつも棟梁にゴツンと殴られているんで、はい……」

「聞くところによるとおめえ、大工の腕が半人前だそうじゃねえか？」

「面目ねえ……」

「おれは錠前職人だからおめえの気持ちはわかるが、その年で半人前というのは相当に筋が悪いな？」

「すみませんです……」

「まったく好きになっちゃ仕方ねえか。この幽霊長屋に住んで子どもを作っちまえ。お前たちじゃ頑固な棟梁を説得はできねえから、生まれてきた子どもにものをいわせるんだな」

「子どもですか？」

お布里は同じことを考えたことがある。

「二、三年後になりますけど……」

「馬鹿野郎、頑張って明日にも作っちまうんだよ。二、三年もグズグズしていたら棟梁にぶち殺されるぞ。子どもが生まれればその子は棟梁の孫なんだぜ。その孫が何もいわなくても頑固親父を説得してくれるという寸法さ。それには男だ。

お布里さん、棟梁の跡取りになる男を産め、必ず。この幽霊長屋は家賃がただみたいなもんだ。一、二年なら何んとかなるだろう」

なんとも乱暴なことを彦一がいい出した。

だが、この乱暴がもっとも早い解決方法なのかもしれない。お布里の腹が膨らんでくれれば、棟梁も頑固なことばかりは言っていられなくなる。それまでこの長屋に二人を隠し切れるかだ。ちょいと無理そうだ。棟梁の家と近すぎるのが難点だと思う。

「そんなことできますか？」

「できますかじゃねえ、死ぬつもりになれば、子どもを作ることなど朝飯前だろう？」

「それもそうだけど、仕事をしないと……」

「お前は知らん顔で棟梁の仕事をすればいい、何をいわれても言いわけをしないで我慢しろ。お布里さんの仕事は神田明神の親分に頼んでみるからさ」

「大丈夫かな？」

「馬鹿野郎ッ、大丈夫かじゃねえ、てめえは男だろうが。ここは根性出してやるしかないんだよ。死ぬよりはいいだろうが、好きなお布里さんのために死んだ気になれ！」

「うん……」

彦一に説得されて二人は生きることを決心した。だが、二人の状況はかなり難しい。

この困難を突破しない限り幸せなどつかめない。こうなったら方法手段を選んでいる暇はない。できることはなんでもやって生きる道を探す。三人が考えるほど棟梁とのことは簡単に解決できることではない。だが、なんとなく三人の気が合って勢いだけはついてきた。この勢いというのが実に大切である。

勢いがないところを狙って、貧乏神や死神が抱きつこうとするからだ。奴《やつ》らは勢いのあるところには決して寄りつこうとしない。吹き飛ばされることを知っているからだ。

彦一も入れて三人が死に損なったことで事態が急に動き出した。

翌朝、長次は暗いうちに棟梁の家に戻り、お布里は彦一と神田明神のお浦の茶屋に行った。

「お布里ちゃん！」

「お弓ちゃん……」

心中し損なったお布里は髪を振り乱し、着物は明らかに水に浸《つ》かったよれよれで、お弓の前に現れると泣きそうな顔で抱きついた。半分幽霊になっちまっているからみすぼらしく可哀《かわい》そうだ。

茶屋の誰もが心中をしようとして彦一に助けられたとわかる。

「彦一、長次はどうした？」

平三郎が聞いた。お布里一人で来たから、男の方は駄目だったかと思う。

「長次は仕事に行きました」

「仕事？」

「へい、棟梁のところへ知らん顔で仕事に行けといいまして……」

「そうか……」

平三郎は彦一にしては気の利いた良い手配りだと思った。

ご用聞きになるにはこういう手配り気配りが大切である。やさしさがないと勘兵衛はご用聞きには使わない。彦一にはそれがあると見抜いたのだと思う。

長次が仕事に現れたことで棟梁は一安心だが、肝心《かんじん》のお布里が行方不明なのだから、この後始末を棟梁がどう考えるかだった。

「長次、お布里はどこに行った？」

「知りません」

「てめえが知らないはずがないだろう」

「知りません」

いつも棟梁には素直で口ごたえなどしない長次が命がけの強情だ。坊主頭の彦一を信じここで踏ん張らないとお布里と一緒にはなれないだろう。長次は殺されてもお布里の居場所はいわないと決めた。男長次の一世一代の大芝居である。

「おめえがお布里を隠したに違いない。それ以外、お布里が行くところなどこの江戸にはないはずだ。長次、お布里をどこに隠した？」

「知りませんです」

「そうか、そう強情なのは知っているってことだぜ長次？」

「知りません」

「てめえは殺されてもいわねえつもりだな。まあいい、おめえが隠したんならお布里は無事なんだろう。仕事に穴はあけられねえ、みんな支度しろい！」

「棟梁、探さなくていいんですかい？」

「長次が勾引《かどわか》したんだから探すまでもなかろう」

「長次ッ、てめえっていう奴は……」

兄弟子の拳骨が長次の頭に落ちた。こうなれば四面楚歌《しめんそか》でもお布里の居場所は白状しない。何人もいる棟梁の弟子の多くは兄弟子で、長次の弟弟子は二人しかいないから辛《つら》いものがある。

「なによりも仕事だ。穴はあけられねえ、行くぞ！」

棟梁の平蔵はお布里がどこにいるのかは、長次が知っていると見切って仕事に向かった。その平蔵は長次が必ずお布里に会いに行くはずだから、その時に二人を一緒に捕まえればいいと考える。

職人は何があっても仕事に穴はあけられない。

「大工殺すにゃ刃物はいらぬ、雨の三日も降ればいい……」

などと七、七、七、五の都々逸《どどいつ》に歌われるようになる。雨雪が降らなければ槍《やり》が降っても、這ってでも仕事場にいくのが大工の根性だ。仕事をやらせてもらっているのだからそれぐらいの矜持《きょうじ》は当たり前である。そういう心意気がないと職人はいい仕事などできない。平蔵はそう思っている。

一方、神田明神のお浦の茶屋も大騒ぎで、小冬とお弓がお布里に着替えさせたり、髪を結い直したり店の支度《したく》もあって忙しい。棟梁の娘だからお布里はなに不自由なく習い事もしていた。読み書きはもちろんのこと針《はり》仕事などは、棟梁の着物を縫《ぬ》える腕前だったが、早くに母親を亡くして教えてもらえず料理だけは苦手である。平蔵は一家の賄《まかない》のため夫婦を雇っていた。

お浦の茶屋ではお布里になにを手伝わせるのか問題なのだ。

しばらくは知り合いに顔を見られないよう表の仕事はできない。平蔵棟梁の娘といえばこのあたりの人は大概知っている。

「お浦、奉行所に行ってくる。お布里のことは戻ってからだ」

「うん、気をつけて……」

平三郎と彦一はいつものように、登城する勘兵衛を見送るために、呉服橋御門内の奉行所に向かった。この約束だけは破ることができない。彦一の首が胴から離れる危険がある。

「長次とお布里は川に入ったのか?」

「そうです。不忍の忍川で……」

「よく助けたな?」

「へい、なんとか……」

詳しいことは聞かれたくない。

彦一は自分が川に入って溺れたことはいわない。

何んともドジな話でみっともないことだ。心中者を助けようとして逆に助けられたなどと口が裂《さ》けてもいえない。人が聞いたら大笑いするだろう。噂が広がり尾ひれがつくと、「坊主頭の彦一が死に損なったそうだ」などということになりかねない。江戸の噂の多くがこの手の尾ひれがついている。

「金貸しの因業婆《いんごうばばあ》が道端で転んだそうだ」

「そうかい。それで死んだのか、大怪我《けが》でもしたか？」

などという話が「金貸しの因業婆が道を歩いていて襲われたそうだ」になる。

「それ聞いた。死ぬほどの大怪我だったそうだな？」

「おれは死んだと聞いたぞ」

「そうか、あの婆も年貢《ねんぐ》を納めたか……」

そういうひどい噂になってしまうことが少なくない。そんな噂も七十五日といってパタッと消えるから不思議だ。それが半年、一年と長続きすると伝説になり、戯作《げさく》になる頃にはとんでもない大芝居に化《ば》けている。だから本当は何があったのかわからなくなってしまい伝説だけが残るのだ。

江戸にはそんな話が少なくない。

「二人には幽霊長屋に住めといってあります。空き家にしておくのも不用心で、火でも出たら幽霊どころではないので。家賃がただみたいのところですし……」

「幽霊が幽霊長屋に住むのか？」

「へい、棟梁の家と近過ぎますが……」

彦一は長屋が空き家のままではまずいから、幽霊でも何でもいいから住んでもらいたい。空き家がなくなれば幽霊など出るところがなくなる。

「そうだな。棟梁の弟子たちが探しに来ると、幽霊長屋ではすぐ見つかって連れて行かれる。お浦の茶屋に匿《かくま》ったらどうだ？」

「いいんですか、親分？」

「お前が助けた幽霊だ。小冬と友だちのお弓がいるから、二人が三人になっても同じようなもんだろう……」

「へい、姐《ねえ》さんの茶店なら安心です」

「姦《かしま》しいか？」

「女三人ですから相当に……」

「そうだろうな。こうなったら仕方ないだろうよ。賑《にぎ》やかでいいんじゃないか？」

「二人には早く子どもを作れといってあります」

「なるほど、棟梁も孫を見れば考えが変わるということか？」

「へい、そうなればいいと……」

「うまくいくさ、好きな者同士だ。手を握れば子ができる。心配ない。案ずるより産むが易《やす》しというだろう」

心配な彦一が平三郎に励まされる。

忍川で死に損なったお布里を、神田明神のお浦の茶屋に連れて行ったのが実に良かった。いきなり賑やかな三人娘になって、もう死のうなどという気配は吹っ飛んでしまったのだ。姦しいのは死のうというのよりは良い。

娘三人だと死のうなどという話は、けらけらっと笑い話になってしまう。

その頃、お弓がお布里の家に様子を見に行って戻ってきた。

「みんな仕事に行って誰もいない」

「よし、行こう……」

小冬が大将でお弓、お布里の三人が荷物を取りに家に戻った。

まるで女三人組のこそ泥のようだった。裏木戸からこっそり忍び込んで、手早く着物などを風呂敷に包んで背負い逃げ出す魂胆《こんたん》だ。三人一緒なら何をやっても怖くはないと思う。お布里の母親は子どもの頃に亡くなっているから、棟梁と住み込みの弟子たちの賄をする老夫婦が住んでいるだけだ。

三人は泥棒猫のようにこそこそ忍び込んで、当面お布里が必要なものを風呂敷に包んで持つとサッと逃げ出す。三人だからそれなりのものを持ち出すのに成功した。まだ飛べない子雀《こすずめ》の家出だから何んとも恰好が悪い。

泥棒の彦一の真似《まね》をするなど何んとも行儀のよくない娘たちだ。

お浦はお布里から話を聞いて匿う気になっている。だから三人娘はやることなすこと楽しくて仕方がない。お浦の娘のお長《ちょう》まで三人に絡まって楽しそうだ。こうなると経験者のお浦が女盗人《ぬすっと》の頭《かしら》である。

女三人ではなく正確には女五人だ。

うかうかすると平三郎が幽霊長屋に追い出されかねない。

その頃、奉行所では平三郎と彦一が、幽霊長屋で起きている事件を半左衛門に説明していた。お布里と長次が死のうとしたのだから事件に間違いない。

「そうか、二人が無事で何よりだ。すると幽霊事件は終わりなのだな？」

「はい、ただあそこは幽霊長屋といわれておりますので、遠からずまた出るのではないかと心配しております」

「彦一、そんなに幽霊が出そうなのか？」

「へい、そうなんです。あの幽霊長屋には空き家があると誰でも知っていますから……」

「そうか、空き家か、幽霊にその空き家が好かれているのか？」

「そんなところでございます」

「いつも色っぽい幽霊とは限らんぞ。本物かもしれないから気をつけろ」

「へい……」

幽霊話は江戸のあちこちにある。人々はそういう怖い話が大好きなのだ。

江戸だけでなく全国にそういうお化け話や怪談話はあった。美女の色っぽい話から、寺などに伝わる誰が作ったかわからない実に怖い話まで伝わっている。そういう話は時が経《た》つにつれて綺麗《きれい》に脚色されて、本当にあった話のように仕立てられていることが多い。

古《いにしえ》の聖徳太子《しょうとくたいし》や弘法大師空海と結びつけて、語り継がれている話が少なくないのである。お坊さんと絡ませるとグンと真実味や、恐怖が増幅されることがある。人々の信仰心を煽《あお》ろうとする地獄話なども実に怖い。こういう話は幼い子には聞かせられない。夜の厠《かわや》に行けなくなる。彦一が惚れたお弓などは怖がり屋だから絶対に駄目だ。今でも怖いと小冬の手を握らないと厠に行けない。

その彦一はこの幽霊事件の決着はまだついていないと思う。

あの二人の幽霊は出なくなったが、その代わり棟梁という大鬼が出てきてしまう。これからが難しいことになるにちがいないのだ。

早くも彦一の予感は的中、その夜、彦一の長屋に長次が戻ってきてすぐだった。長次の兄弟子二人が後をつけてきた。二人は「ごめんなさいよ」と言って彦一の長屋に顔を出す。職人は気が短いからすぐお布里を探そうということだ。

「あっしら二人は平蔵棟梁の弟子で、棟梁の娘のお布里さんの居場所を知りたいと思ってきてみたんだが……」

坊主頭の彦一を見て驚きながら挨拶した。

若いのに坊主頭とはいわくがありそうだと思う。長次は兄弟子たちを怖がって部屋の隅に張り付いている。

「おれは北町奉行所のご用聞きをしている彦一というものだが、そんな名前の人は知らねえ、お前さんたちも知っているだろうが、この長屋には時々幽霊が出るんだ。その幽霊に名前を聞いたことはねえ、ここにいる長次はおれの友だちだが、この野郎が何か悪いことでもしたんでござんすかい？」

まだご用聞きではないのだが、彦一はそう大見得を切って踏ん張った。

「悪いこと？」

「そうだ。悪いことをしていれば長次を奉行所に突き出すが？」

「いや、そこまでは……」

二人の兄弟子は彦一が北町奉行所のご用聞きだと名乗ったので怯《ひる》んだ。

「長次がこの長屋に住みたいというから相談に乗っているところだ。棟梁のところの弟子は通いの弟子と住み込みの弟子がいると聞いていたが、お前さんたちは住み込みなのかい？」

「そうだが……」

「それなら棟梁に長次は今日から通いの弟子になると伝えてくれ！」

「そんなことは自分で……」

二人の兄弟子は怒った顔だ。それがまずいのだ。彦一は喧嘩を吹っかけて、お布里と長次の悶着《もんちゃく》を表の問題にしようと思う。結構いい狙いだ。江戸の人たちはお布里と長次に味方するに決まっている。

棟梁も許してやればいいのにという話になればよい。

「嫌かい。この程度のことを伝えてもらえないか。平蔵さんもそんな弟子しか持っていないということか……」

「なにをッ！」

「喧嘩なら買いますよ、やるかい？」

彦一がちょいと粋がって凄《すご》んだ。背中には北町奉行所を背負っているんだ。

「やるなら表に出るが……」

勢いは彦一にあって先手を取った。二人の兄弟子は明らかに後れを取って躊躇する。

こうなると喧嘩の勝負はついたも同じだ。

「いや、棟梁に伝えますよ。兄い……」

若い男が短気そうな男の腕を引いて外に出て行った。北町奉行所のご用聞きと喧嘩をしてはまずいことになる。二人がお布里探しをあきらめて引き揚げて行った。長次の後ろにこういう男がいるとは思っていなかった。彦一の啖呵《たんか》が決まってこの日は大ごとにはならなかった。

だが、こんなことですむはずがないとわかっている。

「長次、喧嘩ならおれがする。お前は何があっても我慢だ。いいな？」

「うん……」

「兎《と》に角《かく》、お布里に子を作るのが何よりも先だ」

「あのう、どうすればいいんで……」

「馬鹿野郎、今さらなんだ。手を握ればいいんだ。手を！」

「そうじゃなくって、お布里と会えないんじゃ子はできないのではないかと……」

「そっちの方か。そうだな。ここでどうだ、おれが呼んで来てやる」

「ここですか？」

「馬鹿、おれは向こうの幽霊の出る空き家に行くよ。見張りだ」

「すみません」

「お前たち二人が向こうでもいいんだぜ？」

「はい、その方が落ち着いてできますけど……」

「馬鹿野郎、てめえ、この野郎！」

「彦一さん、子ができるよう頑張ってやりますから……」

「くそッ、好き勝手にしやがれ！」

その夜、神田明神のお浦の茶屋からお布里を連れてくると、二人を幽霊の空き家に入れて、「明け方までがんばれ！」といって、彦一はついに岡場所へ女を買いに出かけてしまった。

「お弓、ごめんな……」

嫁にするお弓に謝りながら彦一はもう止まらない。

こうなったら岡場所で決着をつけるしかない。

死に損なった幽霊の毒気を頭からかぶってしまった。だが、そんな気づかいはもう必要がなかったのだ。お布里にはすでに子ができていた。こういうことが平三郎のいう案ずるより産むが易しだろう。

この頃、上野山に東叡山寛永寺はまだなかった。

天海が東叡山の構想を持っていると知った秀忠が、寛永寺建立に先だって元和八年（一六二二）に上野山を天海に与える。

今はその二年前のことで上野山は鬱蒼《うっそう》たる森の山だった。

その上野山麓に駒込村千駄木《こまごめむらせんだぎ》というところがあり、近くの根津権現《ねづごんげん》の門前町になりつつあった。そこに岡場所ができようとしている。

岡場所とは私娼窟《ししょうくつ》のことで、幕府公認の日本橋吉原は高価で手の届かない庶民は、寺社の門前などにできた湯屋や茶屋の私娼を買った。

それが岡場所の始まりで、岡場所が大きく発展するのは明暦の大火の後に、吉原が日本橋から浅草田んぼの日本堤に移転してからである。

それまでは細々とした私娼屈だった。

寛政の改革で回向院《えこういん》前や浅草門前、千駄木など五十五ケ所の岡場所が取り潰される。この時に残された深川仲町や谷中《やなか》、音羽《おとわ》、根岸《ねぎし》、赤坂《あかさか》など二十七ケ所の岡場所は、天保の改革ですべてが取り潰され、品川、内藤新宿、板橋、千住の四宿だけに残される。江戸幕府は異常なまでに風紀の乱れを気にした。

だが、どんな権力でも庶民の勢いや欲望を止めることはできない。

幕府が取り締まれば取り締まるほど、逆に夜鷹や阿呆鴉《あほうがらす》などがはびこってしまうことになった。

「彦さん、お見限りじゃないの、羽振りがよくって吉原通いだったのかい？」

「違う、違う、しばらく女から足を洗っていたんだ」

「まあ、そんなこといって嘘《うそ》ばっかりなんだから、こんな可愛《かわい》い坊主頭になったりして色男が……」

「本当なんだ。嘘じゃねえよ。こうなったら酒なんかいらねえ、お前、少し手荒くするが覚悟はいいな？」

「乱暴はいけないから……」

「久しぶりなんだ。辛抱しろい！」

「ちょいと、彦さん！」

「我慢がならねえ、てめえ、殺してやる……」

「馬鹿……」

彦一が我慢していたうっ憤《ぷん》を晴らすように女に飛びかかっていった。でれでれのお布里と長次にあてられて、彦一はついに爆発してしまったが明日の朝が心配だ。幽霊長屋でお布里を拾い、神田明神の茶屋に送って北町奉行所に走らなければならない。白粉《おしろい》くさいと愛する誰かに嗅《か》ぎつけられる危険があった。

「ちょっと彦さん、彦さんてば、やさしくね、乱暴しないで、キャーッ！」

「馬鹿野郎ッ、逃げるんじゃねえ、てめえ！」

「ちょっと、ちょっと待って……」

「なんだよ！」

「そんないきなり……」

「いきなりもへちまもあるかい、暴れるんじゃねえぞ！」

「乱暴は嫌だから……」

「静かにしねえか！」

彦一が女の長襦袢《ながじゆばん》をひん剝《む》いて襲いかかる。

「ギャーッ、助けて！」

「うるせい馬鹿野郎ッ、騒ぐんじゃねえッ、足をばたつかせんじゃねえぞ！」

久しぶりに彦一と女の一騎打ちが始まった。彦一の馴染《なじ》みの女は逃げようとしそれでいて結構楽しんでいる。

「うるせえぞッ、静かにしねえかッ！」

隣の客が怒って板壁を蹴《け》っ飛ばした。安普請の家で一つ二つ先の部屋の女の声が聞こえてくる。なんとも恐ろしいところが岡場所なのだ。

「いいじゃねえか、な？」

「声が大きかったかしら……」

「おめえの声は格別だ。一町半（約一六三・五メートル）は聞こえるからな」

「そんなに？」

「気が行くと二、三町も向こうまで聞こえるぜ……」

「馬鹿、彦さんの馬鹿……」

女が彦一の首にすがりついた。こういう岡場所はなんとも下品だが、男も女も飾らないから彦一は好きだ。彦一の頭からお弓が吹き飛んでしまった。男というのはそういうだらしないところがある。好きな女がいても平気で浮気をする。不届千万だ。

「お奉行、すみません……」

「なによ。お奉行って？」

「なんでもねえ、おれの親分だ……」

「可愛いんだから彦さんは、丸坊主になんかなっちゃってさ、悪いことしたんでしょ？」

「わかるか？」

「わかるよ。それで儲《もう》かったの？」

「駄目、からっきし駄目だ。だからおめえのところに来たんだ」

「やっぱりそうか、だろうね……」

何んとものわかりのいい女である。こういうさっぱりした女には常連の客がつきやすい。その一人が彦一なのだ。困った男である。お弓にひっぱたかれないと眼が覚めないらしい。

第十章　時の氏神《うじがみ》

翌朝というより夜半過ぎ、まだ暗いうちに彦一がふらふらと幽霊長屋に戻った。その長屋の路地で空き家から出てくる長次とお布里に出会った。抱き合って相変わらず仲がいい。

「おう、お布里さん、どうだった？」

「お陰さまで……」

お布里がニッと恥ずかしそうに微笑《ほほえ》んで長次の腕を強く抱いた。

「そうか、それはよかった。神田明神まで一緒に行こう。長次、おめえは少し寝ろ！」

「はい、大丈夫です」

「そうか、仕事をきちんとやるんだぞ！」

お布里と長次は幽霊長屋を出ると棟梁がいるような気がして怯えた。

だが、長屋の近くには誰もいなかった。

三人は小走りに路地から飛び出すと、神田明神へのなだらかな坂を一気に駆け上がった。お浦の茶屋にお布里を送ると長次が棟梁の家に走る。

そんな三人を棟梁の平蔵が四半町ほど離れた物陰から見ていた。一晩寝ないで見張っていたのだ。

「あの茶屋で働いているのか……」

平蔵はお布里の振る舞いに、納得したようにうなずいて家に戻って行った。独《ひと》り立ちしようという娘に父親は複雑な心境になる。こういう時は母親がいればいいのだがそれが無理なのだ。娘に好きな男ができると父親は無力だ。危なっかしい野郎だと思ってもそれをいうと娘と喧嘩になる。それで泣きを見る娘が多いことも平蔵は知っていた。だが、長次は自分の弟子なのだから困る。

一人娘のお布里を平蔵は溺愛していて、いきなり長次に取られた気分で寂しいのだ。

その日、勘兵衛が登城すると、半左衛門は鬼屋長五郎に使いを出して奉行所に呼び出した。

鬼屋の仕事を息子の万蔵に任せて、お駒と隠居暮らしに入った長五郎は、半左衛門からの珍しい呼び出しにお駒と出かけてきた。長五郎はお駒にべた惚れで万蔵もあきらめて仕事の相談もしない。

年を取ってから若い女房をもらうと男はいきなり腑抜《ふぬ》けになる。

それもお駒は飛び切り上等なのだ。そのお駒はからっきし男運がなく、三度までも亭主を殺された。それを見かねた勘兵衛が鬼屋の長五郎なら、そういう心配もないだろうと後添えに嫁《とつ》がせる。これがぴったりはまって長五郎がお駒を気に入ってしまった。勘兵衛が長五郎にお駒を返せと言いたくなるほど仲がよい。

長五郎は二の腕にお駒の暴れ馬の刺青を入れるほど、惚れ込んでいる妻を連れて奉行所に現れるのが常だ。片時もお駒を手放したくない長五郎なのだ。お駒も二の腕に鬼瓦の鬼の刺青《いれずみ》を入れ、長五郎にぞっこんだからできあがってしまった。この二人はいい年をして何を考えているのかわけがわからない。

長五郎はお奉行からお駒を取り上げたようで気分がいい。

「おう、どうしたお駒！」

「長野さま、こんなことになっちゃいまして……」

膨らんだ腹を半左衛門に見せた。

「生まれるのはいつだ？」

「年が明けてからでございます」

「長五郎、お前の仕業《しわざ》だな。そなた元気過ぎるのではないのか？」

「はい、その元気もあれもこれも、お奉行さまからお駒を譲《ゆず》っていただきましたからなので……」

「そうだな。これでお奉行もお駒をあきらめるだろう」

半左衛門が機嫌よく鬼屋長五郎とお駒の夫婦を勘兵衛の部屋に連れて行った。

銀煙管《ギセル》で一服していた勘兵衛が、ポンと灰を落としてお駒をにらんだ。

美人のお駒がニッと恥ずかしそうに微笑む。

「長五郎、お駒を返せ……」

「はい、結構でございますが、このような恰好にしてしまいましたが、よろしいでしょうか？」

「仕方ないだろう」

「それでは返上いたします」

「お奉行さま、身二つになってからにしていただけませんでしょうか？」

お駒がぬけぬけという。

「いつだ？」

「年明けの一月には生まれます」

「そうか、一月だな?」

「はい……」

勘兵衛の傍で喜与がニコニコしている。

勘兵衛は相変わらず美貌のお駒がお気に入りなのだ。

そんなお駒を羨《うらや》ましそうにお澄が見ている。まったく男運のなかったお駒にようやく大きな男運が廻《めぐ》ってきた。それもいきなり子ども付きだからうれしくて仕方がない。鬼屋の連中も大旦那はおかしくなったと思っている。二の腕の暴れ馬を人に自慢したりするのだ。この二人は元気があり過ぎてもうどうにもならない。

「長五郎、神田明神下の大工の棟梁、平蔵を知っているか?」

「はい、江戸でも五本の指に入ろうかという腕のいい棟梁ですが、平蔵が何か?」

「その棟梁に娘がいるのを知っているか?」

「確かその子の名前は……」

「お布里だ」

「はい、幼い頃に母親が亡くなり、平蔵がなめるようにして育ててきた一人娘でございますが、そのお布里が何か？」

「棟梁の弟子を好きになって親子喧嘩だ。お布里が家を出たそうだ」

「そんな強情な娘ではないはずですが……」

「女は男ができると変わる。そうだなお駒……」

「はい……」

勘兵衛はお駒が幸せそうで良かったと思っている。

その勘兵衛はお布里の心中事件のことはいわない。

「そうだろう長五郎、男ができると娘は豹変《ひょうへん》するものよ。そこが親の難儀だ」

「はい、どこの親も娘には格別な思いがあるようで、なかなか面倒なことが起こるものでございます」

長五郎もお滝を彦野家に嫁がせるまでは苦労した。

「その棟梁の弟子だが、筋が悪いようで大工の腕は半人前のようなのだ。そうだな半左衛門？」

「はい、そこが親子喧嘩の原因です」

「平蔵がそんな半端な弟子に一人娘はやれないと？」

「そういうことだ」

「平蔵も頑固な男ですから……」

「その棟梁と娘の間に入ってくれぬか、仕事の付き合いのある万蔵でもいいが、暇を持て余しているそなたの方がいいだろう」

暇だから子ができるのだという勘兵衛の強烈な皮肉だ。

「はい、お奉行さまの思し召《おぼめ》しですから、この老人が一肌脱ぐことにいたしましょう」

子ができてから十歳以上も若くなって長五郎もなかなか強気だ。子が生まれればその子の父親なのだから、長五郎はもう年を取ってはいられない。

「ふん……」

勘兵衛は男運のないお駒を幸せにしたいと思って、鬼屋長五郎の後添えにしたのだが、仲のいい二人を見ると、お駒を取られた気分でいつも不機嫌になる。

「お駒、呼ばれなくてもたまには顔を見せろ、いいな?」

「はい……」

勘兵衛はお駒が幸せになってうれしいが、傍に置いておくべきだったと後悔もしている。お駒は飛び切りにいい女なのだ。賢いし美人だしやさしいし非の打ちどころがない。だから長五郎に返せといいたくなる。

勘兵衛も結構なわがままだ。

密偵をしていたお駒はそんな勘兵衛の気持ちをわかっている。

お駒に子どもを作った長五郎はどこでも自慢顔だ。確かに年寄りの大手柄で自慢していいことではある。だからどこへでもお駒を連れて歩くのだ。

その長五郎がお奉行から直《じか》に仕事をもらって張り切る。

翌日の夜、神田明神下の大工の棟梁、平蔵の家に一人でひょっこり現れた。

「これは鬼屋のご隠居！」

突然の鬼屋長五郎の訪問に平蔵はびっくりだ。

「上がってもいいか？」

「あッ、どうぞ、どうぞ！」

「どうだね。仕事の方は？」

棟梁の平蔵は瓦屋で屋根葺《ぶ》きもする鳶《とび》の鬼屋とは商売上の付き合いがある。大きくて上等な商家の屋根や寺社の屋根などは三州瓦《さんしゅうがわら》を使うことが多い。

「お陰さまで……」

「そうか、お前さんの腕がいいからだ」

「恐れ入ります」

「奥さんを亡くして何年になるかね?」

「かれこれ十四、五年になりますが……」

「そうか、そんなになるか?」

「早いものです」

「よく後添えをもらわなかったな?」

「話はあったのですが、娘がおりましたので、つい……」

「そうか、今日はその娘のことできたんだが、家にはいないようだな?」

「ちょっと、事情がありまして……」

「親子喧嘩をしたそうだな?」

「どうしてご隠居が?」

平蔵は驚いた顔で長五郎を見る。

「うむ、実は昨日、北町のお奉行に呼ばれてな……」

「お奉行さまに?」

「あの北町奉行所を改築したのがわしでな、何かあればお奉行さまには世話になっている。わしは後添えにお奉行さまの女を拝領したのだ」

「奥さんを拝領……」

「うむ、これが実にいい女でな。すぐ隠居したのよ」

「そうでしたか、後添えのことは聞いておりましたが、お奉行さまからそんなに良い方を拝領……」

「それに子まで出来た。腹が膨らんできたのだ」

「えッ、ご隠居の子ですか？」

「そうよ。若い畑は種が育つというではないか……」

「はあ……」

なんとも驚いた話だ。

平蔵は幽霊長屋の坊主頭が弟子に、北町のご用聞きだと名乗ったと聞いたのを思い出した。そんなことまでお奉行の耳に入っているのかと、幽霊事件を知らない平蔵はどこまで話が広がっているのか驚いている。

「棟梁、一人娘の先々のことだ。お前さんが長次とかいう半端者に娘を取られたくないのはわかる。お奉行さまから間に入って大ごとにならぬようにしろと、このわしが命じられたのだ。話を聞かせてくれるか？」

「ご隠居、お奉行さまが？」

「うむ、あのお奉行は百人の同心の他に、ご用聞きというものを何人か使っている。密偵もいるようで地獄耳だよ。お布里さんのことも詳しく知っておられた」

「そうでしたか、あっしらの親子喧嘩まで……」

二人とも長次とお布里が心中しようと忍川に入ったことを知らない。

「男親にとって娘は別格だからな」

「ええ、ご隠居の娘さんは確かお武家に？」

「うむ、お滝はお奉行さまのご家臣に嫁がせたのだ。これが半端じゃないじゃじゃ馬でな、苦労したもんだ」

「確か女鳶でした……」

「そうだ。あんな娘でも年頃になると、秋の葉っぱのように色気づいて、ぽろっと落ちて男を好きになるものだ。お前さんは一人娘だから格別だろうが、その半端者というのは何んとかならんのか？」

「ご隠居、野郎は人は悪くねえんですが、いかんせん筋が悪いというか、弟子にとって十年ほど経つんですが、腕の方はからっきしでして……」

「十年もか、そりゃ駄目だな、見込みがないか。だが、よく辞めないな？」

「ええ、だいぶ前から娘に辞めるなといわれていたようで……」

「そうか、同情して二人はできちまっているのか？」

「手におえません……」

「お前さんもよく我慢しているな。二人はどこにいるんだね？」

「長次はこの先の幽霊長屋、娘の方は神田明神の茶店で働いているようです」

平蔵はお布里が友だちのお弓を頼って行ったと思っている。

「放っておけば若い者同士だ。何んとか生きていく道は探すだろうが、一人娘なんだから戻ってもらって、その筋の悪い長次を、お前さんがなんとかして育てるということはできないものかね？」

「何度も考えたんだが不器用な男で……」

「そんなに駄目か、大工としては使えないか？」

「下職《したしょく》で使われている分にはなんとかなるだろうが、棟梁として人を使うのはおそらく駄目です」

「お前さんの跡取りにはなれないか？」

「ええ……」

平蔵がお布里の婿《むこ》にしたいのは、長次のような男ではなく、自分の跡取りになれるような頼りになる男だった。一人娘なのだから当然である。だが、そんな男はおいそれとは見つからない。そういう男にはさっさといい女が女房におさまっている。どうも帯に短く襷《たすき》には長いというのが多い。

「二人に会って話を聞いてみるがいいか？」

「お願いします」

お布里をどう扱うか平蔵は考えあぐねていたところだ。

平蔵にとってお布里と長次は喉に刺さった取れない棘《とげ》なのだ。可愛い娘だけに乱暴なこともできないから大弱りである。このところ頑固の虫も出る幕がないと顔を引っ込めていた。

「悪いようにはしないから……」

その翌日、鬼屋長五郎とお駒が神田明神にお詣りに現れた。

腹の大きなお駒は、辻籠《つじかご》から下りると「待っていてください」と、辻籠を待たせておいて神田明神をお参りする。

長五郎は大手柄のお駒にはどんな贅沢も許した。

兎に角、無事に子を産んでほしい。それは万蔵夫婦も願っていることだ。

すぐ近くのお浦の茶屋までお駒は辻籠に乗り、茶屋の前で下りると辻籠を待たせておいた。長五郎はお駒を宝物のように大切にしている。

長五郎とお駒が縁台に座ると「いらっしゃいまし……」とお弓がでてきた。

「茶を二つ頼む……」

「ありがとうございます」

「ところで娘さん、ここにお布里さんという娘さんはいるかね？」

驚いて長五郎を見たお弓がこの人は誰だと思う。

「この先の明神下の平蔵棟梁の娘さんだが、いるかね？」

「あのう、お客さまはどちらさまでしょうか？」

「わしか、わしは北町奉行米津勘兵衛さまの密偵でな、泣く子も黙るといわれている鬼屋長五郎という者だ。知らないか？」

「み、密偵……」

「うむ、お奉行の使いということでもいいぞ」

「おに、鬼……」

「鬼屋長五郎だ」

「鬼屋さま、少々お待ちくださ い……」

お弓が慌てて奥に引っ込んだ。なんだか怖そうなとんでもない人が来てしまった。

「お奉行さまの密偵だって、鬼屋さまというんだ。どうしよう？」

「聞こえた。鬼屋長五郎といったね……」

小冬が外の縁台を覗《のぞ》き込んだ。お浦とお布里も集まって四人で相談する。こうなると度胸があるのはお浦だ。鬼屋だろうが、長五郎だろうが平気な顔だ。女賊だっただけに腹が座っている。あいにく平三郎と彦一は不在だった。

「お奉行さまのお使いともいったね。あたしが聞いてみるから、お前たちは騒ぐんじゃないよ」

お浦が襷と前掛けを取って長五郎の前に出て行った。

「女将のお浦でございます」

頭を下げて挨拶《あいさつ》した。長五郎は平三郎もお浦も知らない。

「女将か、お奉行と棟梁に頼まれてお布里という娘さんに会いに来た」

「そうでございましたか、夫は平三郎といいましてお奉行所のご用聞きをしているのですが……」

「ほう、ご亭主がご用聞きを、それは知らなかった。ご苦労さまです」

「女将さん、平三郎さんを存じ上げております。伊那谷のお方ですね？」

お駒がニッと微笑んでお浦にうなずいた。

「あ、あなたさまは？」

「鬼屋長五郎の女房でお駒と申します。以前、お奉行さまの仕事をしておりましたので、伊那谷の朝太郎さんの名前も聞いたことがあります」

お浦が腹の大きなお駒をジロジロ見る。突然、朝太郎お頭の名が出て驚いた。

「お浦さん、どうだろう悪いようにはしないから、お奉行とわしにお布里さんを任せてくれないかね？」

「お布里をどこかにお連れになりますので？」

「心配するな。棟梁が待っている家に連れて帰るだけだ。話がこじれると関係した者がお奉行所に呼ばれるかもしれない」

幽霊事件が急展開した。

「少々お待ちを……」

お浦が奥に集まって戦々恐々のお布里たちと額《ひたい》を寄せた。

お布里はもちろん鬼屋長五郎の名は知っているが、江戸の荒くれ鳶たちを顎《あご》で使うなど、名前からして恐ろしい人だと思っている。

「北町のお奉行さまのご命令に間違いない。お布里はあの人と行くしかないな……」

「女将さん……」

「あのお駒さんはうちの親分の名を知っていた。お奉行所の人に間違いない。お布里を棟梁が待っているそうだから……」

「お布里が家に帰るならあたしが送って行く！」

「あたしも！」

　小冬とお弓がお布里を送って行くという。

「よし、すぐ支度をして、急ぎなさい」

　お浦はお駒を信じた。互いに女賊の前があるから嘘ではないとわかる。

「お布里の荷物が少々ございますので、娘たちが送って行きたいといっています。よろしくお願いいたします」

　その頃、北町奉行所で平三郎と彦一が半左衛門から、棟梁の平蔵と仕事上の付き合いがある鬼屋長五郎が、お奉行の命令で平蔵とお布里の親子喧嘩の仲裁に入ると知らされていた。ということはお奉行の勘兵衛が間に入ると同じことだ。

　平三郎と彦一は有り難いと思う。こういう親子喧嘩は仲裁が難しい。このままでは退《の》っ引きならないことになる。

　お布里と長次が江戸から出たりしたら探せなくなるからだ。

喧嘩の仲裁は難しくどちらにも偏《かたよ》らず中立だ。平蔵とお布里の二人を怒らせないことが大切だが、それができるのはお奉行と仕事のつき合いのある鬼屋長五郎ぐらいしかいない。

平蔵が信頼する人でないと話がまとまらないのだ。

それには鬼屋長五郎は願ってもない人物だ。喧嘩の仲裁は時の氏神《うじがみ》というぐらいで、そこに目をつけたお奉行はさすがというしかない。

幽霊事件は急転直下解決に向かった。

神田明神のお浦の茶屋の前から、鬼屋長五郎、辻籠に乗ったお駒、家に帰るお布里、荷物を背負ったお弓、お布里が家に帰ったのを見届けたい小冬の行列が出立した。

お布里の家まではそう遠くはない。神田明神の坂を下って行けばすぐである。

そのお布里の家には賄《まかない》の老夫婦がいるだけで、仕事に出かけた棟梁たちはまだ帰っていなかった。

「お布里さん、あっしらは浅草寺《せんそうじ》にお詣りに行って帰りに寄りますから……」

そういうと長五郎は辻籠を頼みお駒と二丁の辻籠で浅草に向かう。

「お布里、北町のお奉行さまの口利きなんだから、こうなったら棟梁に素直に謝った方がいいと思うよ」

　小冬が姉さんぶっていう。

「うん……」

「折角、お奉行さまが乗り出してくれたんだ。これ以上揉《も》めるのはまずいよ。少し長次の尻を叩いて仕事をうまくやれるようにしないとね？」

「そこなんだよ。そこがお布里ちゃんの泣き所なんだな……」

　お布里の部屋で三人が額を寄せて話している。いつも長次の話になると行き詰まってしまう。

「長次は何んとかならないのかね？」

「あの人は不器用だから……」

「お布里は長次に甘いんじゃないかい？」

「そうなんだよ。お布里ちゃん、なんとかできないの長次さんのこと？」

「お弓ちゃん、そんなことといっても……」

「ちょっと、お布里は子ができてんじゃないのか？」

　小冬がいきなりいった。

　なんだかこのところお布里の様子がおかしいと小冬は気づいていた。

「えッ、本当なの？」

お弓がびっくりしてひっくり返りそうだ。

「まだはっきりとは……」

「なにいってるのさ、この大事な時に、お布里は暢気なんだから……」

「だって……」

お布里はどうしていいかわからなくなっている。

「だってじゃないよ。これは大変なことなんだから、しっかりしねえかまったく長次め！」

「お布里ちゃん、お産婆《さんば》さんかお医者さんに行かないと？」

「うん、もう少しはっきりしたら……」

「もう少しって、お布里はやっぱり？」

「ないの……」

「馬鹿だね。長次は知っているのか？」

「知らないのよ……」

「こりゃ、なんてこった。決まりじゃないか……」

三人の話が急に深刻になった。

その夜、お布里は平蔵に謝って家に戻った。すごすごと長次も幽霊長屋から戻ってきた。鬼屋長五郎が仲裁に入ったことで、幽霊事件は犠牲者を出さないで終わることになった。彦一の初手柄でもある。

だが、平蔵はこれから長次のことでどれだけ苦労するかわからない。娘の惚れた男だから仕方ないが、大工のような職人は仕事の腕が命なのだ。大工職人の多くはほとんどが棟梁になれない。棟梁ですといっても腕がなく評判が良くなければ仕事が取れない。

大工の世界もなかなか難しいものがある。

手に職があれば食いっぱぐれはないが、棟梁になるには腕の他に必要なものが少なくない。そこへ手が届くのか長次には大いに問題がある。

第十一章　留吉《とめきち》とお勢《せい》

秋も深まってから、細工師万吉の長屋に大磯の杢太郎が一人で現れた。

「お頭、お待ちしておりました」

「万吉のとっつぁん、久しぶりだな？」

「へい……」

「江戸は相変わらず仕事をするには危ないそうだな？」

「北町の奉行がいますので……」

「そうらしいな」

「これまで米津勘兵衛に多くの盗賊が捕まっています」

「江戸での仕事はやはり難しいか？」

「へい、近頃、北町奉行所ではご用聞きと密偵のような者を、何人も使っていると聞いております。これが油断のできねえ連中だそうで……」

「ご用聞きとは同心とは違うのか？」

「そこなんですがご用聞きは武家ではありませんから、どこに潜《ひそ》んでいるかわからない者たちでして……」

「それは厄介《やっかい》だな。動いている人数は多いのか？」

「それが皆目見当がつきません。この神田には幾松というご用聞きが、寅吉《とらきち》という子分を使って見廻《みまわ》りをしておりますんで……」

「ご用聞きの幾松か？」

「親分などと呼ばれてなかなかの羽振りです」

「江戸は急に大きくなってきたから、同心だけでは手が足りなくなってきたということだろう……」

「そう思います」

「北町のお奉行はおもしろいことを考えたな。どこにいるかわからないご用聞きが何を聞き込むか厄介だ。油断すると後をつけられるか？」

「へい、江戸での仕事は難儀になります」

　この時、お豊が浅草の逢引茶屋で新吉と遊んだことを怪しまれ、鬼七と留吉が辛抱強く万吉とお豊を見張っていたのだ。こういうご用聞きの地味な探索が町奉行所の特徴になって行く。その結果がご用聞きの目明しが五百人、その子分の下《した》っ引《ぴ》きが三千人という大きさになる。

何も知らない杢太郎がそんな網《あみ》の中に入ってきた。

まさかそんなことが起きているとは万吉もお豊も知らない。そこが北町奉行所の本当に怖いところで、悪党が気づいた時には決着がついている。

「お豊はどうした？」

「近所にあっしの酒を買いに行きまして、すぐ戻ってきます」

「そうか、元気なんだな？」

「へい、お頭《かしら》の世話している人がいますんで？」

「女か、それはいない」

「それでしたらお豊を傍に置いてもらいたいのですが？」

「どうした。お豊の男遊びが過ぎるか？」

「そんなところでして……」

「お豊の男好きは治らねえな？」

「困っております」

「わかった。お豊を仕込んだのはおれだ。引き取るしかないみたいだな」

「すみません。お頭……」

「いいってことよ。蒔《ま》いた種は刈り取らなきゃなるめえ……」

李太郎はお豊の男好きを知っている。

その責任はお豊を可愛がりながら、あちこちに女を作ってきた自分にあると思っていた。李太郎も女には相当に手が早く隅《すみ》に置けなかった。女を口説《くど》く手口は盗みと同じで鮮やかなものだ。万吉はそれを知っている。

「江戸での仕事はしばらく見合わせることにするよ。江戸の様子がわからなすぎる。危ない橋は渡れないからな」

「ええ、大店《おおだな》の小判は一年や二年では逃げませんから、じっくり構えるのがいいことかと思います。もう少し、あちこちを調べておきますので……」

「うむ、そうしてくれ……」

李太郎と万吉が話しているところにお豊が戻ってきた。

「お頭……」

「相変わらずいい女だなお豊……」

「もう、大年増《どしま》ですよお頭……」

「いいじゃねえか、いい女はちょいとした年増の方がいいんだ」

「そんなことといって、あたしを捨てたくせに……」

「捨てたつもりはないぞ。あちこちに女がいるもんだから、お前には手薄になっただけだ。よりを戻してみるかい、お豊……」

「いいんですか。そんなうまいことをいって、もう、騙《だま》されないから……」

「お豊、お頭はお前を連れて旅に出るそうだ。ぐずぐずいってねえでさっさと支度《したく》をしねえかい！」

「旅に？」

「お豊、温泉に行かねえか。一、二ケ月、温泉に浸《つ》かってふやけてみないか？」

「お頭……」

お豊が李太郎に抱きついた。熟柿《じゆくし》のようにお豊の体はいい塩梅《あんばい》だと思う。

李太郎はお豊の白粉《おしろい》の匂《にお》いに悩殺《のうさつ》されそうだ。この体を抱かなくなって三年ばかりになるかと抱きしめた。ちょいと知らぬ間にお豊はいい女になった。放り出したことがもったいなかったかと思うが、こういう体を女房にしちゃ身が持たないだろう。

「だからお頭が好きなんだもの、行こう、どこの温泉にする？」

お豊がいきなり温泉に引き込まれた。

江戸にいるとなかなか温泉などには浸かれない。この頃、東は上野の草津《くさつ》温泉、西は播磨《はりま》の有馬《ありま》温泉といわれた。草津の湯には信長の家臣丹羽長秀《にわながひで》が湯治《とうじ》に来たし、播磨の有馬温泉は太閤《たいこう》秀吉が好きだったという。徳川家康は伊豆の熱海《あたみ》の走り湯に自分の子どもたちを連れて行ったりしている。

「どこがいい？」

「箱根と熱海と身延《みのぶ》と有馬かな……」

「有馬温泉は上方だ。いくらなんでも遠すぎるんじゃねえか？」

「それじゃ、箱根と身延の湯に行きたい。いいでしょ？」

「身延か、下部《しもべ》温泉だな。行ってみるか？」

「行こう、お頭、早く行こうよ」

お豊の態度が温泉につられてコロッと変わった。

箱根も身延も温泉好きにはたまらない湯治場だ。身延の湯は武田信玄が川中島《かわなかじま》で上杉謙信《うえすぎけんしん》に斬《き》りつけられ、その負傷したところを治すため湯治したという。信玄という人は甲斐の要害山《ようがいさん》の積翠寺《せきすいじ》で生まれ、その積翠寺温泉で育ったようなものだから、ずいぶん温泉の好きな武将であちこちに好きな湯を持っていたという。積翠寺温泉が温《ぬる》い湯だったからか信玄は温めが好きだったようだ。

身延の下部温泉も温めのじっくり温まる湯である。

温泉は人によって熱めが好きだったり温めが好きだったり色々だ。

杢太郎とお豊はいきなりよりが戻る。元の鞘《さや》に収まったとかまたは焼け棒杭《ぼっくい》に火が付くなどというのだろう。男と女の間は複雑怪奇なのだ。お豊が身延というのは目のつけどころがいい。途中で箱根の湯でも熱海の走り湯にも行けるからだ。杢太郎と一緒ならお足に心配がなく、一ケ月が二ケ月、半年でも遊んで暮らせる。

何よりも杢太郎の住んでいる大磯が行く途中にあるのが良い。東海道の大磯宿は平塚宿から二十七町(約二・九キロ)、小田原宿まで四里(約一六キロ)というところにあった。箱根の湯で少し湯疲れしてからふらふらと下部の湯に行くのが良い。下部は熊野権現さまが湯を湧《わ》かせたという有り難い湯である。

それに身延の下部の湯は武田信玄の隠し湯ともいわれ、信玄の従弟の穴山梅雪《あなやまばいせつ》斎《さい》の領地にある温泉で家康も入浴したことがある。

「お豊、早く支度をしねえか、お頭はすぐ出かけられるんだ」

「今夜はここに泊まるんじゃないの?」

「そんなに暢気《のんき》はしていられないのだ。早く支度をしねえかい……」

「うん……」

お豊は着物を着替えるため二人の前で帯を解き始める。

「お頭、幾つになってもまだこんな餓鬼《がき》でして、可愛がってやっておくんなさい」

「わしはお豊に殺されるかもしれねえな？」

李太郎が冗談とも本気とも取れるいい方をした。お豊を抱くにはそれぐらいの覚悟がいるということだ。

「お頭はまだ若いですから、お豊が逃げ出すほどいじめてやっておくんなさいな」

「あと十年も若ければそうするがもう無理だろう」

李太郎がお豊を見ながら苦笑する。狭《せま》い長屋で戸も閉めないで着替えるお豊を、何んとも男好きのするいい女だと思う。お豊は艶《つや》っぽくなってそこにいるだけで男を誘惑する魔性を秘めていた。

四半刻ほどでお豊の支度が終わると、「また来るぜ……」といって、李太郎がお豊を連れて長屋から出た。

「親分、あの二人は旅支度ですぜ！」

「留吉、二人がどこに行くか追いかけろ、これを持って行け！」

鬼七が小判と銭の入った巾着《きんちゃく》の紐《ひも》を首から外して留吉に渡した。一人だけでなんとも不安な追跡になる。

「早く行け……」

「へい！」

ご用聞きはいつ何があるかわからず、鬼七の女房豆観音のお国は、巾着に二、三両分の金銀はいつも入れておいた。それだけのお足があればずいぶん遠くまで追跡できる。

それをお国の弟の留吉が握って駆け出す。

このところ、留吉もご用聞きの子分らしくなって、鶏太ほどではないが追跡するのも上手《じょうず》になった。鬼七は万吉の長屋に他にも誰か現れるのではと、これまでと変わらずに見張りを続ける。まだ事件は起きていないが鬼七はなんともきな臭いとにらんでいた。こういう勘を働かせることもご用聞きには大切だ。なんでもないところを見張っていたり、見張るべきところを見逃したりするからだ。

李太郎とお豊は日本橋を渡ると品川に向かった。

二人が東海道を西に行くのだろうと留吉は心細くなってきた。益蔵親分には食いついたら雷《かみなり》が落ちても放すなと教えられた。

留吉は半町（約五四・五メートル）ほど離れて二人を追う。

その日、陽《ひ》が傾くと李太郎とお豊が品川宿の旅籠《はたご》に入った。

留吉が一旦神田まで戻ろうかと迷っていると、道端で三五郎の子分の久六に呼び止められた。

「留吉じゃねえか？」

「おう、久六の兄《あに》い！」

「こんなところでウロウロしてどうしたんだい？」

「追ってきたんだ。神田から見張っていた怪しい女を追ってきたんだが、旅籠に入ったんでどうしようかと考えていたところなんで……」

「怪しい女？」

「男と二人連れなんだ」

「ちょっと来い。その二人が入った旅籠はわかっているんだな？」

「あそこの武蔵屋《むさしや》だ」

「よし、来い……」

久六が留吉を小春の寿々屋《すずや》に連れて行った。

この頃、亡くなった寿々屋の親父《おやじ》から旅籠を譲られた小春は、近くに茶屋も持って寿々屋と六郷橋《ろくごうばし》の甘酒ろくごうと、三つも店を抱えて張り切っている。東海道の人や物の行き来は増える一方で、寿々屋も甘酒ろくごうも茶屋も繁盛している。三五郎の仲間だった馬借たちは必ず、甘酒ろくごうで馬を止めてがぶがぶ茶のように甘酒を飲んだ。馬借たちがいうには疲れた体がたちまち蘇《よみがえ》るのだそうだ。

何んといっても小春は勘兵衛が見込んだ働き者で、その亭主の三五郎は左《ひだり》団扇《うちわ》で威勢よくご用聞きの親分をやっていられる。馬借の三五郎は小春という飛び切り上等な女を女房にした。その小春も三五郎にべた惚れなのだ。

「親分、留吉が道端に立っていたんで連れて来やした」

「おう、誰かを追ってきたのか?」

「怪しい女と男の二人連れだそうで……」

「そうか、旅籠に入ったんだな?」

「へい、武蔵屋だそうです」

「よし、上がれ、話を聞こう。鬼七親分はどこにいるんだ?」

「神田の女の長屋を見張っています。どこまでも追いかけろといわれたので、品川まで追ってきました」

「そういうことか、わかった。おい、お勢《せい》……」

「はい、旦那さん……」

「この留吉を二階の街道の見える部屋に案内して、少し早いが夕餉《ゆうげ》を食べさせて寝かせてしまってくれ！」

「はい、わかりました」

お勢は小豆《あずき》が銀次《ぎんじ》に騙《だま》されて沖に出た船の中で手籠《てご》めにされ、その後すぐ銀次の嫁になってしまったので、その小豆の代わりに雇った若い娘だった。

「留吉さんていうの？」

「うん……」

「どこから来たの？」

「神田……」

「旦那さんと同じお上のご用聞きなの？」

「うん、子分だ……」

「そう、ご飯を食べたら湯に入って寝ちまいな？」

「うん……」

留吉と同じ年頃だがお勢は生意気な口を利いた。

こういう客商売の旅籠などで働くと女はすぐ大人になる。旅籠に一人で泊まったことのない留吉は緊張していた。兎に角、鬼七の巾着をなくさないように時々握って確かめた。ひもで首から吊るしている命の種だ。万一、それをなくしたら浅草に帰れなくなってしまう。

部屋に入ると留吉は窓から街道を見ていた。

追ってきた二人が旅籠から出てくるとは思えないが、ここまで追って来て逃げられたら鬼七に怒られる。

追ってきたあの二人に気づかれたとは思っていない。

神田からうまいこと追跡できたと思う。益蔵親分に教えられた通り二人に食いついたつもりだ。あの二人がどこまで行くのかわからないが、巾着のお足で箱根山は越えられると思う。問題はその先でどこまで行くかだ。上方まで行って帰るお足には足りないようだが、節約すれば何とかなるかもしれない。

留吉は箱根山を越えるようなら旅籠ではなく、神社とか寺の軒下《のきした》で寝ようと思う。

そこへ三五郎と久六が入ってきた。

「一人で東海道を追って行くのは難儀だ。久六、お前も留吉とどこまでも追って行け、逃げられるんじゃねえぞ。おれはお奉行所と神田に行って鬼七親分と会ってくる」

「親分、久六の兄い、すまねえ……」

「助っ人はお互いさまだ。気にするな」

「はい、よろしくお願いいたします」

「いいってことよ。飯を食ったら寝ちまえ、明日はどこまで行くかわからねえからな」

「はい……」

「久六、お前は甘酒ろくごうで留吉が行くのを待て、いいな？」

「へい！」

そこに夕餉の膳《ぜん》を持ってお勢が入ってきた。

「お勢、留吉に悪戯《いたずら》するんじゃねえぞ」

「旦那さん、大丈夫ですよ。湯に入ったら寝かしつけますから……」

「そうしてくれ」

三五郎と久六が部屋から出て行った。なんとも小生意気なお勢で留吉を餓鬼《がき》扱いする。そんなお勢にやさしい留吉は反発しない。お上のご用聞きをしているんだと自慢したい気持ちだ。

「ここは裏が海だから魚が美味《うま》いよ。お酒を飲むかい?」

「いいえ、飲みません」

「可愛いんだから、飲まないと思ったよ」

留吉は酒など飲んだことはない。今は兎に角腹が空《す》いていた。夕餉をガツガツ食ってお勢に湯に連れて行かれた。この時、留吉はお勢の下心にまったく気づいていない。

湯に入るとすぐ眠くなった。部屋に戻るとすぐ横になって寝てしまう。

その頃、武蔵屋の李太郎とお豊も早立ちを考えて寝ようとしていた。二人は後をつけられているとはまったく考えていない。李太郎はしばらくぶりでお豊を抱くのがうれしいし、お豊も同じで温泉にも連れて行ってもらえるのだからウキウキだ。

その夜、寿々屋で小さな事件が起きた。

深夜、留吉が人の気配で目を覚ました。泥棒かと思ったがすでに留吉の布団に入ってきている。泥棒ではないとすぐわかった。

「あのう……」

「シーッ！」

「あッ、お勢さん……」

「シーッ！」

「な、何をするんですか？」

「なにするって、決まっているじゃないの……」

「や、止《や》めてください」

「大きい声を出さないで、姐《ねえ》さんに任せなさいよ」

「そんな……」

「いいから、いいから、女に恥をかかせるんじゃないよ」

お勢が留吉に覆《おお》いかぶさってきた。留吉はまだ女を知らなかった。

「可愛いんだから……」

留吉はお勢に押さえ込まれ、そのうち夢中になって留吉は男になることができた。

なんとも強引なお勢だが留吉はそのお勢を好きになってしまう。こういう出会い頭の事件は仕方がない。

二人は夜明けまであっちこっちにひっくり返って戦い続ける。

留吉はお勢のやさしさに一晩で溺れてしまった。初めてのことだからなにがなんだかわからず、お勢にいわれるまま留吉は男になってしまう。留吉のような可愛い子が一人で旅籠に泊まることなどない。お勢はその絶好の機会を逃さなかった。いきなり留吉の寝込みを襲ったのである。大成功だった。

「もう夜が明けるんじゃないですか？」

「いいから、まだ、暗いんだから……」

「駄目だよ。早立ちしないと逃げられる！」

「いいから、もう一回、ね？」

「駄目ですから、お勢さん、帰りに寄るからその時にお願いします」

「本当だよ。本当に寄るんだよ？」

「うん！」

留吉が飛び起きて着替えると窓に張りついた。見張りながら朝餉を取り終わるとすぐだった。杢太郎とお豊が街道を西に向かった。

「来た！」

留吉が部屋を飛び出すと階段を駆け下りる。

ほとんど寝ていない留吉は大欠伸《あくび》ばかりしている。道端で歩きながら寝てしまうかもしれない。だが、お勢のことが頭から離れず何んとしても品川宿までは帰ってきたい。

「昼飯と草鞋《わらじ》！」

お勢が留吉に渡すと昼飯の風呂敷を腰に巻いて、履き替えの草鞋五足を腰にぶら下げて「行ってきます！」と街道に飛び出すと駆け出した。

早立ちの旅人が何人も西に向かっている。その旅人を何人か追い越すとすぐ二人に追いついた。

「お勢さんはいい姐さんだったな……」

留吉は二人を追いながらお勢のことばかり考えている。いい加減にしないと大きなしくじりをしてしまう。留吉は女の恐ろしさをまったくわかっていない。お勢のことで頭の中がいっぱいになっていた。寝不足でぼやけた留吉の頭の中をお勢が走り回っている。

この出会いが吉か凶かは神さましか知らない。

果たして熱すぎる留吉の初恋が育つのか枯《か》れてしまうのか。

怪しい二人を追う仕事がなければ、出会うことのなかった留吉とお勢だ。頭に上った血が留吉の中でまだ興奮している。なんとも悪戯《いたずら》好きな神さまがいたものだ。

「しっかり追わないと見失うぞ」

留吉が自分に言い聞かせる。こういう冷静さがご用聞きには必要だ。

夜が明けてくると李太郎とお豊が六郷橋の手前の甘酒ろくごうで一休みした。そこには久六が隠れていた。

女連れは間違いなく甘酒ろくごうに立ち寄る。

留吉は道端の藪《やぶ》に隠れて甘酒ろくごうの縁台を見ていた。二人との間を半町以上も取って決して近づかない。怪しいというだけで二人が何者なのか、まだわかっていないのだから慎重になる。どう見ても親子でも夫婦でもないように思う。

そのことを留吉は神田を出た時から感じてきた。親分と子分というふうでもなく、あえていうなら旦那と愛妾《あいしょう》という風情《ふぜい》なのだ。

李太郎とお豊は一休みすると六郷橋を渡って行った。

この橋を渡ると旅人は江戸から出たことになる。ほっとする人もいれば長旅を心配する人もいる。留吉は明らかに後者だ。どこまで行くのかわからないというのは恐怖である。頼みの巾着を握るしかない。

江戸の人が見送りに来るのはこの六郷橋までだ。

留吉が甘酒ろくごうの前まで来ると久六が飛び出してきた。

「あの二人だろ?」

「そうです」

「よし、お前が先に行け、おれは後ろから行く……」

「はい!」

夜明けの東海道を二人で杢太郎とお豊を追い始めた。

足弱なお豊を連れた杢太郎は無理をせず、保土ケ谷宿《ほどがやしゅく》まで六里九町(約二五キロ)を歩いて早々と旅籠に入った。

「ずいぶん早く旅籠に入ったな?」

「女連れですから……」

「それにしても六里だぞ。子どもでも歩くだろう」

「朝からゆっくり歩いていましたから……」

茶店があればすぐ一休みするお豊を追うのは難しかった。すぐ間が詰まってしまうので留吉は途中から一町(約一〇九メートル)ほど離れて歩いてきた。あまり離れてしまうと見失う恐れがある。追跡ではその間合いが一番難しい。

「おれたちも旅籠に入ろう」

二人は杢太郎とお豊が入った隣の旅籠に宿を取った。

久六と留吉は杢太郎とお豊が箱根を越えるのか考える。どこまでも追うといっても箱根を越えてしまえば、その先は追って行っても仕方ないように思うのだ。まさか上方まで追うことはできないだろう。

「追うのは箱根までだな」

「箱根の向こうには行きませんか？」

「うむ、箱根を越えて追って行っても仕方ないと思う。江戸から遠すぎる。それにお前の話だと女は神田の長屋に戻ってくるんじゃないのか？」

「そうか、あの女の人は神田が住まいだから戻ってくるか？」

「おそらくな……」

翌日、保土ケ谷宿を出立《しゅったつ》した杢太郎とお豊は、大磯宿まで八里十二町（約三三・三キロ）を歩いたが旅籠には入らず、海に近い百姓家に姿を消した。

「留吉、ここがあの二人の隠れ家だぞ」

「はい、そのようです」

「見張るか？」

「はい、見張ります」

久六と留吉は二日間海辺の百姓家を見張ったが動きがなかった。

「ここが隠れ家に間違いない。江戸に戻ろう」

「はい！」

二人が大磯の見張りをやめて江戸へ戻ることにした。

隠れ家さえわかってしまえば無理に見張る必要はない。一旦江戸に戻って鬼七や益蔵親分に相談すればいいことだ。その上でこれからどうするか決める。隠れ家は逃げないから慌てることはない。

杢太郎とお豊は大磯で五日間ゆっくり休んで箱根と身延の湯に向かった。

第十二章　小　染

品川宿まで戻ってきた留吉は、寿々屋に泊まってお勢とまた懇《ねんご》ろになり、お互いにすっかり馴染《なじ》んで忘れられなくなった。

「お勢さん、嫁になってくれるかい？」

「うん、いいよ」

などとわけのわからない約束までしてしまう二人だ。

のぼせ上がっているから怖いものなしの二人になってしまう。それも小春の眼を盗んで深夜のできごとだから困る。三五郎に発覚したら二人とも品川の海に、四、五日は漬けられて頭を冷やされる。

二人は思いっきり熱くなってしまった。

その留吉が品川宿から走って、神田で見張りをしている鬼七のところに戻ってきた。

「親分……」

「早かったな。どこまで行った？」

鬼七は上方なら一ケ月はかかると思い、巾着の中身の二両あまりでは足りなくなると心配していた。

「あの二人が行ったのは大磯でした」

「大磯？」

「海辺の百姓家で漁師の家かもしれませんが、そこが隠れ家に間違いないと久六の兄いがいいますので……」

留吉は追っていった二人の入った家をつきとめたという。

二日ばかり見張ったが動きがないから戻ってきたと鬼七に報告した。一人で追って行ったのだから充分な働きだ。大磯の家をつき止めたことは大きかった。これから事件が起きるとしたらその大磯と神田のつながりが怪しい。

「そうか、ご苦労だった。久六が助けてくれたことは三五郎親分から聞いた。ご苦労だったな」

大男の鬼七がまだ子どものような義弟を労《ねぎら》う。

だいぶ頼りになるようになってきた。姉のお国は留吉を独り立ちのご用聞きにしたいと思っている。そこまではまだだいぶあるがしっかりしてきた。

「親分、こっちの方は？」

「ここに動きはねえ、益蔵親分の方も動きはねえようだ。静かでなんだか不気味だ」

「あッ、そうだ……」

留吉が首から吊るして懐に入れている巾着を鬼七に返した。

「品川の三五郎親分の寿々屋には行きと帰りに泊まりましたが、女将《おかみ》さんがご用のことだから旅籠賃はいらないといって受け取りませんでした」

「そうか、小春さんといったか女将さんは？」

「はい、そうです」

「今度、三五郎親分に会ったら礼をいわんといけねえな」

その日、鬼七は奉行所に走って半左衛門に、お豊が長屋に来た男と大磯に行ったことを報告する。怪しいというだけだからこの先どうするかは微妙なところだ。

「なるほど、大磯まで追って行ったか、その男は小田原や駿府《すんぷ》など、東海道筋を荒らしている盗賊かもしれんな？」

この時、半左衛門がなにげなくつぶやいた勘が当たっていた。

大磯の李太郎は江戸では仕事をしたことがなく、東は江戸に入る手前の多摩《たま》川《がわ》、西は大井川までの間の街道沿いで仕事をしてきた。大井川より西にはほとんどいかない。

小田原や駿府などの城下では、二百両、三百両と結構大きな仕事ができた。お豊が大磯に行ってからは李太郎がパタッと動きを止めた。二人で暢気に箱根や下部の温泉巡りを始めたからだ。お豊を相手に焼け棒杭が燃え始める。

「鬼七、神田の細工師からは眼を放さない方がいいな。お昌が怪しいとにらんだのだからなにかあるかもしれないぞ」

「へい、あっしもそう思いますので……」

「そのうち女が戻るだろう。大磯の百姓家を見つけたのは手柄だ」

「それじゃ、もうしばらく神田を見張ります」

「そうしてくれ……」

半左衛門も大磯とは目立たないところにいると思った。

東海道でも鞠子宿《まりこしゆく》などと似てもっとも地味な宿場の一つだ。悪党が隠れ住むにはもってこいかもしれないと半左衛門は思うが、二人を捕縛するような悪事の確証がない。お昌の思い過ごしかもしれないしじっくり構えるしかない。

しばらく神田の方の様子を見ることにした。

そんな時、日本橋吉原で心中事件と刃傷《にんじょう》事件が立て続けに起きた。

もう間もなく暮れの十二月になる頃だった。吉原の海老屋《えびや》に紅椿《べにつばき》という二十歳を過ぎた年増《としま》の遊女がいた。まだ年季が五年ほど残っていたが、忠次郎《ちゅうじろう》というい男がいて二人はずいぶん馴染んでいた。

この忠次郎は日本橋魚河岸《うおがし》の若旦那で威勢がよく、紅椿と馴染んで二年近くになり身請《みう》けの話なども出ている。この頃、日本橋魚河岸も大きくなり始めていた。初めは江戸城に納めた魚の残り物を、腐らせるのも勿体《もったい》ないから、商《あきな》ってもよいというところから魚河岸は始まった。

江戸前の新鮮な魚だからたちまち江戸の人気になった。

日本橋魚河岸は江戸庶民にはなくてはならないものになり、やがて朝千両の魚河岸に昼千両の浅草の芝居小屋、それに夜千両の吉原と三カ所が大繁盛し、中でも魚河岸の旦那衆たちが江戸文化を支えるまでになる。

江戸は百万人を超える大城下町に発展するのだから当たり前だ。

そんな時、忠次郎の親へ同じ魚河岸衆から娘を息子の嫁にどうかという話が持ち込まれた。

息子の吉原通いに気を揉《も》んでいた両親がそれに飛びついた。その相手が良かった。同じ魚河岸の仲間の娘で忠次郎もよく知っている。

「忠次郎、お前、小染《こそめ》を嫁にしろ、いいな。貰《もら》うと返事したから……」

「親父、あんなやんちゃ娘でいいのか？」

「いいんだ。お前に小染はぴったりだ。吉原の女とは別れろよ。いいな？」

「ああ……」

生返事をしたが気の強い紅椿と別れるにはひと悶着《もんちゃく》ありそうだと思う。

河岸では威勢のいい忠次郎だが小染にはからっきし駄目だった。小染もいい娘だし紅椿もいい女だ。こうなると話がいきなり入り組んで面倒になる。小染は魚河岸一の活《い》きのいい娘で、誰もが若鮎《わかあゆ》とか元気な小鯛《こだい》などといって味も逸品だろうなどと噂をする。

「兄い、吉原にばっかり入り浸《びた》っててんじゃねえぞ！」

などと忠次郎に啖呵《たんか》を切る鉄火な娘で嫁にするどころの騒ぎじゃない。

もたもたしているとこの頃出てきたばかりの、棒手振《ぼてふり》の天秤棒《てんびんぼう》でぶっ飛ばされそうに活きがいいのだ。

「うるせえんだよ。てめえは！」

「ふん、悔しかったら真っ当な女を抱いてみろっていうんだ。そうじゃねえか兄い！」

「くそッ！」

小染に賢く言い返されて忠次郎は口喧嘩ではいつも負けていた。

そんな小染を嫁にするのだから忠次郎は少し怯えた。だが、親が決めてしまった嫁だから嫌だともいえない。そんな小染は結構な色気なのだ。今頃、誰か威勢のいい野郎に手籠めにされてもおかしくないのだが、忠次郎が手を引っ込めるほどだから誰も手を出さない。そんな魚河岸の娘の結婚話だ。

小染は魚河岸ではキラキラ光っていて男たちは注目するが、男勝りの小染を誰も口説《くど》かないしまったく嫁の話もなかった。それが降って沸いたように話が持ち上がって、あっという間に決まってしまった。

「あの小染をもらうのは、武家か忠次郎しかいないだろう」

そんな噂だったのである。

「武家はあんな魚臭い女はもらうめえ、やっぱり忠次郎だろう」

「馬鹿野郎、忠次郎には海老屋の紅椿がいるじゃねえか？」

「そんなことといったっておめえ、忠次郎の親父さんが小染を気に入っているから、誰か知らないが間に入れば嫁に決まりらしいぞ」

「そうなのか、忠次郎も災難だな？」

「災難だと、馬鹿なことというんじゃねえぞ。小染はいい女だと思うよ。あれは味のいい小鯛だから吉原の女とは違う」

「それじゃ、おめえが貰えばいいじゃねえか？」

「おれは遠慮しておくよ。一年もしねえで殺されちまう。見ていろ忠次郎が腑抜《ふぬ》けになるから……」

「そんなにいいか小染は……」

そんな小染と忠次郎の縁談がトントンと進んだ。

こんな肝心《かんじん》な時によせばいいのに、紅椿を抱かないでいられない忠次郎が海老屋に現れた。それがまずいことだとわからないのが忠次郎だ。若旦那などと持ち上げられていい気になっているから女の気持ちがわからない。

魚河岸の噂はすぐ近くの吉原に聞こえていて紅椿は鬼になっていたのだ。

身請けの約束までしていたのだから、紅椿が怒るのも当たり前でこういう時は近づかないことだ。小染だって吉原に行ったなどと聞けば怒るだろう。

「兄い、お前さんはなに考えてんだよ。嫁にするのかしないのかはっきりしろい！」

などと啖呵を切られる情けないことになってしまう。

どうも忠次郎はもう一つ苦労が足りないようだ。それをわかっていて親はしっかり者の小染で話を決めたのだ。

この頃、吉原では心中立というのが流行《はや》り始めている。

心中とは「しんちゅう」と読み、誠の心、まごころというのが本来の意味で、それがいつしか他人に対して義理立てするという意味に変貌《へんぼう》、心中立とされ男女が愛情を守り通すの意味になった。

江戸もそうだが吉原では妙なものが流行り出すことがあった。

男女の相愛をいうようになり、愛し合う男女がその愛が変わらぬ証《あかし》を心中立というようになって、その心中立には種類があった。

古くから誓詞《せいし》、起請文《きしょうもん》というものがある。一枚の熊野牛王符《くまのごおうふ》を用意してその裏面に誓詞を書いた。おからすさんともいう鳥文字の神札だった。那智《なち》、熊野《くまの》、新宮《しんぐう》の熊野三山から出されている神聖なものだ。

この誓約を破ると死ぬといわれている。

墨《すみ》で書いたり女は右手の中指か薬指から剃刀《かみそり》か小刀で血を取り、血書や血判にして一枚を相手に渡し一枚を燃やしてその灰を酒に溶かして飲んだ。遊女が男を手放さないための神に誓う誓約である。男の鼻の下が見る見る伸びてしまう。

遊女の手練手管の一つである。

入れ墨というのもあった。この入れ墨は起請彫《きしようぼり》といい、痛いのを我慢して女が二の腕に男の名前を彫った。

紅椿の二の腕には忠さま命という墨が入っている。

そのほかの心中立には放爪《ほうそう》、断髪、切り指、貫肉《かんにく》などが行われた。

放爪は爪を抜いて変わらぬ愛だと遊女がいう。その爪を男に与えるのである。爪を抜くのはかなり痛い。それほど愛が深いというのだから、男はそれに応《こた》えなければならない。

その痛みに耐えるほど愛しているという。

なんとも無茶をするものだ。といいたいが遊女も命懸けで男に惚れることがある。

爪を抜く時は爪の周囲に傷をつけ、酢《す》に浸《ひた》して指をふやけさせてから抜くと痛くないといわれたが、生爪を抜くのだから激痛が脳天から足の指先まで走った。

そこまでして遊女は惚れた男を繋《つな》ぎ止めておきたいという。

こういう愛は壮絶なことになりかねない。遊女は捨て身で一途《いちず》な愛に命を捨ててかかっている。それほど不幸な女たちは幸せになりたいのだ。なんとしても苦界《くがい》の海から抜け出したい。断髪は文字通り、女が命の次に大切な頭髪を何本か切って、男に贈ったり男に切らせたりすることだ。これは穏《おだ》やかでいいように思う。

切り指は指先を斬り落として、愛が変わらないと女から男に与える。この切り指も、放爪と同じように猛烈に痛い。気を失う娘さえいたというから悲しいとしか言いようがない。切り指をする時は介錯《かいしゃく》する女を頼み、部屋の入り口には掛け金をかけて密閉、血留薬や気を失った時の気付薬、切り落とした指を包む紙などを用意する。

切腹のようでまるで命がけの愛だ。

指を切る女が木枕の上に指を乗せると、介錯の女が剃刀を指にあてがい、片手で鉄瓶を振り上げると、その鉄瓶を力任せに剃刀の上へ打ち落とす。なんとも乱暴なやり方だった。これは痛いなんていうものじゃない。やり損《そこ》なったら二人とも血だらけでとんでもないことになる。

指が一間も二間も切り飛ばされた。

その指がどこに行ったかわからなくなり、男が納得しないので、もう一本指を切り落としたという女豪傑《ごうけつ》がいたというから恐ろしい。そんな指を所望《しよもう》するなど馬鹿な男というしかない。

吉原遊女の心意気というか、男女の間には変なことが流行るものだ。

幸せになりたいという女の叫びでもある。あまりの痛さに気を失う女が多かったという。そこまでして女は男にまことの愛を求めるものだ。愛というのは成就《じようじゅ》すれば美しいが、ねじれると壮絶、悲惨、絶望へと変貌する。そんな危《あや》うさがあるから男も女も魅了されるのだろう。

だが、男にはいい加減な野郎が少なくない。

貫肉は刀で肉を貫《つらぬ》くことで、遊女ではこれを行うのは少なかった。

この貫肉を行うのは男色に多かったという。このような心中立は相手が望まないのに、女が愛の証を立てようとして行うのが初めだったが、やがて男が女に強要するようになったという。

そんなことを好きな女に強《し》いるなど、まともな男のすることじゃない。

「好きなら証を見せろ……」

この言葉に遊女は弱かった。いや、遊女だけではなく娘たちはこの言葉にもろい。

そういう時は逆に、「あたしを好きなら腹を斬って見せろ！」と、その馬鹿野郎にいうべきである。女の弱みにつけ込むような野郎は、ほぼほぼ遊びたいだけの馬鹿野郎である。いつの世も綺麗《きれい》な体に汚い墨を入れて、馬鹿な男に心中立する女は絶えない。

それは江戸の遊女の名残りなのだ。そういう粋がりを可愛いと思うのだろうか。鬼屋長五郎とお駒のような夫婦もいるから困ったものだ。紅椿の入れ墨は忠次郎がそうしろといったものではない。紅椿が忠次郎に本気で惚れた時に入れたものだ。だから問題なのだ。

「魚河岸の若い衆からお前さんの縁談のことは聞いたわよ。ひどいじゃないか？」

「すまねえ……」

「二世《にせ》を誓って契《ちぎ》ったんじゃないのかね？」

「そのつもりだったが、こんなことになっちまった。許してくれ……」

「許さないよ。あたしは許さないからね！」

紅椿がいきなり剃刀をつかむと忠次郎の顔に斬りつけた。

「一緒に死んでッ！」

襲いかかられた忠次郎が必死で抵抗したがあちこちを剃刀で斬られる。戸を蹴破《けやぶ》って廊下に転げ出ると、血だらけの忠次郎を見て悲鳴が飛び交い、真夜中の海老屋が上を下への大騒ぎになった。

その時、部屋の中では紅椿が剃刀で首を斬っていた。

部屋中に血が飛び散って壮絶な自害である。女にもこれぐらいのことはする力があるのだ。すぐ戸が閉められて、部屋の中を見られないようにしてしまうと、医師が呼ばれ忠次郎の手当てが始まった。

顔や肩や腕を斬られた忠次郎は、命に別状はなかったが重傷だった。

夜回りの村上金之助《むらかみきんのすけ》と松野喜平次が、惣吉に案内されて海老屋に飛び込んできた。事件の部屋はそのまま残されていた。血の匂いでムッとする。

「惣吉、剃刀を握っているこの女の無理心中だな？」

「へい、そのようで……」

「片割れはどうした。生きているのか？」

「逃げましたので無事です。剃刀であちこちを斬られ、下の部屋で医師の手当てを受けています」

「災難だったな。どこの男だ？」

「魚河岸の忠次郎です」

「なんだと、河岸の忠次郎は小染と一緒になると噂で聞いたが？」

「そうなんです。この吉原でも噂になっていまして、それが、この紅椿を身請けしようかというほどに馴染んでおりましたので、痴話《ちわ》喧嘩からこんなことになったのではないかと……」

「なるほど、詳しいことは忠次郎から聞くしかないか？」

「へい、重傷ですが命に別状はないそうですから、話を聞くだけでしたら……」

その頃、朝早い魚河岸に忠次郎が吉原で大怪我したらしいと伝わっていた。若い衆たちが集まってすぐ近くの吉原に走った。

「兄いが吉原で大怪我だって？」

「姐さん、吉原に行っちゃいけねえです」

「わかっている。それで怪我の塩梅はどうなんだい？」

「命に別状はないようですが、顔を切られたとか聞きました」

「そうかい、命に別条がなければ幸いだ」

小染は忠次郎の噂を聞いて、吉原の女に別れをいいに行ってやられたとわかった。仕方のないことだ。忠次郎のやさしさが裏目に出たと思う。小染はこういうことを心配していたのだ。女だから小染にも遊女が忠次郎に惚れた気持ちはわかる。

吉原の女が死んだと聞いて命がけで惚れていたんだと思う。

小染は自分の亭主になる男の不始末だから、結婚を断ることもできたがそうは思わなかった。忠次郎の馬鹿野郎と二人で遊女の冥福《めいふく》を祈ろうと考える。遊女の死には二人の結婚がからんでいることだ。そこから逃げてはいけないと小染らしく思った。

その頃、村上金之助が忠次郎から事情を聞き、怪我が良くなったら奉行所に出頭して説明するよう命じた。

こういう大立ち回りは吉原でも滅多にない。

大怪我の忠次郎は若い衆に支えられながら、気丈に吉原から歩いて魚河岸に戻ってきた。

「兄い、大丈夫かい？」

「ああ、まだ生きているよ」

「仕事が終わったら看病してあげるから……」

「いいよ。かえって悪くなりそうだ」

「ふん、それだけ悪態がいえるなら心配なさそうだ。遠慮するなんて兄いらしくねえ。少しは堪《こた》えたようだな。後で行くよ」

「そうか……」

「おとなしくしているんだよ。じたばたするとみっともねえから！」

忠次郎は小染に叱られた。魚河岸の威勢が売りの若旦那にしては、こういう女出入りは何んともしまらない話だ。それを小染は一緒に背負おうというのだから気丈だ。魚河岸の若い衆にからかわれるかもしれないが仕方がない。

「吉原の女遊びもこれに懲《こ》りて終《しま》いにすることだ」

痛い思いをした上に婚約者の小染には叱られ、親にも叱られて魚河岸のいい男も散々である。その上、奉行所に出頭して事件の経緯を説明しなければならない。北町のお奉行に叱られるか咎《とが》められて罪になるかもしれないのである。

なんともしまりのない情けない話だ。

そう思うが忠次郎は死んだ紅椿にはすまないと思っている。一途な女の愛を忠次郎は裏切ったのだ。これぐらいの痛い思いは当然だと思う。お奉行からどんな罰を頂戴するかだ。身から出た錆《さび》だ。

　不幸な遊女は紅椿のように本気で男に惚れることは少なくない。

　苦界の女は本物の愛に飢《う》えている。今さら、本当に好きだったと言いわけする気はないが、身請けしたいと思ったのも事実だったし、女房にしたいと本気で思ったいい女だった。忠次郎は間をおかずに村上金之助に命じられた通り、北町奉行所に出頭して事件のすべてを半左衛門に説明した。

「弄《もてあそ》んだつもりはないのですが、結果的にはそのようなことになってしまいました。紅椿には申しわけないことをしました。謹《つつし》んでお奉行さまのお裁きをお受けいたします」

「うむ、神妙である。ところでそなたは嫁を迎える手はずだそうだが、吉原の遊女に別れを告げに行ったのか？」

「はい、そのつもりでございました」

「それで喧嘩になったのだな？」

「はい……」

「何カ所斬られた？」

「四カ所でございます」

「それで嫁にする話は、壊れたか？」

半左衛門葉は縁談が壊れたのだろうと思った。

「年明けに祝言《しゅうげん》を上げることに……」

「ほう、なかなかの娘だな？」

「はい、幼馴染みのじゃじゃ馬でございます」

「ひっぱたかれたか？」

「そのようなところでございます」

半左衛門がニッと笑った。小染のことは村上金之助から報告を受けていた。

「家業に精を出すとわしに誓うか？」

「はい、生涯魚河岸で働きたいと考えております」

「うむ、お奉行さまにはその旨話してみよう。お裁きはその後だ」

この痛々しい恰好の男を魚河岸のため助けてやりたい。半左衛門は嫁にくる娘のためにも微罪にしてやりたいと思う。そのためには西田屋の甚右衛門と海老屋の楼主を説得しなければならない。

忠次郎を返すと半左衛門は吉原に使いを出した。

西田屋と紅椿を失った海老屋の二人を呼び出して話を聞く。

最終的には勘兵衛の判断で裁きは決まるが、忠次郎の印象が半左衛門に悪くなかったのがよかった。それに村上金之助が魚河岸の小染のことを、詳しく話しておいたのが半左衛門を安心させた。

この事件の決着は早かった。

勘兵衛は日本橋魚河岸が江戸のために果たしている役割をわかっている。

その魚河岸からは忠次郎と父親に、小染と差配の親方が呼ばれ、一方の吉原からは西田屋と海老屋が呼ばれた。

すでに勘兵衛と庄司甚右衛門の間では話がついていた。

それは紅椿の年季がまだ残っていたので、それを海老屋に払って忠次郎が死んだ紅椿を身請けするということだ。勘兵衛は魚河岸にも吉原にも恨《うら》みが残らないよう、粋な計らいで決着をつけたのである。

小染も勘兵衛の裁きを受け入れて決着を見た。

海老屋から紅椿の位牌《いはい》が小染に身請けされたのである。それと同時に忠次郎が海老屋に支払った身請け金百三十両のうち、百両が祝言の祝いとして海老屋から小染に贈られた。魚河岸の魚を吉原でも大量に使っている。ここは互いに恨みっこなしにしたい。

江戸の魚河岸と吉原の粋が勘兵衛の仲立ちで花開いた。

人はいくらでもやさしくなれるのである。小染の回向《えこう》で紅椿は修羅道《しゅらどう》から転生《てんしょう》し、成仏《じょうぶつ》して生まれ変わってくることだろう。

第十三章　惣名主《そうなぬし》と夕霧《ゆうぎり》

そんな海老屋の無理心中事件が起きてからほどなくしてだった。

暮れになってどこか気ぜわしく、江戸前の海を渡ってくる北風が急に寒くなる。

吉原の椿楼《つばきろう》に飛び切りの別嬪《べっぴん》で、吉原一という評判の遊女が現れた。花瀬《はなせ》というその遊女は美形揃《ぞろ》いの吉原でも別格だった。

花瀬の佇《たたず》まいには気品があり、笑顔が美しく一目で男はとろけてしまう。

その高価な花瀬のところに若侍が上がった。

「綾《あや》どの、そなたはなぜわしから逃げるのだ？」

「市之進《いちのしん》さま、もう、綾のことはおあきらめください。苦界に落ちて綾はもう市之進さまの許嫁《いいなずけ》ではございません……」

「そんなことは納得できない。綾どのはわしには生涯でただ一人の人だ！」

「市之進さま……」

話を聞いただけでこの二人に、どんなことが起きたのか大よその見当がつく。まだ未練が残っていて抱き合ったがこの二人に未来はなかった。吉原に売られてきた娘を助け出す方法は身請けするしかない。

だが、花瀬のような美形を身請けするには、目から火が出るほどの小判を積まなければならなかった。それに花瀬は吉原に来たばかりで年季がたっぷり残っている。苦界に墜《お》ちてしまうとそこから脱するにはその小判を用意できる大旦那と出会うしかない。そんな幸運は滅多《めった》にあるものではない。

「一緒に逃げてくれッ！」

市之進という若侍にそんな小判があるはずはない。もはや花瀬と一か八かの足抜けしか道はなかった。市之進は吉原に来ることさえままならないのだ。

「そのようなことをすれば、二人とも殺されてしまいます」

「二人一緒に殺されるならそれでもよい！」

「市之進さまだけでも幸せになっていただきたいの、綾の分までも……」

「そんなことをいうなッ、生きていくなら綾どのと一緒だ！」

「市之進さま……」

「それがかなわなければ死んでもいい！」

市之進の説得に綾は頷《うなず》かなかった。足手まといの自分が一緒では二人とも捕まって殺される。吉原からの足抜けなど易々《やすやす》とできるものではない。実は足抜けして捕まれば男は秘《ひそ》かに殺され、女は高価な売り物だから生かされるのである。

花瀬は心底から市之進だけでも幸せになってほしいと思う。

売られてきた遊女は藤本《ふじもと》綾という武家の娘だった。美濃大垣城《みのおおがきじょう》の勘定方《かんじょうがた》に綾の父、藤本左太夫《さたゆう》という実直な武士がいた。この大垣城は城主が短期間で変わっている落ち着かない城だった。美濃と近江《おうみ》をつなぐ重要な城で、かつて斎藤道三《さいとうどうさん》と信長の父、織田信秀《のぶひで》が奪い合った城でもあり、城の建っている場所が場所だけに、戦乱のたびに巻き込まれる城だった。

美濃という国は海がなく、東は信濃、南は尾張《おわり》、西は近江、北は越前《えちぜん》と大国に囲まれている。その美濃も五十万石《ごく》を超えようかという大きな国で、長く土岐《とき》家が治めていたが蝮《まむし》の斉藤道三に奪われた。

古くは西美濃三人衆の氏家直元《うじいえなおもと》が城主で、直元の息子の直昌《なおまさ》になり、池田恒興《いけだつねおき》、関白《かんぱく》になる豊臣秀次《ひでつぐ》、秀吉の弟豊臣秀長《ひでなが》、加藤光泰《かとうみつやす》、一柳直末《ひとつやなぎなおすえ》、秀吉の養子豊臣秀勝《ひでかつ》、そして伊藤盛正《いとうもりまさ》などが次々と城主になった。

この盛正が関ケ原の戦いでは石田三成《いしだみつなり》に味方した。

家康は関ケ原に近い大垣城を重視、城に近い岡山に布陣すると大垣城を石田三成は放棄してしまう。西軍の伊藤盛正は関ケ原の戦いで敗北し改易《かいえき》された。

すると家康は大垣城を重視して松平康重《まつひらやすしげ》を入れる。

この松平康重は家康の落胤《らくいん》だといわれた大名だった。母親が家康の侍女で懐妊したため松井松平家の康親《やすちか》に嫁がされたという。家康にはこのような落胤といわれる人が何人かいる。その一人が老中の土井利勝《どいとしかつ》だった。

一年後には大垣城に石川康通《いしかわやすみち》が入り、六年後に亡くなると父親の石川家成《いえなり》が城主になる。その二年後には家成の養嗣子《ようしし》石川忠総《ただふさ》が城主になった。その忠総が大坂の陣の武功で豊後日田《ぶんごひだ》に移封《いほう》されると、元和二年（一六一六）九月に下総関宿《せきやど》から松平忠良《ただよし》が移されて城主になった。

もう大垣城の城主が何人めなのかわからなくなる。

その松平忠良は三河十八松平の久松《ひさまつ》松平家で、家康の母於大《おだい》が再婚した家である。於大は久松家で家康の異父弟を三人産んでいる。その一人の康元が忠良の父だった。

つまり将軍秀忠と今の大垣城主の忠良は従兄弟《いとこ》になる。

その松平忠良の家臣が藤本左太夫で軽輩だが算盤《そろばん》の達人だった。

算盤というものが伝来したのはそう古いことではなく、信長が天下人だった天正《てんしょう》の頃だと考えられている。

その左太夫の勘定方に佐々木《ささき》市之進がいた。ある時、藤本左太夫が勘定方の帳簿に、三百両の公金が不明であることに気づいた。

見逃せばそのまま済んだかもしれないが、左太夫はその不明な公金のことを上役に報告したのがまずかった。大名家の公金は厳重に管理されているが、内密に出金されて使途不明になることがある。

それが不幸の始まりだった。

数日後、いきなり左太夫が捕縛《ほばく》され、公金横領の罪で切腹ではなく斬首《ざんしゅ》になる。

この時、佐々木市之進と藤本綾は、許嫁《いいなずけ》として結婚直前まできていた。だが、この事件で藤本家は断絶し一家離散になった。綾が市之進に嫁いでいれば何とかなっただろうが、たちまち二人の婚約は吹き飛んでしまう。一家を救うため綾は身を売るしかなく、京に出て藤本綾は残された家族のため苦界に身を落とすことになった。

佐々木市之進は左太夫が無実であると信じている。

それは不明な公金があることを市之進は左太夫から聞いていたからだ。

藤本左太夫は市之進に、「この問題には触れるな。お家の醜《みにく》い暗部なのだ。何が起きるかわからないのだから……」といいながら、危険なことを覚悟して公金不明を上申したのである。

左太夫の予見した通りこの問題には触れてはならなかった。

実は使途不明の公金はその三百両だけではなかったのだ。何年も前からでその金高は千両や二千両ではないだろうと左太夫は市之進にいった。どこの大名家にもこういう触れられたくない暗部はあるものだ。

公金がどこにいったのかは一部の重臣たちしか知らない。とても、軽輩の左太夫や市之進には手が届かない問題であった。大垣城は関ケ原の頃には三万石ほど、石川康通がようやく五万石で入り、松平忠良も五万石で次の岡部長盛《おかべながもり》も五万石だった。五万石の時代が続きこの頃も五万石だった。譜代で五万石といわれても五万石はなかったり、五万石といわれても実高は十万石あるなどとバラバラで、大名家はやりくりが苦しいから触れられたくないことができたりする。

寛永十年（一六三三）になって大垣城に松平定綱《さだつな》が六万石で入る。

それでも大垣城は安定せずに二年後の寛永十二年（一六三五）に戸田氏鉄《とだうじかね》が十万石で入ってなんとか安定期に入る。以後、大垣城は明治まで戸田家のものとなった。譜代の大名は外様大名とは違い二、三万石の大名が多く、その台所事情は火の車というところが少なくなかった。

そういうところには大なり小なり公金の問題が起きやすい。

市之進は城下から綾がいなくなると、勘定方から三百両の公金を持ち出してお家から出奔《しゅっぽん》した。それは愛する綾を追って探すためである。佐々木市之進はもう城へ帰るつもりはないし、公金横領の罪で追われる身になった。見つかれば間違いなく殺されるということだ。その前になんとか綾を探して二人で逃げるしかない。

追い詰められた綾がどこに行くかはほぼわかっている。

その市之進は京の島原《しまばら》の遊郭で綾を発見した。武家で育ち絶世といっていいほどの美貌の綾は苦界に落ちて渡月《とげつ》と名乗っていた。その身請金は法外なもので二千五百両という嘘のような値がついていた。

それがわかると市之進は驚愕《きょうがく》し絶望する。

話半分としても千両ぐらいは積まなければ、綾を取り戻すことはできないだろう。城から持ち出した三百両では話にならない。若く美しい綾は天下一の美女という触れ込みで、もう市之進の手の届かないところにいた。

公金横領をして逐電《ちくでん》した市之進は当然追われている。

遊郭に上がって市之進は綾を説得したが、泣くだけで綾は市之進と逃げようとはしなかった。やさしい綾は家族のためもう死んでもいいが、ここから逃げれば市之進まで追われて死んでしまう。

そんな悲しいことに耐えられない。

武家の娘である綾はいざとなれば自害する覚悟はあった。

市之進がお家を捨てて逃げたことを知った綾は、自分を忘れてほしい一心で島原大門から姿を消す。いつまでも京にいたのでは市之進が危ない。自ら望んで高値で売られた綾が現れたのは大阪の新町《しんまち》遊郭だった。

当然、佐々木市之進は綾を追うしかない。

その綾を市之進が大阪で発見した時、京の渡月から源氏《げんじ》物語の夕顔《ゆうがお》と名が変わっていた。その新町からも綾は追われている市之進のことを考えてまた逃げた。

綾が逃げれば市之進が追う。市之進が追えば綾は逃げる。市之進の身辺にはいつも大垣城からの追手の影が見え隠れしていた。

ついにその藤本綾が江戸は日本橋の吉原に現れた。

後を追って佐々木市之進も江戸に現れ、その市之進から公金三百両を取り戻すための討手も江戸に出てきた。もう藤本綾にも佐々木市之進にも逃げるところはない。江戸の吉原はどん詰まりでその先は北の奥州になる。

市之進は綾を連れて追われることのない蝦夷《えぞち》地に入ろうと考えていた。

こういう人たちが最後に行きつくところは江戸しかない。なお北の蝦夷地といっても津軽《つがる》から海を渡ることさえ難しいところだ。松前《まつまえ》あたりに逃げても追われるだろう。そこからなお蝦夷地の奥に行こうと市之進は考える。そこには二人だけの住む場所があるはずだと思う。

そのことを話して市之進は綾に逃げるよう説得する。

だが、綾は足手まといになり奥州や蝦夷地へ行く前に捕まると思っていた。綾を逃がすまいとする吉原の追手と、市之進を殺そうという大垣城の追手に追われる。

その大垣城の追手が警戒しているのは、佐々木市之進と藤本綾が死を決して、江戸の松平忠良に事件の顚末《てんまつ》を訴え出ることだ。

それだけはどんなことがあっても阻止《そし》する。

忠良のいる上屋敷には近づかせない。追手たちは苦界に落ちた綾には訴え出る方法はないはずだと思う。速《すみ》やかに消さなければならないのは市之進の方だ。放置しておけば何をしでかすかわからない危険な市之進である。

その佐々木市之進が江戸に現れたのだからなにがなんでも殺すしかない。

綾が吉原にいると嗅ぎつけた追手が、連日、吉原の椿楼周辺に出没して市之進が現れたら斬ろうとしていた。追手というよりは市之進を殺す討手《うって》であり、大垣城から送り込まれた腕のたつ刺客である。

その討手の目を掻《か》い潜《くぐ》って綾と密会するのは容易ではない。

ましてや二人で吉原から逃げることなど無理だ。綾は市之進がそんな危険な中にいるとわかっていた。吉原から逃げ出しても江戸を出る前に殺される。

刺客たちは決して二人を見逃さないだろう。

「市之進さま、お逃げください。このようなところにおいでになってはなりません。綾のことはお忘れくださいませ……」

綾は京でも大阪でも同じことを市之進に懇願《こんがん》した。

もう藤本綾はこの世にはいない。この世にいるのは遊女の渡月であり夕顔であり花瀬だ。佐々木市之進と二世を誓った藤本綾ではないのだ。市之進に逃げて欲しい。だが、その市之進も逃げ場はなくなっている。二人はどん詰まりの江戸に追い詰められた。

「そなたを忘れることなどできないッ。死ぬときは一緒だ。そう決めたのだ！」

綾が懇願しても市之進は聞く耳を持たない。

「綾はどうすれば？」

「一緒にここから逃げてくれ、どこまでも北へ逃げよう！」

追い詰められた市之進は同じことを繰り返すしかない。綾は逃げるとしてもこの吉原の外に出ることすら難しいと思う。それは市之進も充分にわかっていた。市之進を斬ろうと見張っている討手もいれば、吉原には女たちが逃げないように警戒している忘八《ぼうはち》がいる。

易々と逃げられないのが吉原の遊郭なのだ。

佐々木市之進の算盤の腕は相当なものだが剣の方はほとんど自信がない。といってからっきし剣を使えないというのでもない。人並みに刀を振り回すことぐらいはできる。だが、腕のいい選ばれた討手たちを蹴散《けち》らせるものではない。

「いいか綾どの、死ぬときは一緒だからな。来世には幸せになれる。また来るからいつでも逃げられるように支度《したく》をしておいてくれ！」

「市之進さま、死なないで……」

「綾どの、わしは簡単には死なぬ。また来る！」

どんなに愛し合っていてもこうなっては二人には未来がない。もし万に一つ、二人に残された道があるとすれば蝦夷地の奥深くに逃げることだ。あとは生まれかわる来世だけしかない。なかなか逃げ切れるものではなかった。

その悲しい運命に二人は必死で抗《あらが》っている。

頰《ほお》かぶりをした市之進が椿楼から出ると、刺客と思われる二人の武士が市之進の後をつけた。それに気づいた市之進がさっと物陰に身を隠す。

「逃げたぞッ！」

「向こうに回って挟《はさ》み撃《う》ちだ！」

二人の武士が暗い路地を東西から挟み撃ちにする。

吉原の細い路地に入って逃げ切れないと思った市之進が刀を抜いた。どちらか一方を斬ってなんとか逃げ出すしかない。ここで死ぬわけにはいかないのだ。

「佐々木市之進ッ、うぬが隠れているのはわかっている。角田武左衛門《かくたぶざえもん》だ。出て来いッ！」

「角田……」

角田武左衛門といえばお家切っての剣の使い手。

とてもとても市之進が戦って勝てるような相手ではない。家中に武左衛門ありといわれるほどの一刀流の剣士だ。年は三十を過ぎたばかりで兎《と》に角《かく》強いといわれている。そんな刺客と戦って勝てるはずがない。もう一人が誰なのかはわからなかったが、武左衛門と似たような剣士だろう。もはやこれまでだ。

その時、市之進は袖をつかまれて家の中に引きずり込まれた。

「シーッ！」

薄暗い灯りの中で袖を引いた女を見る。色白でぞっとするほどの美人だ。

「お前さん、あのお武家に斬られるよ。ここでしばらく静かにしているんだ。行っちまうからさ、そのぶっそうなものは仕舞っておくれ……」

市之進は黙ってうなずくと刀を鞘《さや》に戻した。

「角田殿、市之進はここにはいない。逃げたようだが？」

「確かに、この路地へ入ったように見えたのだが、もう一度、周辺も探してみよう！」

討手の話し声がすぐ近くから聞こえる。戸を開ければすぐそこには恐ろしい武左衛門が立っているはずだ。危機一髪。

美女と市之進は息を潜めて外の音に耳を傾ける。すると足音が遠ざかって行った。

「もうしばらく待ちなさい。あの二人はまだ近くにいるから、半刻（約一時間）もすればあきらめて吉原から出て行くだろうよ」

「すみません……」

「若いのに追われているんだね。そんな悪いことをしたとも思えないが？」

「はい……」

「お前さん、佐々木市之進というのかい？」

「そうです」

美女は武左衛門が大声で呼んだ名前を聞いていた。

「この吉原に馴染《なじ》みがいるとも思えない若さだが、事情があるなら聞いてあげるよ。力になれるかはわからないけど、足抜けぐらいなら手伝ってあげる？」

「あのう、あなたさまのお名前は？」

「あなたさまの名前？」

美女がニッと人懐《ひとなつ》っこく笑った。年は市之進よりだいぶ上だが、さすがに吉原の女で色の白い美人だ。

「あなたさまの名前といわれるほどのものは持っちゃいないがね、昔は西田屋の夕霧《ゆうぎり》なんて名乗って羽振りもよかったんだが、今はお吟《ぎん》と呼んでくれるかい。忘れてしまいそうな本当の名前さね」

吉原一の美女といわれた夕霧の姿がまだ吉原にあった。

もう遊女をやめて吉原の片隅で暮らしている。さすがに選び抜かれたその美貌は衰《おとろ》えていなかった。市之進がぞくっとしたのもあたり前だ。

「夕霧のお吟さん……」

「もう夕霧はいらないよ」

「お吟さん……」

「うむ、お前さん、可愛《かわい》いね。こんなところに来ちゃいけないよ」

叱るようにいう。

長い間、吉原一の美女といわれた夕霧だった。コホコホと乾いた咳《せき》をする。

病に侵されて時々血を吐くこともあった。もう客を取れる体ではないが、月に一、二度は惣名主《そうなぬし》の庄司甚右衛門が会いに来る。夕霧は病のためずいぶん痩せていた。透き通るような肌の白さで、その美貌は気品に満ちていたが笑顔は寂しそうだった。

今でも西田屋の甚右衛門が夕霧の面倒を見ていた。

この家も甚右衛門が買い与え医師を通わせている夕霧の吉原の中の家だった。陽当《ひあ》たりのいい海辺に出られるようにと甚右衛門が選んだ。夕霧は医師からも気分のいい時は少し歩きなさいといわれている。吉原に売られてきて何年になるだろうか。

甚右衛門が来ると夕霧は甘えた。

「旦那さま、夕霧を抱いてくださいな……」

「うむ、そうしよう。お前はわしの女房なんだから……」

「はい……」

夕霧と甚右衛門のそんな関係はもう四年になる。

二人の間には奇跡的に授かった子どもがいて西田屋で育てられていた。産後に夕霧が病を発症したため母子は会うことができない。その子はもう六歳になる男の子で甚右衛門の跡取りなのだ。夕霧が甚右衛門のために命をかけて産んだ子である。楼主の甚右衛門と遊女である夕霧の禁断の子であった。

会いたくなると夕霧はふらふらと、西田屋の前に行って遠くからわが子を見ている。

それだけで幸せだった。

薄暗い灯りの中で、お吟は白粉《おしろい》を塗ったように顔が白く、何んとも凄《すご》みのある美人だと市之進は思う。コホコホと咳をするのを見て病は重いのではと思った。

そんなお吟が足抜けなら助けてあげるという。地獄に仏というが地獄に観音菩薩《かんのんぼさつ》さまだ。

「こんなところに逃げてくるくらいだから事情があるんだろうけど、吉原を甘く考えちゃ駄目だよ。ここは女が命を削って生きているところだからね」

「はい……」

「お前さん、好きな人が遊女になっちまった。そんなところだろ？」

市之進は驚いた顔でお吟をみつめた。ズバリ的中。

「やっぱりそうか、この吉原ではよくある話なんだ。近頃この吉原に来たお武家の娘さんか、お前さんが誰のところに来たのか当ててみようか？」

「お吟さん……」

「近頃、椿楼に入った花瀬じゃないのかい。こんなあたしだから廓《くるわ》には近寄れないが、お武家の娘で飛び切りだと聞いたからね。二人で逃げたいんだろ？」

市之進は驚くことばかりだ。

「聞くところによると花瀬の身請けは千両だそうだ。夕霧以来の千両だと評判なんだよ」

夕霧とは自分のことだがお吟は他人事《ひとごと》のようにいう。

どんなに美しい夕霧でも千両以上の小判を積む大尽はいなかった。何人か身請けの話はあったが千五百両と聞くと破談になった。おそらく甚右衛門が夕霧を誰にも渡したくなくてそんな高値をいっていたのだろう。今のお吟はそんなふうに考えている。その甚右衛門の子を産んだのだから満足だ。

「吉原は広いようで狭い、狭いようで広いという不思議なところだ。お前さんは花瀬の許婚じゃないのかい？」

市之進は夕霧をにらんで小さく頷いた。

「そうかい。心底好きなら命がけで貫くんだね。どこから来たか知らないが吉原まで追ってきたんだから、花瀬のためなら命なんかいらないだろ、後悔しないように生きるんだ。助けてあげるから……」

お吟は草履《ぞうり》を引っ掛けて立って行くと、しばらく外の気配を聞いて戸を少し開けて路地を覗《のぞ》いた。そこは暗いが白い道で人影はどこにもない。華やかで騒々しい吉原にもこういう静かな場所がある。

「もう、誰もいないようだ。ここを出たら左に行くと海だ。その道を海沿いに行けばいい。太い松の木の路地を左に曲がれば吉原の外に出る。捕まるんじゃないよ」

「お吟さん、ありがとう」

「気をつけて行くんだよ市之進さん……」

「はい……」

市之進は路地に出ると海に向かった。

軒の暗がりを頼りに行くと、路地の出口でばったり討手の一人と出合い頭《がしら》にぶつかりそうになった。いきなり刀を抜いた市之進が斬りつける。

一瞬早く市之進の刀が討手の胴を貫いた。

「お、おのれ市之進ッ！」

討手も刀を抜いたが力なく膝《ひざ》から崩れて前のめりに倒れる。そこを見廻《みまわ》りの忘八に見られた。

「てめえッ、辻斬《つじぎ》りだなッ！」

市之進が逃げると忘八が追ってきた。

「辻斬りだッ！」

松の木の路地に飛び込むと、身を潜めて走ってくる忘八の前に飛び出した。

「辻斬りッ！」

その瞬間、市之進は忘八を袈裟《けさ》に斬り倒した。

身をひるがえすとお吟が教えてくれた出口から、吉原の外に飛び出して家並みの暗がりに消えた。

この事件で吉原は忘八たちと討手が入り乱れて騒ぎになった。

あまり騒々しいのでお吟は市之進が捕まったのかと思い、外に出てみたがそうではないようなのですぐ家に戻って横になった。

お吟の病は重く動くとすぐ疲れる。

市之進と花瀬のことを考えいつまでも眠れないでいた。夕霧もこの吉原から逃げたいと思ったことがある。市之進のような男がいたら、夕霧は死んでもいいから逃げていただろう。だが、そんな男はいなかったし現れることはなかった。

カタッと音がして惣名主の甚右衛門が顔を出した。

「この辺りで騒ぎがあったようだな？」

「ええ……」

「侍と忘八が斬られた。辻斬りだそうだ」

「死んだの？」

「うむ、二人とも……」

「旦那さま、抱いてくださる？」

「外が騒々しいぞ」

「気にしないから……」

「そうか……」

甚右衛門が着替えるのを夕霧が手伝った。

「長次郎《ちょうじろう》は元気だ」

「はい、昨日、見に行きました。大きくなって腕白《わんぱく》そうでした」

夕霧に戻って後ろから甚右衛門を抱きしめる。女を食い物にしている憎んでも憎み切れない吉原の絶対権力者。だが、長次郎を産ませてくれた愛しい人でもある。そんな複雑な気持ちが夕霧の中にある。

「旦那さま、夕霧は長次郎が生まれて幸せです」

「もう一人どうだ？」

「うん、大丈夫かしら……」

「元気そうじゃないか、まだ二、三人は大丈夫だろう」

「旦那さま……」

夕霧は本気でもう一人産みたいと思う。そのためならもう命はいらない。

だが、夕霧は重い労咳《ろうがい》に憑《と》りつかれていて今や子が授かる見込みはなかった。奇跡的に長次郎が生まれたのはその病がまだわからないころだ。夕霧はいたって元気だったが先に不安を感じて甚右衛門に子が欲しいとねだった。すると甚右衛門は「わしの子でいいか？」と聞いて夕霧を抱いた。そんなことがしばらく続いて、夕霧は懐妊し無事に長次郎を産んだのである。

夕霧の幸せといえばそれだけである。

その頃、奉行所の見廻りが吉原にきていた。林倉之助と大場雪之丞の二人だった。

吉原でも辻斬りが出たとなると穏やかではない。

だが、奉行の勘兵衛と惣名主の甚右衛門の強い信頼関係があって、事情を聴いただけで奉行所の役人は深入りをしない。吉原のことはできるだけ吉原の惣名主に任せる。どんな事件なのかわからないと困るからだ。忠次郎と紅椿の事件があったばかりで、奉行所はその時もあまり深入りをしないで決着させた。

ことに武家が斬られたとなると厄介なことになりかねない。

武家が辻斬りにやられるとは油断である。ましてや吉原で斬られたとなると不名誉なことだ。得体《えたい》のしれない浪人が斬られたのとは話が違う。主人持ちの武家を調べることは奉行所でも難しかった。どこの大名も旗本も不祥事で名を表沙汰にはしたくない。

市之進を闇から闇に葬《ほうむ》りたい討手たちも、事件を表沙汰にはしたくないという事情がある。斬られた武士は角田武左衛門たちが引き取り、若い忘八で斬られた風太《ふうた》は惣吉がきて引き取った。

吉原内のことはできる限り惣吉たちが決着をつける。

どうしてもの時は奉行所の力を借りるが、惣名主と忘八が奉行所の手を煩《わずら》わさないように考えた。日本橋から吉原が浅草田んぼに移転して、新吉原になると整備されて吉原大門を入ると、左手に面番所というものが置かれて、同心やご用聞きが交代で常駐するようになる。

右手には四郎兵衛《しろべえ》会所《かいしょ》というものが置かれる。

この会所は吉原の遊女が外へ出ないように、吉原に出入りする女たちを手札などで厳しく管理していた。新吉原《しんよしわら》は日本橋吉原の二町四方から四町四方に拡大したため、決まりごとも厳しくなったということである。その浅草の新吉原でも惣名主は庄司甚右衛門だった。

「辻斬りというのは誠《まこと》か？」

「へい、風太がそう叫んだようですが、お武家の喧嘩《けんか》を勘違いして巻き込まれたということで……」

惣吉は辻斬りではなく、武家の喧嘩沙汰にして騒ぎを終いにしたい。

吉原は色里《いろざと》だから斬り合いなどという、無粋《ぶすい》なことは似合わないところなのだ。こんな場所での刃傷沙汰《にんじょうざた》には誰も見向きもしない。甚右衛門はいつもの通りと始末を惣吉にいいつけた。

「そうか、吉原の女をめぐる喧嘩か？」

「へい、そんなところではないかと思いやすんで？」

奉行所の同心と忘八たちが路地で話しているのを、惣名主の甚右衛門と夕霧は抱き合って聞いていた。すぐ近くでの事件だから気が散る。

「厄介な辻斬りだな……」

「旦那さま、気を散らしちゃ嫌でございますよ」

「お前は見ていないのか？」

「寝ていましたから、旦那さまったら……」

夕霧が甚右衛門の首にむしゃぶりついた。人の恋路を邪魔する、なんと野暮な役人かと、恨みながら夕霧は折角の一夜をぶち壊しにされた。病の夕霧はもう何度甚右衛門に抱いてもらえるかわからない。もう気を行かせると激しく呟き込んで甚右衛門を心配させた。

そんなになりながらでも愛する甚右衛門には抱かれたい。

燃え尽きようとする夕霧の命を削る愛だった。吉原一ということは天下一ということだ。その天下一の美女が燃えに燃えて命を終わらせようとしている。それを知る甚右衛門は抱いたまま夕霧の命を絶とうかと考えたことがあった。庄司甚右衛門は小田原北条家の家臣で立派な武家である。夕霧の心の臓を一突きにすることぐらい容易《たやす》いことだったがそうはしなかった。苦労だけを背負って生まれてきたのだから、燃え尽きる夕霧の命を甚右衛門は大切にした。

夜が明けると、林倉之助と大場雪之丞は奉行所に戻って、吉原で起きた真夜中の辻斬り事件の詳細を半左衛門に報告する。

「吉原で辻斬り？」

「何か吉原に恨みがあるのかと思いましたがそうではなかったようです。男と女のもつれ話が掃《は》いて捨てるほどあるのが吉原ですから……」

「そうだな。それで惣吉は何んだと？」

「心当たりがないということです。ただ少し気になるのは斬られた二人の傷口ですが、どうも辻斬りというほどの手練《てだ》れの剣とは思えません」

「やはり女を取り合う喧嘩なのだろう。近頃はそんな腑《ふ》抜《ぬ》けが多いと聞くからな」

「はい……」

林倉之助は小野派一刀流を使う剣客だ。刀の切り傷を見るとどのように剣が走ったか見当がつくし、その剣がどのような使い手によって振り下ろされたかわかる。倉之助が見たところ腕はなまくらだろうと思う。

驚くような大きな切り傷ではなかった。

その傷は深くもなく鋭くもなかった。ただ、斬られた場所が悪く首から出血がひどかったと、倉之助は半左衛門に調べた詳細を報告した。

「相わかった。お奉行に申し上げよう」

半左衛門はこういう事件はすぐ終わりにしたいと思う。

勘兵衛は遅い朝餉《あさげ》を取っていたが、半左衛門の顔を見ると椀《わん》と箸《はし》を置いた。

「食事の最中に……」

「構わぬ。事件だな？」

「はッ、吉原に辻斬りが出ましてございます」

「吉原に？」

「はい、武家が一人、忘八が一人、二人が斬られ二人とも落命しました」

「その武家は客か？」

「はっきりしませんがおそらくは。すぐ同僚に引き取られたとのことでどこの誰かもわかりません」

「同僚が吉原に？」

勘兵衛は吉原で武家が斬られるとは珍しいと思った。同僚がいてすぐ引き取られたとは手回しが良過ぎるから、おそらく辻斬りではなく仲間内の斬り合いだったのではないかと思う。

吉原に出る辻斬りなどこれまで聞いたことがない。

女の取り合いか何か女がらみで、吉原で刃傷沙汰が起きたということだろう。

だが、勘兵衛はフッと何か引っかかるものを感じた。それは忘八まで斬られたということだった。吉原で忘八が斬られるなど面妖《めんよう》なことだ。忘八はそんな武家の喧嘩なら口出しも手出しもしない。勘兵衛の鋭い勘はおかしいと感じていた。

甚右衛門が始末することだろうから、深入りはしないが調べてみようと思う。

「お澄、藤九郎を呼んで来てくれ……」

「はい！」

「半左衛門、長兵衛はいるか？」

「はい、呼んでまいります」

勘兵衛がまた食事を始めた。傍《そば》に喜与が座って忙しい勘兵衛を見ている。朝餉もゆっくり取れないことが時々あるのだ。夜に起きる事件が多いから朝から騒々しいのは慣れていた。

「忘八が殺されるとはおかしな事件だ。腕の立つ藤九郎と長兵衛に当たらせてみるか？」

「はい……」

喜与が小さくうなずいた。

近頃の喜与は奉行所のことを色々覚えて、忘八といえば何のことかわかるようになった。それが良いこととは思わないが奉行所の仕事に、それなりに興味を持つことは仕方ない。奉行所の奥は静かだが事件が起きると、与力や同心たちが急に騒々しくなるから奥からも事件だとわかる。

この頃の吉原には花魁《おいらん》とか太夫という遊女の格付けはまだなかった。ただこの後の明暦の大火の頃に大夫が三人いたとはいう。ちなみに格子六十七人、局三百六十五人、散茶女郎《さんちゃじょろう》六百六十九人、次女郎千四人などという記録が残されたともいう。二千人を超える美女が日本橋吉原の二町四方にいたことになる。

そういう遊女の格付けがはっきりするのは、日本橋から浅草田んぼに移転してからのことで、万治《まんじ》年間（一六五八～六一）には二、三人の太夫と、高価で格の高い花魁ができる。読み書きができて和歌なども詠《よ》める教養を持った遊女は、楼主が幼い頃からそのように育てて花魁にする。つまり吉原も商売だからより高く売れる遊女を作った。

椿楼の花瀬は武家の娘だから花魁でも太夫にでもなれる。

この吉原の辻斬り事件の真相を知っているのは、吉原一の美女花瀬とかつての吉原一の美女夕霧の二人だけだ。佐々木市之進は逃げてどこかに姿をくらまし、とうぶんの間は吉原に現れないだろう。今度、刺客に見つかれば必ず殺されるからだ。今回は偶然にもお吟に助けられて幸運だったというしかない。

勘兵衛は単なる辻斬り事件や、喧嘩ではなさそうだと気づいたのである。

多くの事件を扱ってきた奉行の勘兵衛には、何かおかしいという気配を感じる時があって、そのかすかな勘を勘兵衛は大切に考えてきた。そのことによって悪党のほんのわずかな隙《すき》をこじ開けることがあった。

事件というのは所詮《しょせん》人が起こすことだから、どこかに必ず油断というものが生じる。

その油断が悪党の命取りになることが多い。どんなに名人上手といわれても魔がさすとか、うっかりするということはありがちなのだ。そこを探して勘兵衛は斬り込んでいくのだ。一撃で悪党を仕留めるにはそれしかない。悪党の方も用心に用心をして仕事にかかる。油断が命取りになることぐらい知っている。

朝餉が終わると青木藤九郎と本宮長兵衛が現れた。

二人は北町奉行所きっての強い剣客だ。藤九郎は神夢想流居合を使い長兵衛は柳生新陰流を使う。

二人一緒なら五人や十人を相手にしても負けない。

「藤九郎、吉原に辻斬りが出たというのだが少々おかしな話だ。わしが気になるのは斬られた武家を引き取った武士の一団だ。辻斬りなどではなく吉原で何かもめ事が起きているように思う」

「はい……」

「始末は惣名主に任せて深入りはしないが、どんな事件なのか真相ぐらいは知っておきたい。それとなく調べてみてくれ、手掛かりは惣吉だろう。忘八が一人斬られた」

「はッ、畏《かしこ》まりました」

「早速だが今夜から二人で吉原を見廻ってくれるか？」

「はい……」

「吉原に詳しい幾松を使って良い」

「承知しました」

藤九郎は勘兵衛が武士団の正体を突き止めろといっているように思う。

刀を振り回す武家が絡むとこういうことになるから困るのだ。吉原で問題を起こす武家はにらみ据《す》えておく必要がある。吉原といえども江戸の内で勝手な真似《まね》はさせないということだ。こういう大名や旗本をにらむ仕事は後の大目付の仕事だが、まだ幕府の組織はそこまで整備されていないから、町奉行の勘兵衛がしなければならない。

家康から江戸を頼むといわれたのだから勘兵衛の生涯の使命である。

この事件で勘兵衛は惣名主に聞こうかとも考えたが、人が死んでいることでもあり藤九郎に調べさせようと思った。

というのは近頃、幕府内では江戸城に近い日本橋に、吉原という遊郭を置いておくことは、いかがなものかと気にする幕閣が出始めていた。二千人もの美女が江戸城の傍に集まりつつあるのだから、当然といえば至極当然なことであった。

幕閣はことのほか風紀の紊乱《びんらん》を嫌っている。勘兵衛もその幕閣の一人であり、もしこの事件を城中で聞かれた時に答えられないのでは困る。

浪人ではなく武家が斬られたということは間違いなく、大名家か旗本がかかわっていることは明白だ。老中の耳にでも入れば勘兵衛が呼ばれる。それから調べるのでは遅すぎると考えた。

それにこの頃は人気の出雲《いずも》の阿国《おくに》にあやかって、女歌舞伎という芸人が増えてきていた。京ではことのほか出雲の阿国は人気だという。

そのため、女歌舞伎は風紀を乱すとして幕府が警戒、京では女歌舞伎に変わって若衆《わかしゅ》歌舞伎という未成年の芸人ができ始めてもいた。

九年後の寛永六年（一六二九）に幕府は女歌舞伎の上演を禁止にする。

だが、この子どもの演じる若衆歌舞伎もわずか二十三年で禁止され、野郎歌舞伎という成人男子の上演だけが許された。

幕府は吉原や芝居などで江戸の風紀が乱れることを非常に嫌がっている。

その風紀を整えるのは町奉行の勘兵衛の管轄になっていた。

吉原の混乱は勘兵衛にとっては最も困ることだ。江戸のことは北町奉行の米津勘兵衛と、南町奉行の島田弾正忠《だんじょうのちゅう》の責任ということである。

南町の島田弾正も就任から七年が経《た》って猛烈に忙しくなっていた。

こういう時の勘兵衛の手配は素早かった。

藤九郎ならうまく収めるだろうと思う。いざとなれば藤九郎の居合が武士団の五人や十人は密《ひそ》かに斬り捨てる。表沙汰にできない大名家や旗本のため、藤九郎と長兵衛なら闇から闇に葬り去ることができる。そのあたりのことも充分に考えての二人の起用であった。

勘兵衛は江戸のためならそういう汚れたこともやる。

江戸の治安を守るということは綺麗ごとだけではすまない。藤九郎は勘兵衛のそんな考えを理解していた。米津家の家臣であり奉行の内与力であれば、そういう汚れ役を引き受ける覚悟はいつでもできている。

「藤九郎、例の浪人に化《ば》けた方が怪しまれないのではないか？」

「はッ、畏まりました」

勘兵衛は藤九郎の浪人姿を気に入っている。

薄汚い浪人だがそれでいて強いのが居合の藤九郎だ。そんな藤九郎を妻のお登勢はおかしくて仕方がない。襤褸《ぼろ》でもできるだけさっぱりとさせたい。それは剣士の妻の密かな愛情であった。お登勢は平気で襤褸浪人になれる藤九郎を大好きだ。だから力を入れて浪人を作ってやる。

「長兵衛、お前も浪人に化けろ……」

半左衛門が命じた。

「承知しました」

長兵衛は奉行所を飛び出すと、八丁堀の役宅に戻り急いで浪人に変身する。

急な話だからうまく作れるかだ。

「お鈴《すず》、これから吉原に行く、着替えるぞ。襤褸の着物はあるか？」

「はい、吉原ですか？」

長兵衛が急に帰ってきてそんなことをいい出しお鈴が困った顔をする。

「何を見ておる、仕事だ。吉原の見廻りだ。どこかに浪人が着るような着物はないか。母上、急いでもらいたいのだ」

「急にいわれても、浪人の着物などと……」

長兵衛の母親お久《ひさ》が大慌てで簞笥《たんす》を探す。あれこれ引っ張り出してみる。

「お父上の襤褸でもいいのですか？」

「上等だ。あちこちに継ぎはぎをしてくれ、お鈴、急げ！」

長兵衛の妹お純《すみ》は嫁いでしまった。

父親の喜十郎《きじゅうろう》まで慌てて襤褸の着物を探す。あれこれ長兵衛に古着を着せてお久とお鈴がクスクス笑う。父の喜十郎より長兵衛はだいぶ背が高い。

「笑っている暇はないのだ、無礼者が。これから吉原の辻斬りと戦うのだぞ。真面目にやってくれ……」

叱られてお鈴はクスッと笑う。剣の強い長兵衛が負けるとは思っていない。それよりも、吉原の女に袖を引かれるのではと、妻としてはそっちの方がよほど心配なのだ。

「長兵衛、吉原の女に手を出すんじゃありませんよ」

お鈴の心配を代弁するようにお久がいう。

「母上、吉原に上がるようなお足をそれがしは持っておりません」

「そんなものなくても、お前はいい男だから袖を引く女がおりましょうほどに
……」

「カッ、母上には言われたくないお言葉です、な、お鈴……」

お鈴が口を押さえてクックックッと笑った。そんな冗談をいっている暇はないのだ。

奉行所へ取って返して居合の名人と吉原に行く。ことと次第によっては本当に吉原に泊まることになる。

「お鈴、刀だ！」

「はい……」

お鈴は長兵衛に両刀を渡す時、帯に挟んだ一両をそっと長兵衛の手に渡した。ニッと微笑《ほほえ》んだお鈴は「遊んでもいいよ」といっている。こういうところがお鈴のいいところで男は大いに泣けるのだ。

そんなお鈴を見て、吉原がどんなところか知っているのかと、聞きたいのが真面目な長兵衛である。一両でも間に合うかどうかわからない。それでもお鈴がい

つもより可愛いと思う。思い切り抱きしめてやりたくなる。

　一方の藤九郎は慣れたもので、お登勢がてきぱきと浪人に変装させる。

「朝には戻ってくるつもりだが、場合によっては戻れないこともある。起きていることはないぞ」

「はい……」

「髷《まげ》もぼさぼさにしていい、できるだけ痩せ浪人らしくくだ」

「はい……」

　藤九郎の浪人姿はいつもなかなかのものだ。それを見てお登勢は袖で口を押さえニッと笑う。よくできたと思う。だが、何もいわない。

「おかしいか？」

「いいえ、お似合いでございます」

「そうか……」

　その頃、神田の幾松と寅吉も半纏《はんてん》を着て職人に化けていた。

「お前さん、危ないことしちゃ駄目だからね？」

「心配ない、藤九郎さまが一緒だから……」

「うん……」

お元がニッと微笑むと幾松がとろけてしまう。

幾松の女房のお元は吉原の遊女だった。その遊女に幾松と鬼屋の万蔵が惚れた。幾松は鬼屋で働いている職人だった。当然、万蔵に取られても仕方なかったが、その遊女は万蔵ではなく幾松に惚れたのである。女房を持てない男が多い中、幾松は運よく弁天さまを手に入れた。

遊女からお元に戻って幾松の女房になった。

そのお元が小間物屋を始めたことで、幾松は親分と呼ばれるご用聞きをやっていられる。恋女房とは神田の幾松親分の女房お元のことだ。

「女将さん、あっしは？」

「寅吉、お前も危ないことをするんじゃないよ」

「へい、長兵衛さまと一緒ですから……」

「そうかい……」

そっけなくいわれても寅吉はうれしい。

その頃、城から下がった勘兵衛を、吉原の惣名主庄司甚右衛門が訪ねてきていた。こういうところが勘兵衛と甚右衛門の呼吸で信頼の強いところだ。

第十四章　夕霧の恋

「この度はまた、お奉行さまにご厄介をおかけいたします」

「うむ、二人を斬った男の心当たりはあるのか？」

「ございません」

「斬られた武士を引き取った侍たちのことはわかっているのか？」

「いいえ、そちらもわかっておりません」

　甚右衛門がいうことは正しかった。二人を斬った佐々木市之進が花瀬の客だったことも、斬られた武士を角田武左衛門が素早く引き取って、双方が吉原から消えたことも、見たのは一人の忘八だけだった。

　その忘八が角田には誰何《すいか》したのだが答えなかった。

　事件の状況を甚右衛門は勘兵衛に話し隠し立てはしない。

「本当に辻斬りなのか？」

「斬られた忘八がそう叫んだということですが勘違いのようでございます」

「勘違い？　おかしいと思わないか？」

「はい、斬られた侍は数日前から吉原で見かけておりました。惣吉たちが見ております」

「ほう、客としてか？」

「いいえ、廓に上がってはおりません」

やはり勘兵衛はおかしいと思う。

廓に上がらず武家が吉原でウロウロしていたことになる。

「どういうことだと思う？」

「誰かを探していたということでしょうか？」

「探し当てたが斬り合いになったか？」

「いいえ、斬られた方は刀を抜いておりません。それで、林さまと大場さまも辻斬りと思われたようです」

「刀を抜く間もなく斬られたか、出会い頭だな？」

「そのように思われます」

勘兵衛が事件の裏に何が隠れているのかを考えた。

女の取り合いなどという温《ぬる》い話ではないかもしれない。どこの家中かわからないが相当深刻なことが起きているように思う。斬られた方は数日前から吉原で誰かを待ち伏せていたことになるからだ。つまり油断した刺客の方が斬られたことになる。

なんとも嫌な予感がする。

「吉原のいざこざと見られてはまずい」

「はい、申し訳ございません」

「奉行所からは青木藤九郎を出して調べさせるが、場合によってはすべて斬り捨てて闇に葬《ほうむ》る。いいな？」

「はい……」

勘兵衛の断固とした決断だ。

今の江戸は女の数が少なく吉原を潰《つぶ》すことはできない。家康が考えた駿府の二丁町のような遊郭は必要だと勘兵衛は考えている。江戸の男女比があまりに偏《かたよ》り過ぎて、男五人に女一人では何が起きるかわからない。

世の中が男ばかりで女がいないと殺伐《さつばつ》としてくる。

そんな偏りを緩和するのが吉原だ。勘兵衛は男ばかりが集まって巨大化する江戸は危険だと思う。そう古いことではないが、戦場にさえ春を売る女たちが出没した。その中には敵の女間者がいて女を買った武士が、首を取られることもあったという。そのため身分のある武将たちは売女を買わず可愛い小姓を連れていた。敵を殺し血に酔うとその興奮を鎮《しず》めなければならないからだ。

戦場では冷静でないと危ない。

勘兵衛は江戸が大きくなり人、物、銭が動き出せば、やがて女たちも徐々に増えてくると思う。それまではどうしても吉原のようなところは必要だ。一対一とは行かないまでもそこに近づいてくればいい。ところがこの人口問題は難しく吉原は幕府が倒れてからも残り続ける。

「駿府の二丁町は権現《ごんげん》さまでも失敗なさった。女の扱いはことさらに慎重にやらないと江戸が混乱してしまう」

勘兵衛はそう言って自分を戒《いまし》めてきた。

富士山を大好きだった家康は、今川家の駿府城を大きく改修し、巨城を建てるため多くの職人や商人たちを駿府に集めた。

その時、問題になったのがやはり女が少ないことだった。

男を集めればどうしても女が必要になるが、その女も五人や十人ではどうにもならない。そこで家康はそんな男たちの労をねぎらう意味もあって、京や大阪から遊女や女歌舞伎を大量に呼び集める。ところがあろうことか男たちは、その女たちをめぐって引っ切り無しに争いを起こす始末だった。

そのいざこざが絶えないため見かねた家康が、女たちを駿府から追放してしまう。

こうなると途端に男たちは殺伐としてくる。すると百姓の女房や町家の娘を押し倒すようなことも起きてしまう。家康の大失敗である。そこで家康の鷹匠《たかじょう》だった伊部勘右衛門《いべかんえもん》が職を辞し、家康に遊郭を作りたいと願い出る。

その願いを家康は許した。

すると勘右衛門は自力で安倍川《あべかわ》の近くに一万坪の土地を求め、生まれ故郷の京の伏見《ふしみ》から女や人を集めて、自分も伏見屋という遊郭を始めたのである。これが家康公認の遊里の始まりで築城の男たちが殺到し大繁盛、そこへ北条征伐で戦いに敗れた庄司甚右衛門が現れて遊女の仕事をする。

その甚右衛門が江戸に出てきて幕府に遊里の開設を願い出たのである。

家康公認の遊里を幕府は駄目だとはいえず許可、道三河岸《どうさんがし》に駿府と同じ二町四方の土地を与えると、駿府の遊里から遊郭の一部が江戸に引っ越してきた。それが日本橋吉原であり駿府に残ったのが二丁町なのだ。

その庄司甚右衛門の吉原に、最初からかかわったのが北町奉行の米津勘兵衛だった。

勘兵衛は決まりを定めて順守を約束する。

一つ、客の連泊は許さない。一つ、騙《だま》されて連れてこられた娘は親元に帰す。一つ、罪を犯した者が来たら奉行所に申し出るの三か条である。これは勘兵衛が定めた単純明快な最低限度の決まりであった。この程度の約束が守れないようなら吉原を撤去させるということだ。

以来、勘兵衛と甚右衛門の信頼が築かれてきた。

その二人が今回の事件のことを話していると、うまい具合に浪人に変装した藤九郎と長兵衛に、ご用聞きの幾松が寅吉を連れて現れた。吉原ではあまり好かれない痩せ浪人である。長兵衛は懐《ふところ》にお鈴の二両を入れていたが、この恰好《かっこう》では袖を引っ張られる心配はなさそうだ。

藤九郎と長兵衛の恰好は少々滑稽《こっけい》でさえあった。

隠密《おんみつ》回りの同心は、こういう恰好を好んでするが、藤九郎は時々で長兵衛は初めてだ。

物名主の甚右衛門と奉行所を出た四人は、吉原に近づくと一人ずつバラバラになって吉原に入った。斬られた侍の仲間が吉原を見張っているかもしれない。甚右衛門は西田屋に戻り、四人は吉原の各入口に散って中に入った。

明るいうちから気の早い客が吉原をウロウロしている。なかなかの客である。その中から藤九郎がひょいと西田屋に入ってきた。

「惣吉、陽《ひ》が暮れたら青木さまを昨夜の事件の場所に案内してくれ……」

「へい……」

「斬られた忘八の遺骸《いがい》はどこにある？」

藤九郎が惣吉に聞いた。

「裏の物置に棺桶《かんおけ》に入れて置いてあります。傷を見ていただこうと思いまして……」

「よし、見てみよう」

藤九郎がどんな傷なのか気にしていた。傷を見れば色々なことが想像できるからだ。

惣吉が薄暗い物置に灯りを入れて、蓋《ふた》を取って藤九郎は棺桶の中の遺骸を調べる。左の首から右の脇腹に袈裟《けさ》に斬り下げた傷だ。

力まかせで斬った傷は深く致命傷は首だろう。

肩の骨に斜めに当たっていて、斬った刀は刃こぼれしているかもしれない。

正面から斬られた傷でそんなに鋭《するど》い剣ではないがざっくりと開いた傷だ。何度も人を斬った剣ではないだろうと藤九郎は見た。

「惣吉、斬られた武士の遺骸は見たか？」

「へい、ちらっとですが見ました」

「傷は見たか？」

「いいえ、見ておりません」

「刀を抜いていなかったそうだな？」

「鞘から五寸（約一五センチ）ほどは抜いていましたが、抜き切ってはいませんでした」

「そうか、何か気づいたことはあるか？」

「へい、五人の武士を率《ひき》いていた大将は角田という武家です。侍たちがそう呼んでいましたから……」

「角田、言葉訛《なま》りはなかったか？」

「そういえば気づきませんでしたが、上方ではないかと思います」

「上方……」

「へい、箱根より西の尾張とか、近江、美濃辺りではないかと？」

「斬った男にはまったく心当たりはないのか？」

「はい……」

「どこの廓に入ったかもわからないか？」

「はい、ただ武士が数人、椿楼を見張っていたようだという者がおります」

「椿楼？」

「斬られた男も椿楼の前にいたそうです」

「その椿楼に変わったことは？」

「格別には……」

「後で斬られた場所と椿楼に案内してもらおうか？」

藤九郎は辻斬りが椿楼から出てきたのではないかと思った。死臭のする物置から出ると惣吉と甚右衛門の部屋に入った。

「いかがでございました？」

「うむ、それほど鋭い斬り傷ではない。初めて人を斬ったのではないかと思う。おそらく力まかせだな」

「なるほど……」

元は武家だった甚右衛門の見立ても同じようなものだった。追われて逃げるのに必死な男は、忘八に顔を見られて斬りかかったと、遺骸の様子から甚右衛門はそう見ている。藤九郎もほぼ同じような見方で吉原から、夢中で逃げようとする男の様子がわかった。ということはこの吉原に会いたい女がいたということになる。その女は椿楼にいるのかもしれない。

早くも藤九郎には事件の片鱗《へんりん》が見えてきた。

「惣吉から椿楼のことを聞きたいが、最近、何か変わったことはないか？」

「椿楼？」

「噂話でもいいのだが……」

藤九郎は惣吉の言葉から武士が見ていたという椿楼が気になっている。

「椿楼で変わったことといえば、一ケ月ほど前に吉原一の美女といわれる遊女が、大阪の新町遊郭から移ってきましたばかりで、楼主の話ではその遊女は武家の娘だったということですが？」

「武家の娘……」

「はい、楼主の話ですから間違いないかと思います」

藤九郎は「それだ！」と思う。大きな手掛かりをつかんだように思った。おそらくその遊女を追って男が吉原に現れ、角田という武家や斬られた侍たちがその男を追ってきたのだろう。そんなところが事件の全貌ではないかと思う。だが、そのことを藤九郎はまだ甚右衛門にも惣吉にもいわない。

甚右衛門が気づいているのではと思ったからだ。

事件の真相を表沙汰にすることが目的ではない。吉原でなにが起きたかを密かに探ることだ。甚右衛門はそれもわかっているだろう。武家がかかわる事件を陽に当てると何人かの犠牲者が出る。角田という武家も生きていられなくなるかもしれない。そういうことは武家だった甚右衛門にはわかるはずだ。

藤九郎はそんなことは甚右衛門と暗黙の了解にしておこうと思った。互いに知らぬ顔をしていればよいことだ。

陽が暮れると藤九郎は惣吉と事件の斬り合いの場所に向かった。

その途中で惣吉が立ち止まった。

「青木さま、ここが椿楼です」

「ほう、大きな廓だな？」

「はい、武家が斬られたのはこの道の先、半町（約五四・五メートル）ほどのところであの路地でございます」

「ずいぶん暗い路地だな？」

「海に近くなります」

二人がその路地に入って歩いて行くとお吟が家から出てきた。

「あッ、惣吉さん、どちらへ？」

「お吟姐《ねえ》さん……」

「ちょっとこの先まで、あら、藤九郎さまではございませんか？」

「夕霧……」

藤九郎は若い頃、吉原一の美女と言われた夕霧をこっそり抱いたことがある。

その夕霧がニッと微笑んだ。相変わらず美しいとは思ったが、明らかに病だとわかる佇《たたず》まいである。藤九郎は夕霧が子を産んでからも、吉原にいると聞いてはいたが会ったことはなかった。

「お調べでございますか？」

「夕霧は何かいいたそうな顔だったが、藤九郎は小さくうなずくと「また……」といって通り過ぎた。昔の女と親しく話すのもちょいと気が引ける。会うなら惣吉のいないところで会いたいと思う。

「夕霧がどうしてこんなところにいるんだ？」

「青木さま、気づきませんでしたか、夕霧さんは病になりまして、今は惣名主の女将さんになられてここに住んでおられます」

「一人でか？」

「時々、惣名主さまが通ってこられます。西田屋には夕霧さんが産んだ子どもがおられますから……」

「それは惣名主の子か？」

「はい……」

「そういうことか、夕霧が子を産んだとは聞いていたが……」

藤九郎は突然に夕霧と出会って驚いたが、惣吉から話を聞いて事情を納得した。遊女を引いた女が吉原に留《とど》まることは珍しくない。ましてや甚右衛門が子を産ませたとなれば傍に置くのは当たり前だ。

「青木さま、お武家が斬られたのはここでございます」

「この辻か？」

「はい、頭がこっち向きで倒れていました」

まだ血の跡が少し残っていた。

「出会い頭に斬りつけたのだな。切られた方は驚いて刀を抜くことができなかったということだろう」

武家が刀を抜かないで斬られるのは恥だ。

たとえ不意打ちの辻斬りでも、侍は刀を抜いて応戦しなければならない。それができなかったとは明らかに油断していたとみられる。

「うちの忘八が斬られたのは、この先の海沿いの道です」

「ずいぶん海が近いな？」

「はい、この先の松の根方に忘八が転がっていました」

「侍が斬られるのを見て追いかけたのだな？」

「そのように思います」

「この辻で待ち伏せされたということか？」

「はい、あまり人の通らないところで、この路地を向こうに行くと吉原から出られますので……」

「なるほど、この道か？」

辻斬りは椿楼から出て二人を斬りこの路地から逃げたということだ。

状況を呑《の》み込んだ藤九郎はそう確信したが、その男は辻斬りなどではないと思う。椿楼から出てきたところを見つかり追われて逃げた。そうでなければこんな人気のない吉原の外《はず》れに辻斬りが出るはずがない。

「この辺りを少し歩いてみよう」

「それではあっしは西田屋に戻ります」

「うむ、例の武士たちを見つけたら、わしか本宮か幾松に伝えてくれ！」

「承知いたしました」

藤九郎は一人になると辺りを歩いてみた。

海の上には大きな月が昇っていた。立ち止まってしばらくその月を見ている。いつもより月が赤いように思う。海に墜《お》ちてしまいそうな大きな月だった。その月の尻尾《しっぽ》が江戸の海に長く黄金に光っている。

「綺麗な月ですね……」

振り向くと夕霧が立っていた。

「こんなところに来て寒くないか？」

「ええ、気持ちいいです」

藤九郎は襤褸《ぼろ》の羽織を脱ぐと夕霧の肩にかけた。病に罹《かか》った夕霧の体はいつも火照《ほて》っている。だから少し寒い海風が心地よいのだろう。

「ありがとう、やさしいんですね……」

「夕霧にだけだ」

「まあ、うれしい……」

「体を大切にしろ」

「ええ、いつまで生きられるか？」

「西田屋に子どもがいるそうじゃないか、その子が大人になるまでは生きていないとな、母親なんだから……」

「そうしたいけど……」

夕霧が藤九郎を見てニッと微笑んだ。月明かりに白く美しい笑顔だ。

「昨夜の事件、何かわかりましたか？」

「うむ、そなた、何か話したいことがありそうだな。事件の手掛かりは椿楼じゃないかと思う」

「さすがね。やっぱり鬼の北町奉行の内与力さまだわ……」

「夕霧、ここに長くいては駄目だぞ。寒すぎる」

「もう少し、あの月が美しいから……」

「そうか、無理をするな。どうもこの事件の裏には何かある。武家が絡んでいるようだから厄介なことかもしれない」

「ええ、そうですね。若い二人の悲恋が隠れていますもの……」

「悲恋?」

「ええ、助けてくださいますか?」

「夕霧、わしは役人なんだぞ」

「ええ、夕霧を抱いてくださった時の藤九郎さまは、若々しい正義の人でございましたけど……」

夕霧が藤九郎を見て悪戯《いたずら》っぽくニッと笑った。

「そうか、正義の人か?」

「ええ……」

「わしに何をしろと?」

「夕霧のかなわなかった恋を成就《じょうじゅ》させて欲しいの……」

「夕霧のかなわなかった恋?」

「ええ、藤九郎さま、夕霧が恋をしなかったと思いますか?」

「そうか、夕霧も恋をしたのか?」

「ええ、そのお方はお役人さまでしたの……」

夕霧がまた藤九郎を見てニコッと笑った。藤九郎は沈黙してしまった。

「青木藤九郎さまというお方でしたのよ」

藤九郎を味方にしようという賢い夕霧の戦術だ。こうなると藤九郎はもう手も足も出ない。だが、夕霧の言葉に嘘はなかった。若き藤九郎に夕霧の気持ちが移ったことはある。それを藤九郎はわかって吉原から足が遠のいた。お登勢とのこともあった。今は遥かに遠くなってしまったことだ。

「椿楼の誰なのだ。知っているのか？」

「ええ、花瀬という武家の娘さん……」

「相手の武家は？」

「花瀬の許婚、佐々木市之進さま……」

「その男が二人を斬ったのだな？」

それに夕霧は答えない。沈黙した夕霧が藤九郎の肩に手を置いた。

「夕霧、そなた寒いのではないか？」

「ええ……」

藤九郎が夕霧を背負うと暗い路地の家に戻った。

「体が冷えたのではないか？」

「抱いてくださる？」

夕霧が子どもっぽくニヤッと笑う。まだ充分に色香が漂っている。

「いいのか、惣名主に殺されるぞ」

「そうね。それもいいかもしれませんね……」

夕霧が「寒い……」と言って藤九郎に抱きついた。それを藤九郎が強く抱きしめて背中をさすって温める。痩せた細い体だ。藤九郎は不覚にも泣きそうになった。若き日に愛した女だ。

「二人を助けてあげて、ね……」

藤九郎の耳に夕霧がつぶやいた。

「お願い、吉原から逃がしてあげて、ね？」

それは若い夕霧がこの吉原から逃げ出したかったといっているようだ。

「惣名主を裏切ることだぞ。わかっているのか？」

「ええ、何度も裏切ったからこんな病になったの、あの人はもう夕霧を怒らないから……」

「悪い女だ」

「うん、だから最後は良いことをしたいの、力を貸して、ね……」

「返事は二人に会ってからだ。それでいいか?」

「ありがとう」

夕霧がそうつぶやいて藤九郎の耳をそっと噛《か》んだ。

その夕霧は二人を助ければ病が治るのではないかと思う。藤九郎がいったように長次郎が大きくなるまで生きていたい。母親の顔を忘れなくなるまで。

一〇〇字書評

水月の箏

切り取り線

購買動機（新聞、雑誌名を記入するか、あるいは○をつけてください）

- □（　　　　　　　　　　　　　　）の広告を見て
- □（　　　　　　　　　　　　　　）の書評を見て
- □ 知人のすすめで　　　　　□ タイトルに惹かれて
- □ カバーが良かったから　　□ 内容が面白そうだから
- □ 好きな作家だから　　　　□ 好きな分野の本だから

・最近、最も感銘を受けた作品名をお書き下さい

・あなたのお好きな作家名をお書き下さい

・その他、ご要望がありましたらお書き下さい

住所	〒				
氏名		職業		年齢	
Eメール	※携帯には配信できません		新刊情報等のメール配信を 希望する・しない		

この本の感想を、編集部までお寄せいただけたらありがたく存じます。今後の企画の参考にさせていただきます。Eメールでも結構です。

いただいた「一〇〇字書評」は、新聞・雑誌等に紹介させていただくことがあります。その場合はお礼として特製図書カードを差し上げます。

前ページの原稿用紙に書評をお書きの上、切り取り、左記までお送り下さい。宛先の住所は不要です。

なお、ご記入いただいたお名前、ご住所等は、書評紹介の事前了解、謝礼のお届けのためだけに利用し、そのほかの目的のために利用することはありません。

〒一〇一－八七〇一
祥伝社文庫編集長　清水寿明
電話　〇三（三二六五）二〇八〇

祥伝社ホームページの「ブックレビュー」からも、書き込めます。

www.shodensha.co.jp/bookreview

祥伝社文庫

初代《しょだい》北町《きたまち》奉行《ぶぎょう》　米津《よねづ》勘兵衛《かんべえ》　水月《すいげつ》の箏《そう》

令和 5 年 8 月 20 日　初版第 1 刷発行

著　者　岩室《いわむろ》 忍《しのぶ》
発行者　辻　浩明
発行所　祥伝社《しょうでんしゃ》
東京都千代田区神田神保町 3-3
〒 101-8701
電話　03（3265）2081（販売部）
電話　03（3265）2080（編集部）
電話　03（3265）3622（業務部）
www.shodensha.co.jp

印刷所　堀内印刷
製本所　ナショナル製本
カバーフォーマットデザイン　中原達治

 ISBN978-4-396-34893-9 C0193

祥伝社文庫　今月の新刊

梓　林太郎

大井川殺人事件

旅行作家・茶屋次郎の事件簿

この薬にかかわった者は死ぬ。南アルプス、寸又峡、蓬莱橋……茶屋次郎が大井川鐵道に乗って謎の錠剤にかかわる不審死事件を追う！

渡辺裕之

修羅の標的

傭兵代理店・改

ザポリージャ原発を奪回せよ！　ウクライナ国防省から極秘依頼を受けた傭兵たちは、謀略の限りを尽くすロシアの暴走を止められるか──。

辻堂　魁

母子草

風の市兵衛　弐《に》

遠い昔、別れの言葉もなく消えた三人の女性。市兵衛は初老の豪商の想い人を捜し出し、真心を届けられるか!?　感涙の大人気時代小説。

岩室　忍

初代北町奉行　米津勘兵衛

水月《すいげつ》の箏《そう》

警備厳重な商家を狙い、千両あっても十両だけ盗む錠前外しの天才盗賊が現れた。勘兵衛は仰天の策を打つが……興奮の〝鬼勘〟犯科帳！